16	3	2	13
5	10	11	8
9	6	7	12
4	15	14	1

Publicado com o apoio do Instituto de Tradução da Rússia

Coleção LESTE

Isaac Bábel

NO CAMPO
DA HONRA
e outros contos

Organização, tradução, posfácio e notas
Nivaldo dos Santos

Prefácio
Boris Schnaiderman

editora■34

EDITORA 34

Editora 34 Ltda.
Rua Hungria, 592 Jardim Europa CEP 01455-000
São Paulo - SP Brasil Tel/Fax (11) 3811-6777 www.editora34.com.br

Copyright © Editora 34 Ltda. (edição brasileira), 2014
© 2012 Isaac Babel, heirs
Tradução © Nivaldo dos Santos, 2014
Prefácio © Boris Schnaiderman, 2014

A FOTOCÓPIA DE QUALQUER FOLHA DESTE LIVRO É ILEGAL E CONFIGURA UMA
APROPRIAÇÃO INDEVIDA DOS DIREITOS INTELECTUAIS E PATRIMONIAIS DO AUTOR.

Imagem da capa:
Wassily Kandinsky, capa do Almanach der Blaue Reiter,
Munique, R. Piper & Co., 1912 (detalhe)

Capa, projeto gráfico e editoração eletrônica:
Bracher & Malta Produção Gráfica

Revisão:
Alberto Martins, Cecília Rosas, Lucas Simone

1ª Edição - 2014

CIP - Brasil. Catalogação-na-Fonte
(Sindicato Nacional dos Editores de Livros, RJ, Brasil)

Bábel, Isaac, 1894-1940
B251n   No campo da honra e outros contos /
Isaac Bábel; organização, tradução, posfácio
e notas de Nivaldo dos Santos; prefácio de
Boris Schnaiderman — São Paulo: Editora 34,
2014 (1ª Edição).
264 p. (Coleção Leste)

ISBN 978-85-7326-581-1

1. Literatura russa. I. Santos, Nivaldo dos.
II. Schnaiderman, Boris. III. Título. IV. Série.

CDD - 891.73

NO CAMPO DA HONRA
e outros contos

Prefácio, *Boris Schnaiderman* 7

Nota do tradutor 11

No campo da honra
No campo da honra 15
O desertor 18
A família do paizinho Marescot 21
O quacre 25

A história do meu pombal
A história do meu pombal 31
O primeiro amor 45
No porão 55
O despertar 66

Velíkaia Krinitsa
Gapa Gujva 77
Kolivuchka 87

Contos 1913-1938
O velho Shloime 99
Infância. Na casa da vovó 104
Pela fresta 112
Eliá Isaákovitch e Margarita Prokófievna 114
Mama, Rimma e Alla 119
Inspiração 131
Doudou 135
Chabos-Nakhamu 138

O pecado de Jesus	147
Bagrat-Ogli e os olhos de seu touro	153
Você bobeou, capitão!	156
Com nosso paizinho Makhnó	159
Uma mulher esforçada	162
O fim de Santo Hipatius	166
Ivan-e-Maria	170
A estrada	185
Petróleo	195
A rua Dante	202
Di Grasso	209
Sulak	215
O julgamento	219
Meus primeiros honorários	223
Posfácio do tradutor	235
Sobre os contos	245

PREFÁCIO

Boris Schnaiderman

A obra de Isaac Bábel é pouco extensa, e isso constitui verdadeira anomalia em termos de literatura russa. A concisão de seus textos é tamanha que chegou a provocar a inveja de Hemingway, conforme este confessaria numa conferência.[1]

A publicação de sua primeira coletânea de contos (alguns deles apareceram antes na revista *LEF*, dirigida por Maiakóvski), que se consagraria no Ocidente com o nome da primeira de suas traduções ocidentais, *Cavalaria vermelha*,[2] causou grande impacto. Aliás, nenhum dos escritores surgidos após a Revolução de Outubro despertou maiores esperanças. Polônski definiu-o no *Izviéstia* [Notícias] como "a joia mais preciosa da literatura soviética". Górki, seu grande incentivador, escreveu que Bábel "enfeitou suas personagens melhor e de modo mais verdadeiro que Gógol aos cossacos de Zaporójie". Traduzido para numerosas línguas, os seus contos foram elogiados por alguns dos escritores ocidentais mais ilustres da época.

Convém deter-nos um pouco no mundo colorido e opulento de Bábel. Seus contos curtos e incisivos revelam, desde

---

[1] Citada por Patricia Carden em *The Art of Isaac Babel*, Ithaca, The Cornell University Press, 1972, p. 44.

[2] No Brasil, houve recentemente uma edição que restabeleceu o título original, *O exército de cavalaria*, São Paulo, Cosac Naify, 2006, tradução de Aurora Bernardini e Homero Freitas de Andrade.

os primeiros traços, um escritor vigoroso, dono de um estilo próprio e um modo peculiar de ver o mundo. Suas histórias pouco devem a Tchekhov e, embora não seja simplesmente um discípulo de Maupassant, por quem tinha admiração profunda, revela inegavelmente mais afinidades com o escritor francês. Narra sempre de modo sucinto e direto, mas, se fixa em rápidas pinceladas um tipo ou uma situação, ele o faz em cores vivas e às vezes chocantes, quase nunca em matizes intermediários. Ehrenburg aponta, com razão, certa semelhança entre seu modo de fixar a realidade e o de escritores norte-americanos como Hemingway, Caldwell e Steinbeck, nas décadas de 1920-30, embora ele se mostrasse indiferente a esses escritores seus contemporâneos.

Sendo a expressão de duas culturas, a russa e a judaica, ele soube fundi-las de modo muito pessoal.[3]

Na obra que deixou, não aparecem os aspectos simples e cotidianos da existência, mas esta é fixada nos momentos excepcionais, gritantes, violentos ou, mesmo, grotescos. Nada caracteriza melhor seu modo de narrar que as histórias sobre as relações entre os sexos. Elas aparecem geralmente em forma rude, como se lê em vários contos desta seleção, e um desenvolvimento, ainda que sumário, no plano sentimental, está ausente de sua obra.

Quando ele surgiu, logo se percebeu que em seus textos havia algo muito mais forte que um fenômeno passageiro. Para comprovar a importância do impacto causado, basta lembrar um exemplo da recente literatura brasileira: o de Rubem Fonseca, que se revelou um grande admirador de Bábel, cuja obra parece ter se tornado para ele quase uma obsessão.

---

[3] Tratei disso de modo mais desenvolvido no artigo "Isaac Bábel e a tradução", em Boris Schnaiderman, *Tradução, ato desmedido*, São Paulo, Perspectiva, 2011, pp. 133-6.

Seu romance *Vastas emoções e pensamentos imperfeitos*[4] gira em torno da busca, que seu protagonista empreende, do romance que Bábel havia concluído quando foi preso pela polícia stalinista, texto esse que desapareceu para sempre e não apareceria sequer depois que se abriram, com a *glásnost* de Gorbatchóv, os arquivos da KGB e vieram à tona tantas obras importantes.[5]

Como uma comprovação de que Rubem Fonseca é um discípulo brasileiro de Bábel, basta ler seu conto "Betsy",[6] de apenas duas páginas, mas de intensa carga emotiva, centrado no apego de um homem solitário à sua cadelinha e na morte desta.

Mas se no Ocidente Isaac Bábel se consagrou como um dos grandes da literatura do século XX, na Rússia seu nome foi relegado ao completo ostracismo depois de seu fuzilamento como traidor em janeiro de 1940. Ele deixou então de figurar em enciclopédias, dicionários de literatura etc. Era como se aquele escritor nunca tivesse existido. (Permanece daquele período uma foto sinistra tirada por seus carcereiros.)

No entanto, com o "degelo", isto é, durante o governo de Khruschóv, ele foi reabilitado plenamente, e em 1957, editou-se um volume de suas *Obras escolhidas*, mas que na realidade, englobava a maior parte de seus textos. O livro saiu com um prefácio comovido de Iliá Ehrenburg, seu amigo de muitos anos.

Aliás, a literatura russa mais recente evidencia a presença forte de Isaac Bábel.

---

[4] São Paulo, Companhia das Letras, 1989.

[5] Escrevi sobre isto de modo mais pormenorizado em *Os escombros e o mito: a cultura e o fim da União Soviética*, São Paulo, Companhia das Letras, 1997.

[6] Rubem Fonseca, "Betsy", em *Histórias de amor*, Companhia das Letras, São Paulo, 1997, pp. 10-1.

Como exemplo, basta lembrar que, embora Varlam Chalámov tenha escrito numa carta que, às vezes, ficava riscando nos contos de Bábel todas as "belezas" postiças e que então sobrava muito pouco,[7] é evidente que a conclusão e violência das cenas por ele narradas têm muito de babeliano.

O mesmo se pode dizer de alguns textos de Liudmila Petruchévskaia,[8] particularmente certos contos sobre a vida nas habitações coletivas no período soviético.

Enfim, depois de tantas peripécias adversas, o nome de Isaac Bábel se consagrou como o de um dos grandes do século XX na Rússia e ainda numa dimensão universal.

---

[7] Cf. Boris Schnaiderman, *Os escombros e o mito*, cit., pp. 101-2.

[8] Para textos e informações biográficas de Varlam Chalámov e Liudmila Petruchévskaia, ver a *Nova antologia do conto russo (1792-1998)*, organização de Bruno Barretto Gomide, São Paulo, Editora 34, 2011, vários tradutores.

NOTA DO TRADUTOR

O presente volume é constituído por contos elaborados em diferentes fases da trajetória de Isaac Bábel. Além dos três ciclos narrativos organizados pelo autor — "No campo da honra", "A história do meu pombal" e "Velíkaia Krinitsa" —, que totalizam dez textos, ele traz outras 22 histórias redigidas entre 1913 e 1938, algumas delas publicadas somente após a morte do autor.

A sequência dos contos nesta coletânea segue, na medida do possível, a ordem cronológica de sua elaboração. Porém, com o intuito de manter reunidos os contos pertencentes a um mesmo ciclo, essa ordem nem sempre foi seguida. Assim, as histórias publicadas como ciclos fechados aparecem em primeiro lugar, ainda que, em alguns casos, tenham sido dadas a público pelo autor de forma intercalada com os contos avulsos.

A tradução foi feita a partir do original russo *Isaac Bábel: Sobranie sotchiniénii v tchetiriókh tomakh* [Isaac Bábel: Obras reunidas em quatro volumes] (Moscou, Vrêmia, 2006), a mais completa edição das obras do autor já lançada até o momento. Além de notas e comentários, a edição russa traz, em alguns textos, colchetes indicando a reconstituição de palavras abreviadas ou imprecisões do manuscrito original. Quando pertinentes, essas informações foram incorporadas ao texto em português e às notas do tradutor.

NO CAMPO DA HONRA[1]

---

[1] Os contos aqui publicados são o início de minhas anotações sobre a guerra. O conteúdo deles foi tomado dos livros escritos por soldados e oficiais franceses que participaram das batalhas. Em alguns trechos foram modificadas a fábula e a forma narrativa, em outros procurei manter a proximidade com o original. (Nota de Bábel)

NO CAMPO DA HONRA

As baterias alemãs bombardeavam as aldeias com artilharia pesada. Os camponeses fugiam para Paris. Eles arrastavam consigo os deformados, os inválidos, as parturientes, ovelhas, cachorros e utensílios. O céu, que brilhava azulado e ardente, lentamente tornava-se púrpura, inchado e coberto de fumaça.

O setor perto de N. fora tomado pelo 37º Regimento de Infantaria. As baixas eram enormes. O regimento preparava-se para o contra-ataque. O capitão Ratin percorria as trincheiras. O sol estava no zênite. Do setor vizinho informaram que na 4ª Companhia todos os oficiais haviam tombado. Mas a 4ª Companhia continuava resistindo.

A trezentos metros das trincheiras, Ratin viu uma figura humana. Era o soldado Vidou, o tolinho Vidou. Estava sentado, encolhido no fundo de um buraco úmido. Ali explodira uma granada. O soldado fazia aquilo com que se consolam os velhinhos canalhas nas aldeias e os rapazes depravados nos banheiros públicos. Não vamos falar disso.

— Abotoe-se, Vidou — disse o capitão, com asco. — Por que está aqui?

— Eu... eu não posso lhe dizer... Estou com medo, capitão!

— Você encontrou uma esposa aqui, não é, seu porco? Você ousa me dizer na cara que é um covarde, Vidou. Você largou seus camaradas na hora em que o regimento está atacando. *Bien, mon cochon!*...[2]

— Juro-lhe, capitão!... Eu tentei tudo... Vidou, disse a mim mesmo, seja sensato... Bebi uma garrafa de álcool puro para tomar coragem. *Je peux pas, capitaine*...[3] Estou com medo, capitão!

O tolinho pôs a cabeça nos joelhos, cobriu-a com as duas mãos e começou a chorar. Depois, olhou para o capitão, e nas fendas de seus olhinhos de porco refletiu-se uma esperança terna e tímida.

Ratin era violento. Ele perdera dois irmãos na guerra, tinha no pescoço um ferimento que não cicatrizara. Sobre o soldado desabaram xingamentos insultuosos, voou sobre ele uma rajada seca daquelas palavras abomináveis, furiosas e absurdas, por causa das quais o sangue lateja nas têmporas e em seguida um homem mata o outro.

Em vez de responder, Vidou balançou lentamente sua cabeça redonda, ruiva e desgrenhada, a cabeça dura de um idiota do campo.

Nenhuma força pôde obrigá-lo a se levantar. Então o capitão se aproximou da borda do buraco e resmungou bem baixinho:

— Levante-se, Vidou, ou vou molhá-lo da cabeça aos pés.

Ele fez como disse. Com o capitão Ratin não se brincava. Um jorro fedorento esguichou fortemente no rosto do soldado. Vidou era um tolo, um tolo camponês, mas não suportou essa ofensa. Soltou um grito demorado e desumano; e aquele clamor triste, solitário, perdido atravessou os campos devastados. O soldado jogou os braços para trás e

---

[2] Em francês, no original: "Muito bem, meu porquinho!". (N. do T.)

[3] "Eu não consigo, capitão!". (N. do T.)

saiu correndo pelos campos em direção às trincheiras alemãs. Uma bala inimiga perfurou-lhe o peito. Ratin acabou de matá-lo com dois tiros de seu revólver. O corpo do soldado nem mesmo estremeceu. Ficou no meio caminho, entre as linhas inimigas.

Assim morreu Célestin Vidou, um camponês normando nascido em Ori, aos 21 anos, nos campos ensanguentados da França.

O que eu contei aqui é verdade. Está escrito no livro de Gaston Vidal, *Figures et anecdotes de la Grande Guerre*.[4] Ele foi testemunha disso. Também ele, o capitão Vidal, defendeu a França.

(1920)

---

[4] Trata-se do livro *Figuras e anedotas da Grande Guerra*, de Gaston Vidal (1888-1949), publicado em 1918. (N. do T.)

O DESERTOR

O capitão Gémier era um homem superior e também um filósofo. No campo de batalha não conhecia vacilações, na vida cotidiana sabia perdoar pequenas ofensas. Diz muito de um homem o fato de não se ofender com pequenas coisas. Ele amava a França com um afeto que devorava seu coração, por isso seu ódio aos bárbaros que profanavam sua velha pátria era inextinguível, implacável, duradouro como a vida.

Que mais dizer sobre Gémier? Ele amava sua mulher, fez de seus filhos bons cidadãos, era um francês patriota, erudito, parisiense e amante das coisas belas.

E eis que numa manhã de primavera, radiante e rosada, comunicaram ao capitão Gémier que entre as linhas francesas e as inimigas fora detido um soldado desarmado. A intenção de desertar era evidente, a culpa, inegável. Levaram o soldado sob escolta.

— É você, Beaugé?

— Sou eu, capitão — respondeu o soldado, prestando continência.

— Aproveitou a aurora para tomar um ar fresco?

Silêncio.

— *C'est bien.*[5] Deixem-nos.

A escolta retirou-se. Gémier trancou a porta à chave. O soldado tinha vinte anos.

---

[5] Em francês, no original: "Está bem". (N. do T.)

— Você sabe o que o espera, não? *Voyons*,[6] explique-se.

Beaugé não ocultou nada. Disse que estava farto da guerra.

— Estou farto da guerra, *mon capitaine*![7] As granadas me impedem de dormir pela sexta noite...

A guerra lhe era repugnante. Ele não ia trair, ia entregar-se. Numa palavra, aquele pequeno Beaugé foi inesperadamente eloquente. Disse que tinha apenas vinte anos, *mon Dieu, c'est naturel*,[8] qualquer um comete erros nessa idade. Ele tinha mãe, noiva, *des bons amis*.[9] Tinha toda a vida pela frente, aquele Beaugé de vinte anos, e corrigiria sua falta perante a França.

— Capitão, o que dirá minha mãe quando souber que me fuzilaram como o último miserável?

O soldado caiu de joelhos.

— Você não me comoverá, Beaugé! — respondeu o capitão. — Os soldados o viram. Cinco soldados assim, como você, e a companhia está infectada. *C'est la défaite. Cela jamais*.[10] Você morrerá, Beaugé, mas eu salvarei sua honra. No Quartel-General sua vergonha não será conhecida. À sua mãe informarão que você caiu no campo de batalha. Vamos.

O soldado seguiu atrás do superior. Quando chegaram ao bosque, o capitão parou, sacou o revólver e o estendeu a Beaugé.

— Há uma forma de escapar do tribunal. Mate-se, Beaugé! Eu voltarei em cinco minutos. Deve estar tudo terminado.

---

[6] "Vamos ver". (N. do T.)

[7] "Meu capitão!". (N. do T.)

[8] "Meu Deus, é natural". (N. do T.)

[9] "Bons amigos". (N. do T.)

[10] "Seria a derrota. Isso jamais". (N. do T.)

Gémier retirou-se. Nem um único som quebrou o silêncio do bosque. O oficial voltou. Beaugé o esperava encurvado.

— Eu não consigo, capitão — murmurou o soldado. — Faltam-me forças.

E iniciou-se aquela mesma ladainha: a mãe, a noiva, os amigos, a vida adiante...

— Eu lhe dou mais cinco minutos, Beaugé! Não me obrigue a andar à toa.

Quando o capitão voltou, o soldado soluçava estirado no chão. Seus dedos, deitados sobre o revólver, moviam-se frouxamente.

Então Gémier levantou o soldado e disse, olhando-o nos olhos, com uma voz suave e cordial:

— Meu amigo Beaugé, talvez você não saiba como se faz isso, não é?

Sem se apressar, ele tirou o revólver das mãos úmidas do jovem, afastou-se três passos e atravessou-lhe o crânio com um tiro.

Esse acontecimento foi relatado no livro de Gaston Vidal. E realmente, o soldado chamava-se Beaugé. Não tenho certeza se está correto o nome Gémier que eu dei ao capitão. O conto de Vidal é dedicado a um certo Firmen Gémier, "em sinal de profunda consideração". Penso que a dedicatória é suficiente. Decerto o capitão chamava-se Gémier. E depois, Vidal declara que o capitão era realmente um patriota, soldado, bom pai e um homem que sabia perdoar as pequenas ofensas. E isto não é pouco para um homem: saber perdoar as pequenas ofensas.

(1920)

A FAMÍLIA DO PAIZINHO MARESCOT

Ocupamos a aldeia que fora retomada do inimigo. Era um pequeno povoado da Picardie, modesto e sedutor. Nossa companhia ficou com um cemitério. À nossa volta havia crucifixos quebrados, pedaços de monumentos tumulares e lápides arrebentadas pelo martelo de algum profanador misterioso. Os cadáveres apodrecidos saíam das tumbas partidas por granadas. Um quadro digno de ti, Michelangelo!

Um soldado não está para misticismo. Um campo de caveiras foi transformado em trincheira. É a guerra. Ainda estamos vivos. Se nos foi destinado aumentar a população deste recanto frio, pois bem: primeiro obrigamos os velhos apodrecidos a bailar sob a marcha de nossas metralhadoras.

Uma granada erguera uma das lápides tumulares. Sem dúvida, isso aconteceu para que eu tivesse um abrigo. E me instalei naquele buraco, *que voulez-vous, on loge où on peut.*[11]

E aí está: uma manhã de primavera brilhante e clara.

Eu estava deitado sobre os defuntos, olhando para o mato gorduroso e pensando em Hamlet. Não foi um mau filósofo aquele pobre príncipe. As caveiras lhe respondiam com palavras humanas. Em nossa época, essa arte seria útil a um tenente do exército francês.

---

[11] Em francês, no original: "O que você quer? Vive-se onde é possível". (N. do T.)

Um cabo me chamou:

— Tenente, um civil quer vê-lo.

Que diabos um civil está procurando neste inferno?

O personagem entrou em cena. Uma criatura gasta e desbotada. Vestia uma sobrecasaca de domingo. Uma sobrecasaca salpicada de lama. Em seus ombros retraídos pendia um saco meio vazio. Ali devia haver batata congelada; cada vez que o velho fazia um movimento, algo estalava no saco.

— *Eh bien*,[12] do que se trata?

— Meu sobrenome, sabe, é *monsieur* Marescot — murmurou o civil, e fez uma reverência. — É por isso que vim...

— O que mais?

— Eu gostaria de enterrar madame Marescot e toda a família, senhor tenente!...

— Como disse?

— Meu sobrenome, sabe, é paizinho Marescot — o velho ergueu o chapéu acima da testa cinzenta. — Talvez já tenha ouvido falar, senhor tenente!...

Paizinho Marescot? Já ouvi estas palavras. É claro, já ouvi. Eis aqui toda a história. Três dias antes, no início de nossa ocupação, deram ordem de evacuar a todos os cidadãos pacíficos. Alguns partiram, outros ficaram. Os que ficaram, trancaram-se nas adegas. O bombardeio venceu a coragem, a defesa de pedra era insegura. Surgiram mortos. Uma família inteira foi asfixiada sob as ruínas do subterrâneo. E era a família Marescot. Seu sobrenome ficou na minha memória, um autêntico sobrenome francês. Eram quatro: o pai, a mãe e duas filhas. Apenas o pai se salvou.

— Meu pobre amigo, então é o senhor, o Marescot? Tudo isso é muito triste. Que necessidade o senhor tinha daquela adega desgraçada, para quê?

---

[12] "Bem". (N. do T.)

O cabo me interrompeu.

— Parece que estão começando, tenente...

Era de esperar. Os alemães perceberam o movimento em nossas trincheiras. Uma rajada pelo flanco direito, depois mais à esquerda. Agarrei o paizinho Marescot pelo colarinho e o puxei para baixo. Meus rapazes, com as cabeças encolhidas, permaneciam sentados em silêncio sob a cobertura; ninguém botou o nariz para fora.

A sobrecasaca de domingo ficou pálida e encolhida. Perto de nós, a doze centímetros, um gatinho começou a miar.

— Diga logo o que deseja, paizinho. Está vendo, estão mordendo por aqui.

— *Mon lieutenant*,[13] já lhe disse tudo: quero enterrar minha família.

— Ótimo, mandarei buscar os corpos.

— Os corpos estão comigo, senhor tenente!

— O quê?

Ele apontou para o saco. Ali estavam os restos minguados da família do paizinho Marescot.

Eu estremeci de pavor.

— Está bem, meu velho, mandarei enterrá-los.

Ele me olhou como se olha para um homem que soltou uma grande asneira.

— Quando cessar esse maldito barulho — comecei novamente —, abriremos para eles um túmulo magnífico. Tudo será feito, *père Marescot*,[14] fique tranquilo...

— Mas eu tenho uma cripta de família...

— Ótimo, mostre para nós.

— Mas, mas...

---

[13] "Meu tenente". (N. do T.)

[14] "Pai Marescot". (N. do T.)

— Mas o quê?

— Mas, *mon lieutenant*, estivemos sentados nela o tempo todo.

(1920)

O QUACRE

Diz o mandamento: "Não matarás". Foi por isso que Stone, um quacre, alistou-se numa coluna de motoristas. Ele ajudava sua pátria sem cometer o terrível pecado do homicídio. Sua riqueza e educação lhe permitiam ocupar um posto mais alto, porém, escravo de sua consciência, ele aceitava com resignação o trabalho insignificante e a convivência com pessoas que lhe pareciam grosseiras.

O que era Stone? A testa calva da ponta de um cajado. O Senhor lhe concedera um corpo apenas para elevar os pensamentos acima das aflições miseráveis deste mundo. Cada movimento seu era nada mais do que uma vitória do espírito sobre a matéria. Ao volante de seu automóvel, por mais severas que fossem as condições, ele se mantinha com a firmeza rígida de um pregador numa cátedra. Ninguém via Stone rindo.

Certa manhã, estando de folga do serviço, teve a ideia de sair para um passeio, a fim de reverenciar o Criador em meio a Sua obra. Com uma Bíblia enorme embaixo do braço, Stone atravessou com suas pernas longas os prados renascidos com a primavera. A vista do céu azul, o gorjeio dos pardais na grama: tudo o enchia de alegria.

Stone sentou-se e abriu sua Bíblia, mas nesse mesmo instante viu perto da curva da aleia um cavalo solto, com as ancas saltadas de magreza. Imediatamente bradou nele a voz do dever: em sua terra, Stone era membro da Sociedade Protetora dos Animais. Ele se aproximou do bicho, acariciou seus lábios macios e, esquecido do passeio, dirigiu-se ao estábulo. Pelo caminho, sem largar sua Bíblia com fecho, ele deu água de um poço ao cavalo.

O encarregado do estábulo era um jovem de sobrenome Bekker. O caráter desse jovem há muito era a causa de uma justa raiva de Stone: em cada parada, Bekker deixava noivas inconsoláveis.

— Eu poderia entregá-lo ao major — disse-lhe o quacre —, mas espero que desta vez minhas palavras sejam suficientes. O pobre cavalo doente que eu trouxe, e do qual você vai cuidar, é digno de melhor sorte que você.

E ele se retirou com passo regular e solene, sem prestar atenção à gargalhada que rompeu atrás de si. O queixo quadrado e saliente do jovem testemunhava de modo convincente uma teimosia invencível.

Passaram-se alguns dias. O cavalo vagava o tempo todo sem nenhum cuidado. Desta vez Stone disse a Bekker com firmeza:

— Criação de Satanás — começou mais ou menos assim o discurso —, pode ser que o Todo-Poderoso nos tenha permitido destruir nossa alma, mas seus pecados não devem cair com todo peso sobre um cavalo inocente. Olhe para ele, miserável! Ele perambula por aqui numa grande aflição. Estou certo de que você o trata mal, como é o costume de um criminoso. Uma vez mais repito, filho do pecado: vá para a perdição com a pressa que lhe parecer melhor, mas cuide desse cavalo, caso contrário você vai se ver comigo.

Desde esse dia, Stone considerou que a Providência lhe confiara uma missão especial: cuidar do destino do quadrúpede ofendido. As pessoas, por causa de seus pecados, pareciam-lhe pouco dignas de respeito; já pelos animais ele sentia uma compaixão indescritível. Suas ocupações cansativas não o impediam de manter inalterada sua promessa a Deus.

À noite ele saía com frequência de seu automóvel —

dormia no veículo, encolhido no banco — para certificar-se de que o cavalo encontrava-se a uma boa distância da bota de Bekker, guarnecida com cravos. Quando o tempo estava bom, ele mesmo montava em seu favorito; e o pangaré, saltitando com ar grave, levava o seu corpo magro e comprido a trote pelos campos verdejantes. Com seu rosto descorado e amarelo, os lábios comprimidos e pálidos, Stone fazia evocar a imagem imortal e divertida do Cavaleiro da Triste Figura, trotando em seu Rocinante no meio das flores e dos campos cultivados.

O zelo de Stone produziu frutos. Sentindo-se sob constante vigilância, o estribeiro valia-se de todos os meios para não ser apanhado em flagrante delito. Mas a sós com o cavalo, ele descarregava sobre este a fúria de sua alma infame. Sentia um medo inexplicável diante do silencioso quacre; e por causa desse medo, ele odiava Stone e desprezava a si próprio. Ele não tinha outro meio de elevar-se aos próprios olhos a não ser escarnecendo o cavalo que Stone protegia. Tal é o orgulho desprezível de um homem. Trancado com o cavalo no estábulo, o estribeiro furava seus lábios flácidos e peludos com agulhas incandescentes, açoitava suas costas com um chicote de arame e atirava-lhe sal nos olhos. Quando o animal, martirizado e cego pelo pó corrosivo, era enfim deixado em paz e dirigia-se timidamente para o curral cambaleando como um bêbado, o rapaz se retorcia e gargalhava com toda força, deliciando-se com a vingança.

No *front* ocorreu uma mudança. A Divisão à qual pertencia Stone foi transferida para um lugar mais perigoso. Suas crenças religiosas não lhe permitiam matar, mas consentiam que fosse morto. Os alemães avançavam para Isère. Stone transportava os feridos. Ao seu redor iam morrendo rapidamente pessoas de diferentes países. Os velhos generais, bem limpos e com inchaço no rosto, permaneciam nas colinas observando os arredores com binóculos de campanha. O canhoneio estrondava sem cessar. A terra exalava fedor, o sol remexia-se nos cadáveres despedaçados.

Stone esqueceu seu cavalo. Em uma semana, a consciência começou a roer. Logo que arranjou tempo, o quacre dirigiu-se ao antigo posto. Ele encontrou o cavalo num galpão de tábuas esburacadas, escuro e deteriorado. O animal quase não se mantinha em pé de tanta fraqueza; seus olhos estavam cobertos por uma película embaçada. Ao ver seu fiel amigo, o cavalo relinchou fracamente e colocou em suas mãos o focinho descaído.

— Não sou culpado de nada — disse o estribeiro a Stone, de modo insolente —, não nos entregam aveia.

— Está bem — respondeu Stone —, eu vou arranjar aveia.

Ele olhou para o céu que reluzia através de um buraco no teto e saiu.

Eu o encontrei dali a algumas horas e perguntei se o caminho estava perigoso.

Ele parecia mais ensimesmado que de costume. Os últimos dias sangrentos haviam lhe deixado uma marca profunda; era como se ele estivesse de luto por si mesmo.

— Não é difícil sair — disse ele de modo vago —, mas no fim da viagem podem ocorrer percalços.

E acrescentou de repente:

— Vou ao depósito de forragem. Preciso de aveia.

Na manhã seguinte, os soldados enviados para as buscas o encontraram morto, no volante do automóvel. Uma bala atravessara o crânio. O carro ficou num barranco.

Assim morreu Stone, um quacre, por amor a um cavalo.

(1920)

A HISTÓRIA DO MEU POMBAL

A HISTÓRIA DO MEU POMBAL

para Maksim Górki

Na infância eu queria muito um pombal. Não tive desejo mais forte por toda a vida. Eu tinha nove anos quando meu pai prometeu dar dinheiro para comprar tábuas e três casais de pombos. Corria então o ano de 1904. Eu me preparava para os exames da série preparatória do Ginásio de Nikoláiev. Meus parentes moravam na cidade de Nikoláiev, província de Kherson. Essa província não existe mais; nossa cidade passou para a região de Odessa.

Eu tinha apenas nove anos e estava com medo dos exames. Em duas matérias — russo e aritmética — eu não podia obter menos que 5.[15] Nossa cota era pequena no ginásio, somente 5%.[16] De quarenta meninos, só dois podiam ingressar na série preparatória. Os professores faziam perguntas de um modo astuto para esses meninos; ninguém era indagado de forma tão complicada como nós. Por isso, ao prometer comprar os pombos, meu pai exigiu duas notas 5+. Ele me afligiu muito; eu mergulhei num interminável sonho de olhos abertos, num sonho longo e infantil de desespero; fui para os exames nesse sonho e me saí melhor do que os outros.

Eu tinha aptidão para ciências. Os professores, embora usassem de astúcia, não podiam privar-me de inteligência e de uma memória sedenta. Eu tinha aptidão para ciências e

---

[15] As notas escolares na Rússia vão de 1 a 5. (N. do T.)

[16] Uma lei que vigorou na Rússia até a Revolução de 1917 limitava o ingresso de judeus em ginásios e universidades. (N. do T.)

obtive dois 5. Mas depois tudo mudou. Khariton Efrussi, um comerciante de grãos que exportava trigo para Marselha, ofereceu um suborno de quinhentos rublos por seu filho; deram-me 5- em vez de 5, e em meu lugar aprovaram no ginásio o pequeno Efrussi. Meu pai ficou então muito magoado. Desde os seis anos ele me ensinava todas as ciências que podiam existir. Aquele menos o levou ao desespero. Ele queria espancar Efrussi ou contratar dois estivadores para que o espancassem, mas minha mãe o dissuadiu, e eu comecei a me preparar para outro exame, no ano seguinte, para a primeira série. Sem que eu soubesse, meus parentes estimularam o professor a passar comigo, em um ano, o curso da série preparatória e da primeira série de uma só vez, e, como estávamos desesperados, acabei decorando três livros. Esses livros eram: a gramática de Smirnóvski,[17] o livro de problemas de Ievtuchévski[18] e o manual de introdução à história russa de Putsikóvitch.[19] As crianças já não estudavam mais esses livros, mas eu os decorei, linha por linha, e no ano seguinte, no exame de língua russa, obtive do professor Karaváiev o inatingível 5+.

Esse Karaváiev era um homem corado, cheio de indignação, dos universitários moscovitas. Era duvidoso que tivesse trinta anos. Em suas faces viris florescia um rubor igual ao das crianças camponesas; havia uma verruga assentada em sua face, e dela saía um tufo de pelos felinos e cinzentos. Além de Karaváiev, no exame estava também Piátnitski, o assistente do curador, considerado uma figura importante no ginásio e em toda a província. O assistente do curador me

[17] O gramático russo Piotr Smirnóvski (1846-1904). (N. do T.)

[18] O pedagogo e matemático russo Vassili Ievtuchévski (1836-1888). (N. do T.)

[19] O professor e escritor russo Feofil Putsikóvitch (1846-1899). (N. do T.)

perguntou sobre Pedro I;[20] eu tive então uma sensação de esquecimento, uma sensação de proximidade do fim e do abismo, um abismo seco, rodeado de êxtase e desespero.

Sobre Pedro, o Grande, eu sabia de cor pelo livro de Putsikóvitch e pelos versos de Púchkin. Eu recitei aqueles versos em soluços; rostos humanos rodopiaram diante dos meus olhos e ali se misturaram, como as cartas de um baralho novo. Eles se embaralhavam no fundo dos meus olhos, e, naqueles instantes, tremendo, empertigado e apressado, eu gritava as estrofes de Púchkin com todas as forças. Eu as gritava longamente, e ninguém interrompia meu resmungo enlouquecido. Através de uma cegueira rubra, através da liberdade que me dominava, eu via apenas o rosto velho e inclinado de Piátnitski com a barba prateada. Ele não me interrompia, e apenas disse a Karaváiev que se regozijava por mim e por Púchkin:

— Que nação os seus judeus! — cochichou o velho. — Eles têm o diabo no corpo.

E quando eu me calei, ele disse:

— Está bem, vá, amiguinho...

Eu saí da classe para o corredor, e ali, depois de me encostar numa parede sem pintura, comecei a despertar das convulsões dos meus sonhos. Os meninos russos brincavam ao meu redor; o sino do ginásio estava pendurado próximo ao vão de uma escada padronizada; um vigia cochilava numa cadeira quebrada. Eu olhava para o vigia e despertava. As crianças se aproximavam de mim por todos os lados. Elas queriam me dar um piparote ou simplesmente brincar, porém Piátnitski apareceu de repente no corredor. Ao passar por mim, ele se deteve um instante, a sobrecasaca passou por suas costas na forma de uma onda lenta e penosa. Eu vi an-

---

[20] Pedro, o Grande (1672-1725), imperador russo, fundador da cidade de São Petersburgo. (N. do T.)

siedade naquelas costas largas, carnudas e senhoriais, e me dirigi ao velho.

— Crianças — disse ele aos ginasianos —, não toquem nesse menino! — E colocou a mão gorda e carinhosa em meu ombro. — Meu amiguinho — virou-se Piátnitski —, diga a seu pai que você foi aprovado para a primeira série.

Uma estrela exuberante brilhava em seu peito, condecorações tilintavam na lapela; seu corpo grande, negro e uniformizado começou a se afastar em suas pernas retas. Ele estava comprimido pelas paredes sombrias, ia movendo-se nelas como uma barca num canal profundo e desapareceu nas portas do gabinete do diretor. Um pequeno serviçal trouxe-lhe chá com um ruído solene, e eu corri para casa, para a loja.

Em nossa loja, cheio de dúvidas, estava sentado um freguês mujique aporrinhado. Ao me ver, meu pai abandonou o mujique e, sem vacilar, acreditou no meu relato. Ele gritou para o balconista fechar a loja e lançou-se para a rua Sobórnaia, a fim de comprar-me um gorro com brasão. Minha pobre mãe mal conseguiu me arrancar daquele homem enlouquecido. Minha mãe estava pálida naquele instante e punha o destino à prova. Ela me acariciava e me repelia com asco. Ela disse que a lista dos aprovados para o ginásio saía nos jornais, e que Deus nos castigaria e as pessoas ririam de nós se comprássemos o uniforme antes do tempo. Minha mãe estava pálida; ela punha o destino à prova em meus olhos e olhava para mim com uma piedade amarga, como para um aleijado, pois sabia como era desventurada a nossa família.

Todos os homens de nossa linhagem eram crédulos com as pessoas e apressados para ações impensadas; não tivemos sorte em nada. Meu avô era rabino em Biélaia Tsérkov;[21] foi expulso de lá por sacrilégio e ainda viveu quarenta anos de

---

[21] Cidade localizada na região de Kíev, Ucrânia. (N. do T.)

algazarra e escassez; estudou línguas estrangeiras e começou a perder o juízo perto dos oitenta anos. Meu tio Lev, irmão de meu pai, estudou no yeshivá de Volójin,[22] em 1892 fugiu do serviço militar e raptou a filha de um intendente que servia no distrito militar de Kíev. Tio Lev levou essa mulher para a Califórnia, para Los Angeles; lá, ele a abandonou e morreu num hospício, entre negros e malaios. A polícia americana nos enviou depois de sua morte uma herança de Los Angeles: um grande baú guarnecido com arcos de ferro marrons. Nesse baú havia halteres de ginástica, mechas de cabelos femininos, o *talit*[23] do vovô, chibatas com castões dourados e chá de flores em porta-joias decorados com pérolas baratas. De toda a família restavam apenas o tio louco Simon, que morava em Odessa, meu pai e eu. Mas meu pai era crédulo com pessoas, ele as ofendia com seu êxtase do primeiro amor; elas não perdoavam isso e o enganavam. Por causa disso, meu pai acreditava que sua vida era conduzida por um destino maldoso, um ser inexplicável que o perseguia e não se parecia em nada com ele. E assim eu era tudo o que restava para minha mãe de toda a nossa família. Como todos os judeus, eu era de estatura pequena, adoentado, sofria com dores de cabeça por causa dos estudos. Tudo isso era percebido por minha mãe, que nunca ficou cega pelo orgulho miserável de seu marido e por sua crença incompreensível de que nossa família se tornaria algum dia mais forte e mais rica do que as outras pessoas da terra. Ela não esperava sorte para nós, tinha medo de comprar o uniforme antes do tempo e me deixou apenas tirar uma foto para um grande retrato.

Em 20 de setembro de 1905 foi afixada no ginásio a lista dos ingressantes da primeira série. No quadro aparecia

---

[22] Centro distrital de Minsk, Bielorrússia. (N. do T.)

[23] Xale utilizado por judeus durante as orações. (N. do T.)

o meu nome. Toda a nossa parentela vinha olhar aquele papelzinho, e até Choil, meu tio-avô, veio ao ginásio. Eu adorava aquele velho fanfarrão porque ele vendia peixe no mercado. Suas mãos gordas eram úmidas, cobertas de escamas de peixe e fediam a mundos frios e maravilhosos. Choil se distinguia das pessoas comuns também pelas histórias mentirosas que contava sobre o levante polonês de 1861.[24] Em tempos distantes Choil fora estalajadeiro em Skvira;[25] ele viu os soldados de Nicolau I fuzilarem o conde Godlewski e outros insurgentes. Talvez ele nem tenha visto isso. Hoje eu sei que Choil era só um velho ignorante e um mentiroso ingênuo, mas as suas fábulas não foram esquecidas por mim, elas eram boas. E daí até o tolo Choil foi ao ginásio ler o quadro com meu nome, e à noite ele dançou e sapateou em nosso baile miserável.

Meu pai organizou um baile de comemoração e chamou seus camaradas: vendedores de cereais, corretores de imóveis e mascates que vendiam máquinas agrícolas nos arredores. Esses mascates vendiam máquinas para qualquer um. Eram temidos por mujiques e proprietários; não se podia fugir deles sem comprar alguma coisa. De todos os judeus, os mascates eram as pessoas mais vividas e alegres. No nosso sarau eles cantaram canções hassídicas que eram compostas de apenas três palavras, mas cantadas por longo tempo, com diversas entonações engraçadas. A graça dessas entonações só é conhecida por aquele que teve de celebrar a Páscoa com os hassidistas, ou que esteve na Volínia, em suas sinagogas barulhentas. Além dos mascates, veio à nossa casa o velho Liberman, que me ensinou a Torá e o hebraico antigo. Entre nós ele era chamado de *monsieur* Liberman. Ele bebeu mais

---

[24] Entre 1861 e 1863 ocorreram levantes pela independência do Reino da Polônia, que então integrava o Império Russo. (N. do T.)

[25] Cidade da região de Kíev, Ucrânia. (N. do T.)

vinho da Bessarábia do que devia; os cordões sedosos e tradicionais saíram de baixo de seu colete vermelho, e ele fez um brinde em minha honra em hebraico antigo. Nesse brinde, o velho parabenizou meus pais e disse que naquele exame eu vencera todos os meus inimigos, que eu vencera os meninos russos de bochechas gordas e os filhos dos nossos ricos grosseiros. Assim nos tempos antigos Davi, o rei dos judeus, havia vencido Golias, e do mesmo modo que eu triunfara sobre um Golias, também o nosso povo, com a força de sua inteligência, venceria os inimigos que nos cercam e esperam nosso sangue. *Monsieur* Liberman começou a chorar ao dizer isso; e chorando, bebeu mais vinho e começou a gritar: "Viva!". Os convidados o levaram para um círculo e começaram a dançar com ele uma quadrilha antiga, como num casamento em um povoado judaico. Todos estavam alegres em nosso baile, até minha mãe tomou um gole de vinho, apesar de não gostar de vodca e não entender como era possível gostar dela; por isso ela considerava todos os russos loucos e não entendia como as mulheres viviam com maridos russos.

    Mas os nossos dias felizes iniciaram-se mais tarde. Para minha mãe, eles se iniciaram quando ela começou a preparar para mim sanduíches de manhã, antes da minha partida, quando nós andávamos pelas lojas comprando meu material escolar: estojo, cofrinho, mochila, livros novos de capa dura e cadernos de capa brilhante. Ninguém no mundo sente as coisas novas mais fortemente do que as crianças. As crianças estremecem por causa daquele cheiro, como um cão pelo rastro de uma lebre, e experimentam uma loucura que depois, quando nos tornamos adultos, chama-se inspiração. E esse sentimento infantil e puro de propriedade das coisas novas passou para minha mãe. Durante um mês nos acostumamos ao estojo e à penumbra matinal, quando eu tomava chá na extremidade da grande mesa iluminada e arrumava os livros na mochila; durante um mês nos acostumamos à nossa vida feliz, e só depois do primeiro trimestre eu me lembrei dos pombos.

Eu tinha tudo preparado para eles: um rublo e cinquenta copeques e o pombal, feito com uma caixa pelo vovô Choil. O pombal foi pintado com tinta marrom. Ele tinha ninhos para vinte casais de pombos, diversas fendas no telhado e uma grade especial, que eu havia imaginado para atrair melhor os pombos de fora. Estava tudo pronto. No domingo, 20 de outubro, eu me preparei para ir à rua Okhótnitskaia, mas no caminho surgiram obstáculos inesperados.

A história que estou contando, isto é, o meu ingresso na primeira série do ginásio, aconteceu no outono de 1905. O tsar Nicolau estava dando então uma constituição ao povo russo; oradores em casacos gastos se empoleiravam nos pedestais perto da Duma Municipal[26] e faziam discursos para o povo. Nas ruas, à noite, ressoava um tiroteio, e minha mãe não queria me deixar ir à Okhótnitskaia. Desde cedo, naquele dia 20 de outubro, os meninos da vizinhança empinavam papagaios em frente à delegacia de polícia, e nosso aguadeiro, abandonando seus afazeres, andava pela rua com brilhantina e o rosto vermelho. Depois vimos os filhos do padeiro Kalistov arrastando para a rua um cavalete de couro e fazendo ginástica no meio da calçada. Ninguém os atrapalhava; o policial Semiérnikov até os estimulava a saltar um pouco mais alto. Semiérnikov usava um cinto de seda caseiro, e naquele dia suas botas estavam engraxadas com tanto brilho como jamais tinham sido. Um policial à paisana assustava minha mãe mais do que tudo, e por causa dele ela não me deixava sair; mas eu cheguei à rua pelos fundos da casa e corri até a Okhótnitskaia, que ficava atrás da estação.

Na Okhótnitskaia, sentado em seu lugar habitual, estava Ivan Nikodímitch, o pombeiro. Além de pombos, ele es-

---

[26] Assembleia Municipal. (N. do T.)

tava vendendo também coelhos e um pavão. O pavão, com a cauda aberta, estava sentado num poleiro e virava para os lados sua cabecinha serena. Sua pata estava amarrada com uma cordinha retorcida, e a outra extremidade da cordinha repousava presa à cadeira de vime de Ivan Nikodímitch. Logo que cheguei, eu comprei do velho um casal de pombos vermelho-cereja com esplêndidas caudas rotas e um casal com cristas; escondi-os num saco sob a camisa. Restavam-me quarenta copeques depois da compra, mas por esse preço o velho não queria me dar um pombo e uma pomba da raça *kriúkov*. Nos pombos *kriúkov* eu gostava de seus bicos curtos, ásperos e amigáveis. Quarenta copeques era o preço real deles, mas o caçador estava pedindo mais e virou seu rosto amarelo, queimado pelas paixões insociais de um passarinheiro. Ao final do expediente, vendo que não havia outros fregueses, Ivan Nikodímitch me chamou. Tudo saiu como eu queria, e tudo deu errado.

Depois das onze horas, ou um pouco mais tarde, passou pela praça um homem com botas de feltro. Ia ligeiro com suas pernas inchadas; em seu rosto gasto brilhavam olhos vivos.

— Ivan Nikodímitch — disse ele, passando pelo caçador —, arrume suas coisas; na cidade os nobres de Jerusalém estão recebendo uma constituição. Na Ríbnaia eles serviram a morte ao vovô Bábel.

Ele disse isso e foi ligeiro por entre as gaiolas, como um lavrador descalço seguindo por uma raia.

— É inútil — murmurou atrás dele Ivan Nikodímitch —, é inútil — gritou ele mais forte e começou a juntar os coelhos e o pavão, e me empurrou os pombos *kriúkov* por quarenta copeques.

Eu os escondi sob a camisa e fiquei olhando as pessoas se dispersando na Okhótnitskaia. O pavão no ombro de Ivan Nikodímitch saiu por último. Ele estava sentado como o sol no céu úmido de outono, estava sentado como um julho na margem rosada de um rio, um julho escaldante na relva comprida e fria. No mercado já não havia ninguém, e tiros ressoavam nas proximidades. Então eu corri para a estação, atravessei o jardim público, que logo se revirou diante dos meus olhos, e entrei voando numa travessa deserta, calcada de terra amarela. No final da travessa, numa cadeira de rodas, estava sentado o sem-pernas Makarenko, que percorria a cidade naquela cadeira vendendo cigarros num tabuleiro. Os meninos da nossa rua compravam os cigarros dele, as crianças o adoravam; eu corri até ele na travessa.

— Makarenko — disse eu, ofegante pela corrida, e acariciei o ombro do sem-pernas —, você não viu Choil?

O aleijado não respondeu; seu rosto rude, constituído de gordura vermelha, punhos e ferro, iluminou-se. Ele se remexia agitado na cadeira de rodas; sua esposa Katiúcha, que estava com o traseiro almofadado virado, separava umas coisas espalhadas pelo chão.

— Quanto você contou? — perguntou o sem-pernas e se afastou inteiramente da mulher, como se a resposta dela lhe fosse intolerável de antemão.

— Umas catorze peças de polainas — disse Katiúcha, sem levantar-se —, uns seis lençóis, e agora estou contando as toucas...

— Toucas! — gritou Makarenko, que prendeu a respiração e fez um ruído como se estivesse soluçando. — Pelo visto, Katerina, Deus me escolheu; eu tenho de responder por todos... As pessoas carregam peças inteiras de tecido, as pessoas têm tudo, como qualquer um, e nós temos toucas...

E realmente, pela travessa passou correndo uma mulher de rosto bonito e inflamado. Ela segurava uma braçada de *tarbushes*[27] em uma mão e uma peça de feltro na outra. Com

---

[27] Chapéu turco, também conhecido como "fez". (N. do T.)

uma voz feliz e desesperada ela chamava as crianças que tinham se perdido; um vestido de seda e uma blusa azul arrastavam-se atrás de seu corpo esvoaçante; ela não ouvia Makarenko, que a seguia na cadeira. O sem-pernas não a alcançou; suas rodas rangiam, ele girava as alavancas com todas as forças.

— Madamezinha — gritava ele estrondosamente —, onde pegaram esse morim, madamezinha?

Mas a mulher de vestido esvoaçante já não estava lá. Da esquina surgiu em sua direção uma telega desengonçada. Um jovem camponês estava de pé na telega.

— Para onde as pessoas correram? — perguntou o rapaz, erguendo a rédea vermelha acima dos rocinantes, que saltitavam nos jugos.

— As pessoas estão todas na Sobórnaia — disse Makarenko, suplicante —, estão todas lá, meu bom homem. O que você arranjar, traga para mim; eu compro tudo...

O jovem curvou-se para a frente e chicoteou os rocinantes malhados. Os cavalos saltaram como potros com suas ancas sujas e partiram a galope. A travessa amarelada ficou de novo amarela e deserta; então o sem-pernas virou para mim os olhos apagados.

— Teria Deus me escolhido? — disse ele sem ânimo — Seria eu para vocês o filho do homem?...

E Makarenko estendeu para mim a mão manchada de lepra.

— O que você tem aí na sacola? — disse ele e pegou o saco que confortava meu coração.

Com a mão gorda o aleijado remexeu os pombos e puxou para fora uma pomba vermelho-cereja. A ave permaneceu na palma de sua mão, com as patas para trás.

— Pombos — disse Makarenko e, rangendo as rodas, aproximou-se de mim —, pombos — repetiu ele e me esbofeteou.

Ele me esbofeteou com força, com a mão que apertava a ave; o traseiro almofadado de Katiúcha virou diante de minhas pupilas, e eu caí no chão em meu novo capote.

— Tem que destruir a semente deles — disse então Katiúcha e endireitou-se por cima das toucas. — Não aguento ver a semente deles e seus homens fedorentos...

Ela ainda falou mais sobre nossa semente, porém eu não ouvia mais nada. Eu estava deitado no chão, e as vísceras da ave esmagada escorriam de minha têmpora. Elas escorriam ao longo das faces serpeando, salpicando e me cegando. Uma tripa suave da pomba se arrastava por minha testa, e eu fechava meu único olho descoberto para não ver o mundo que se estendia diante de mim. Esse mundo era pequeno e horrível. Havia uma pedrinha diante dos meus olhos, uma pedrinha desbeiçada como uma velha de maxilar grande; ali perto revolvia-se um pedacinho de barbante e um tufo de penas que ainda respirava. Meu mundo era pequeno e horrível. Eu fechei os olhos para não vê-lo, e me apertei contra o chão que jazia sob mim numa mudez reconfortante. Aquele chão pisado não se parecia em nada com nossa vida, nem com a expectativa dos exames em nossa vida. Por ele, em algum lugar distante, a desgraça corria num grande cavalo, mas o barulho dos cascos enfraqueceu, sumiu; e o silêncio, o amargo silêncio que às vezes atinge as crianças na desventura, destruiu de repente a fronteira entre meu corpo e o chão que não se movia para lugar nenhum. A terra cheirava a profundezas úmidas, a túmulo e flores. Eu senti o seu cheiro e comecei a chorar sem nenhum medo. Eu andava por uma rua estranha, repleta de caixas brancas; ia num traje de penas ensanguentadas, sozinho no meio das calçadas bem varridas como num domingo, e chorava de forma tão amarga, plena e feliz como nunca mais chorei em toda a minha vida. Fios esbranquiçados zumbiam acima da minha cabeça, um vira-lata corria na frente; na travessa ao lado, um jovem mujique de colete despedaçava o batente da casa de Khariton Efrussi. Ele o despedaçava com um martelo de madeira, erguia o corpo todo e, suspirando, lançava para todos os lados um sorriso de embriaguez, suor e força de espírito. A rua toda ficou cheia com o estalo, o estrondo e o canto da madeira que se despedaçava. O mujique batia apenas para inclinar-se, suar e gritar palavras incomuns numa língua misteriosa, não russa. Ele as gritava e cantava, dilacerando por dentro seus olhos azuis, até que na rua apareceu uma procissão que vinha da Duma. Velhos de barbas pintadas carregavam nas mãos um retrato do tsar penteado, estandartes com santos sepulcrais agitavam-se acima da procissão; velhas inflamadas corriam na frente. Ao ver o cortejo, o mujique de colete apertou o malho contra o peito e correu atrás dos estandartes; e eu, depois de esperar o fim da procissão, entrei na nossa casa. Ela estava vazia. Suas portas brancas estavam abertas, e a relva perto do pombal, pisoteada. Somente Kuzmá não saíra do pátio. Kuzmá, o zelador, estava sentado no galpão, arrumando o falecido Choil.

— O vento carrega você como um graveto bobo — disse o velho quando me viu —, sumiu por séculos... Está vendo aqui, o povo matou nosso vovô...

Kuzmá resfolegou, virou-se e começou a tirar uma perca da braguilha das calças do vovô. Havia duas percas enfiadas no vovô: uma na braguilha das calças, e outra na boca; e embora o vovô estivesse morto, uma perca ainda estava viva e tremia.

— Mataram nosso vovô, e ninguém mais — disse Kuzmá, jogando as percas para uma gata —, ele insultou as mães do povo todo, xingou mesmo; que homem bom... Você devia colocar uns cinco rublos em seus olhos...

Mas então, com dez anos de idade, eu não sabia para que os mortos precisavam de cinco rublos.

— Kuzmá — disse eu num sussurro —, salve-nos...

E eu me aproximei do zelador, abracei suas costas velhas e curvadas com um ombro erguido e vi o vovô por trás dele. Choil jazia sobre a serragem, com o peito esmagado, a barba arrebitada e de sapatos rústicos calçados sem meias. Suas pernas separadas estavam sujas, lilases, mortas. Kuzmá estava atarefado em torno delas; ele prendeu o maxilar e experimentava tudo o que ainda podia fazer com o defunto. Ele estava atarefado como se na casa houvesse alguma coisa nova, e acalmou-se só depois de pentear a barba do morto.

— Xingou todos — disse ele, sorrindo, e observou o cadáver com amor —, se os tártaros o atacassem, ele os insultaria; mas aí vieram os russos, e as mulheres com eles, as *katsapkas*. Para os *katsaps*[28] é uma ofensa perdoar as pessoas; eu conheço esses *katsaps*...

O zelador ajuntou mais um pouco de serragem ao defunto, jogou o avental de carpinteiro e me tomou pela mão.

— Vamos até seu pai — murmurou ele, apertando-me com mais força. — Seu pai o procura desde cedo, tomara que não tenha morrido...

E fui junto com Kuzmá à casa do inspetor de tributos, onde meus pais haviam se escondido fugindo do *pogrom*.

(1925)

---

[28] *Katsap* (feminino *katsapka*), termo pejorativo com que os ucranianos se referem aos russos. A origem da palavra gera controvérsias. Acredita-se que pode ser de origem ucraniana, tendo o sentido de "bode", mas pode ser também turca ou tártara, significando então "carrasco" e "bandido". (N. do T.)

O PRIMEIRO AMOR

Aos dez anos de idade eu me apaixonei por uma mulher de nome Galina Apollónovna. Seu sobrenome era Rubtsova. Seu marido, um oficial, fora para a guerra do Japão e voltou em outubro de 1905. Ele trouxe consigo muitos baús. Nesses baús havia objetos chineses: biombos, armas preciosas, meia tonelada no total. Kuzmá nos dizia que Rubtsov comprou essas coisas com o dinheiro que tinha ganhado no serviço militar, no departamento de engenharia do Exército da Manchúria. Além de Kuzmá, outras pessoas também diziam isso. Para as pessoas era difícil não fazer fofocas sobre os Rubtsov, pois eles eram felizes. A casa deles era pegada à nossa propriedade, sua varanda envidraçada ocupava uma parte do nosso terreno, mas meu pai não brigava com eles por causa disso. O velho Rubtsov, um inspetor de impostos, era conhecido em nossa cidade como um homem justo, e ele mantinha amizade com judeus. E quando o oficial, filho do velho, voltou da guerra do Japão, todos nós vimos que vida feliz e harmoniosa eles começaram. Galina Apollónovna segurava a mão do marido o dia inteiro. Ela não tirava os olhos dele, pois não via o marido há um ano e meio, porém eu ficava horrorizado com o olhar dela, voltava os olhos e estremecia. Eu enxergava neles a vida extraordinária e vergonhosa de todas as pessoas da Terra, queria adormecer num sono incomum para me esquecer dessa vida que superava os sonhos.

Galina Apollónovna andava às vezes pelo quarto com a trança desgrenhada, sapatos vermelhos e roupão chinês. Sob as rendas de sua camisa decotada via-se o sulco e o início de seus seios brancos, inchados e apertados para baixo, e no roupão, bordados em seda rosa, havia dragões, pássaros e árvores ocas.

Ela vadiava o dia todo com um sorriso vago nos lábios úmidos, esbarrando nos baús ainda fechados e nas escadas de ginástica espalhadas pelo chão. Galina teve escoriações por causa disso; ela levantava o roupão acima do joelho e dizia ao marido:

— Beije meu dodói...

E o oficial, dobrando as pernas compridas vestidas com calças de cavaleiro, esporas e botas revestidas de peliça, ficava no chão sujo, e sorrindo, movia as pernas e arrastava-se de joelhos; ele beijava o local machucado, aquele local onde havia uma dobra roliça por causa da liga. De minha janela eu via aqueles beijos. Eles me causavam sofrimentos, mas não vale a pena falar sobre isso, pois o amor e o ciúme de meninos de dez anos são parecidos em tudo com o amor e o ciúme de homens adultos. Por duas semanas não fui até a janela e fugi de Galina, até que um acaso me aproximou dela. Esse acaso foi o *pogrom* de judeus em 1905, em Nikoláiev e em outras cidades do perímetro de habitação judaica. Uma multidão de assassinos de aluguel saqueou a loja de meu pai e matou o vovô Choil. Tudo isso aconteceu longe da minha presença; naquela manhã eu estava comprando pombos do caçador Ivan Nikodímitch. Durante cinco dos dez anos que tinha vivido, sonhei com os pombos com toda a força de minha alma, e daí, quando os comprei, o aleijado Makarenko esmagou-os na minha cara. Então Kuzmá levou-me à casa dos Rubtsov. Na cancela dos Rubtsov havia uma cruz desenhada com giz, por isso ninguém tocou neles; e eles esconderam meus pais em sua casa. Kuzmá levou-me à varanda envidraçada. Ali estava minha mãe, sentada numa rotunda verde, e Galina.

— Precisamos nos lavar — disse-me Galina —, precisamos nos lavar, pequeno rabino... Temos o rosto cheio de penas, e penas com sangue...

Ela me abraçou e me levou por um corredor que tinha um cheiro muito forte. Minha cabeça repousava nos quadris de Galina; seus quadris moviam-se e respiravam. Chegamos à cozinha, e Rubtsova me colocou embaixo da torneira. Um ganso estava sendo fritado num fogão de ladrilho, a louça brilhante estava pendurada nas paredes, e junto com a louça, no canto do cozinheiro, havia um retrato do tsar Nicolau, decorado com flores de papel. Galina limpou os restos do pombo que estavam grudados nas minhas faces.

— Vai parecer um noivo, meu lindinho — disse ela, beijando-me nos lábios com sua boca carnuda, e virou-se.

— Veja — sussurrou ela de repente —, seu pai está cheio de aborrecimentos, ele está vagando pelas ruas o dia todo; chame seu papai para casa...

E eu vi da janela a rua vazia, com o céu imenso sobre ela, e o meu pai ruivo indo pela calçada. Ia sem o gorro, com os cabelos ruivos e macios arrepiados, o peitilho de algodão virado de lado e abotoado, mas não com o botão correto. Vlássov, um operário descarnado, vestindo farrapos militares de algodão, seguia meu pai com insistência.

— Ora — dizia ele com voz rouca e cordial, tocando meu pai carinhosamente com ambas as mãos —, não precisamos de liberdade para que os judeus possam negociar livremente... Ofereça o brilho da vida a um homem trabalhador pelo seu trabalho, por essa coisa horrível e descomunal... Ofereça a ele, meu amigo... Ofereça, escute-me...

O operário implorava algo a meu pai e tocava nele; traços de uma inspiração pura e embriagada sucediam-se no seu rosto em forma de desânimo e sonolência.

— Nossa vida devia ser parecida com a dos *molokans*[29] — resmungava ele, cambaleando nas pernas que se dobravam —, nossa vida devia ser semelhante à dos *molokans*, mas sem aquele Deus dos velhos crentes; com ele os judeus lucram como ninguém...

E Vlássov começou a gritar desesperado sobre o Deus dos velhos crentes que tinha piedade de alguns judeus. Vlássov berrava, tropeçava e alcançava o seu Deus misterioso, mas nesse instante uma patrulha cossaca cortou seu caminho. Um oficial usando calças com listras laterais e um cinturão de gala prateado ia à frente do destacamento; em sua cabeça havia um quepe alto. O oficial ia devagar, sem olhar para os lados. Ele ia como num desfiladeiro, onde só se pode olhar para a frente.

— Capitão — sussurrou meu pai quando o cossaco passou por ele —, capitão — disse meu pai, agarrando a cabeça, e ajoelhou-se na lama.

— Em que posso ajudar? — respondeu o oficial, olhando para a frente como antes, e levou à pala sua mão vestida com uma luva de camurça cor de limão.

À frente, na esquina da rua Ríbnaia, arruaceiros destruíam nossa loja e atiravam para fora caixas com pregos, máquinas e o meu retrato novo de uniforme ginasiano.

— Veja — disse meu pai, sem se levantar —, eles estão destruindo meu suor, capitão, por quê?...

O oficial resmungou algo, encostou na pala a luva cor de limão e tocou as rédeas; mas o cavalo não andou. Meu pai rastejava de joelhos diante do cavalo, encostando-se em suas pernas curtas, boas e de pelagem desgrenhada.

---

[29] Membros de uma seita cristã que se recusava a obedecer à Igreja Ortodoxa Russa. O termo *molokan* é derivado da palavra *molokó*, leite, fazendo referência ao fato de que os membros dessa seita consomem esse alimento mesmo durante os dias de jejum. (N. do T.)

— Às ordens — disse o capitão, que puxou as rédeas e partiu; os cossacos seguiram atrás dele.

Estavam sentados impassíveis em selas altas; seguiam pelo desfiladeiro imaginário e desapareceram na esquina da rua Sobórnaia.

Então Galina me impeliu novamente para a janela.

— Chame seu papai para casa — disse ela —, ele não comeu nada desde cedo.

E eu apareci na janela.

Meu pai virou ao ouvir minha voz.

— Meu filhinho — balbuciou ele com uma ternura indescritível.

E fui junto com ele para a varanda dos Rubtsov, onde minha mãe estava deitada em uma rotunda verde. Ao lado de sua cama estavam jogados halteres e um aparelho de ginástica.

— Copeques malditos — disse ela ao nos encontrar —, a vida humana, as crianças e a nossa felicidade desgraçada: você entregou tudo a eles... Copeques malditos! — começou ela a gritar com uma voz rouca, que não era a sua, fez um movimento brusco na cama e tranquilizou-se.

E então, no silêncio, ouviu-se o meu soluço. Eu estava junto à parede, com um quepe enterrado na cabeça e não conseguia conter meus soluços.

— Que vergonha, meu lindinho — sorriu Galina com um sorriso desdenhoso e me bateu com seu roupão engomado. Caminhou com seus sapatos vermelhos até a janela e começou a pendurar as cortinas chinesas numa cornija singular. Seus braços nus afogavam-se na seda, sua trança viva balançava em seus quadris; eu olhava para ela com admiração.

Sendo um menino atento, eu a olhava como para uma cena distante, iluminada por muitos refletores. Então eu me imaginei um Miron, o filho de um mineiro que comercializava na nossa esquina. Eu me imaginei na autodefesa judaica, e daí, como Miron, eu andava de sapatos rasgados e amarrados com barbante. No ombro, num cordão verde, trazia pendurado um rifle danificado; eu estava ajoelhado perto de uma velha cerca de tábuas me defendendo dos assassinos. Atrás da minha cerca estendia-se um terreno baldio, e nele havia pilhas de carvão empoeirado; o velho rifle atirava mal, e os assassinos, barbudos e de dentes brancos, chegavam cada vez mais perto de mim; eu experimentava a sensação orgulhosa da morte iminente, e nas alturas, no azul do universo, eu via Galina. Via uma troneira recortada na parede de uma casa gigante, revestida por miríades de tijolos. Essa casa púrpura espezinhava uma travessa na qual a terra cinzenta estava mal socada; em sua troneira superior estava Galina. Com seu sorriso desdenhoso, ela sorria da janela inacessível; e o marido, um oficial seminu, estava por trás dela e a beijava no pescoço...

Tentando conter o soluço, eu imaginei tudo isso para poder amar Rubtsova de um jeito mais amargo, ardente e desesperado, e talvez porque a medida da aflição fosse grande demais para uma pessoa de dez anos. Esses sonhos tolos me ajudaram a esquecer a morte dos pombos e de Choil; talvez eu me esquecesse desses assassinatos se, naquele instante, Kuzmá não tivesse entrado na varanda com aquele horrível judeu, Aba.

Já era o crepúsculo quando eles chegaram. Na varanda brilhava uma lâmpada fraca, envergada num canto; uma lâmpada oscilante, a companheira da desgraça.

— Eu arrumei o vovô — disse Kuzmá, ao entrar —, agora ele jaz bem bonito. E vejam, trouxe o *shammas*.[30] Para que ele diga algo sobre o velho...

E Kuzmá apontou para o *shammas* Aba.

---

[30] *Shammas* é o ajudante de sinagoga. (N. do T.)

— Que venha lamuriar — exclamou Kuzmá de forma amigável —, basta encher a barriga do *shammas* e ele vai atormentar Deus a noite inteira...

Kuzmá estava parado na soleira, com seu nariz quebrado virado para todos os lados; queria contar do modo mais cordial possível como ele prendera o maxilar do morto, mas meu pai interrompeu o velho.

— Peço-lhe, *reb*[31] Aba — disse meu pai —, que reze pelo defunto. Eu vou lhe pagar...

— Pois eu receio que o senhor não vá pagar — respondeu Aba, com uma voz enfadada, e colocou sobre a toalha o rosto barbudo e enojado. — Eu receio que o senhor vá pegar meu cachê e fugir para a Argentina, para Buenos Aires, e com ele vá abrir lá um mercado atacadista... Um mercado atacadista... — disse Aba, mexendo os lábios desdenhosos, e abriu o jornal *O Filho da Pátria*, que estava sobre a mesa. Nesse jornal havia uma publicação sobre o manifesto do tsar de 17 de outubro e sobre a liberdade.[32]

— "... Cidadãos da Rússia livre" — Aba lia o jornal com estilo, mastigando a barba que enchia sua boca —, "cidadãos da Rússia livre, uma Páscoa iluminada para vocês..."

---

[31] Contração de *rebe*, rabino, em iídiche; o termo era empregado também como forma de tratamento respeitoso para homens adultos. (N. do T.)

[32] No início do século XX, o governo tsarista enfrentava uma série de manifestações e greves de trabalhadores exigindo reformas. Em 17 de outubro, o tsar Nicolau II assinou um manifesto concedendo, entre outras coisas, a garantia de direitos civis e a formação de um parlamento por voto democrático. A suspensão de leis mais rígidas provocou uma onda de liberdade por todo o país, mas também gerou a fúria de grupos conservadores. Alguns desses grupos, como o Partido Monarquista Russo, defendiam a restauração da autocracia tsarista e a repressão às organizações revolucionárias e aos judeus, acusados de serem incitadores da desordem. (N. do T.)

O jornal estava inclinado e tremendo diante do velho *shammas*: ele lia de modo sonolento, meio cantado, acentuando extraordinariamente as palavras russas que não conhecia. Os acentos de Aba pareciam o discurso abafado de um negro recém-desembarcado de sua pátria num porto russo. Eles faziam até minha mãe rir.

— Estou cometendo um pecado — exclamou ela, surgindo da rotunda —, estou rindo, Aba... Seria melhor o senhor contar como tem passado e como está sua família.

— Pergunte-me outra coisa — resmungou Aba, sem tirar a barba dos dentes e continuando a ler o jornal.

— Pergunte-lhe outra coisa — disse meu pai depois de Aba, e foi para o meio do cômodo. Seus olhos, que sorriam para nós entre lágrimas, giraram de repente nas órbitas e fixaram-se num ponto que ninguém via.

— Ai, Choil — exclamou ele com uma voz regular, mentirosa e preparada —, ai, Choil, meu querido...

Nós vimos que ele ia começar a gritar, mas minha mãe se antecipou a nós.

— Manus — gritou ela, despenteando-se instantaneamente, e começou a arranhar o peito do marido —, veja como nosso menino está mal. Por que não ouve seus soluços, por que, Manus?...

Meu pai se calou.

— Rakhil[33] — disse ele timidamente —, não posso lhe dizer o quanto lamento Choil...

Ele foi para a cozinha e voltou de lá com um copo de água.

— Beba, artista — disse Aba, aproximando-se de mim —, beba essa água, que ajudará você como um turíbulo ajuda um morto...

---

[33] Forma hebraica do nome Raquel. (N. do T.)

Na verdade, a água não me ajudou. Eu soluçava com mais força. Os soluços escapavam do meu peito. Um inchaço agradável ao tato avolumou-se em minha garganta. O inchaço respirava, enchia-se, fechava a faringe e rolava do meu colarinho. Nele borbulhava minha respiração rasgada. Minha respiração borbulhava como água fervente. E ao anoitecer, quando eu já não era mais o menino bobinho que havia sido por toda a minha vida pregressa e me tornara um novelo contorcido, minha mãe, que se agasalhara com um xale e ficara mais alta e mais forte, aproximou-se de Rubtsova, que estava mortificada.

— Galina querida — disse minha mãe com voz forte e melodiosa —, como nós a incomodamos, e a querida Nadejda Ivánovna e a todos os seus... Estou envergonhada, Galina querida...

Com as bochechas em chamas, minha mãe empurrava Galina para a saída; depois atirou-se para mim e enfiou-me o xale na boca para conter o meu gemido.

— Aguente, filhinho — sussurrava ela —, aguente pela mamãe...

Mas ainda que eu pudesse aguentar, não faria isso, pois não sentia mais vergonha...

Assim começou a minha doença. Eu tinha então dez anos. Ao amanhecer me levaram ao médico. O *pogrom* continuava, mas não tocaram em nós. O médico, um homem gordo, achou em mim uma doença nervosa.

Ele mandou que fôssemos depressa para Odessa, para os especialistas, e lá esperássemos pelo calor e pelos banhos de mar.

E assim fizemos. Em alguns dias parti com minha mãe para Odessa, para a casa do vovô Leivi-Itskhok e do tio Simon. Nós partimos de manhã, em um navio a vapor, e já perto do meio-dia as águas agitadas do rio Bug transformaram-se nas ondas verdes e pesadas do mar. Diante de mim abria-se a vida de meu avô louco, Leivi-Itskhok, e eu me despedi para sempre de Nikoláiev, onde passaram-se dez anos de minha infância.

(1925)

NO PORÃO

Fui um menino mentiroso. Por conta das leituras. Minha imaginação estava sempre acesa. Eu lia durante as aulas, nos recreios, no caminho para casa, à noite — embaixo da mesa, escondido pela toalha que se estendia até o chão. Perdi todas as coisas do meu mundo lendo livros: as escapadas da escola para o porto, a introdução do jogo de bilhar nos bares da rua Grétcheskaia e os banhos em Langeron.[34] Eu não tinha amigos. Quem ia querer amizade com uma pessoa assim?

Certa vez, vi nas mãos de nosso melhor aluno, Mark Borgman, um livro sobre Espinosa. Ele tinha acabado de lê-lo e ansiava contar sobre a Inquisição Espanhola aos meninos que o cercavam. Mas o que ele contava era um balbucio científico. Nas palavras de Borgman não havia poesia. Eu não resisti e fui me intrometendo. Para quem quisesse me escutar, eu contei sobre a velha Amsterdã, sobre a penumbra do gueto e sobre os filósofos, os lapidadores de diamantes. Eu acrescentava muita coisa àquilo que tinha lido nos livros. Não passava sem isso. A minha imaginação reforçava as cenas dramáticas, modificava o final e enredava o início com mais mistério. A morte de Espinosa, sua morte livre e solitária, apareceu em minha representação na forma de uma batalha. O sinédrio tentou obrigar o moribundo a se arrepender, mas

---

[34] Praia da cidade de Odessa. (N. do T.)

ele não cedeu. Aqui eu acrescentei Rubens.[35] Imaginei que Rubens estava à cabeceira de Espinosa moldando sua máscara mortuária.

Meus colegas de escola escutavam boquiabertos aquela narrativa fantástica. Ela era contada com entusiasmo. Nós nos separamos a contragosto, por causa do sinal. No recreio seguinte, Borgman aproximou-se de mim, tomou-me pelo braço e começamos a passear juntos. Borgman não era um exemplo bobo de melhor aluno. Para seu cérebro poderoso, a sabedoria do ginásio eram rabiscos na margem do livro verdadeiro. Esse livro ele procurava com avidez. Éramos pedacinhos de gente de doze anos, e já sabíamos que ele tinha pela frente uma vida extraordinária e erudita. Ele nem preparava as lições, apenas as escutava. Aquele menino sensato e reservado apegou-se a mim por causa da minha peculiaridade de alterar todas as coisas do mundo, coisas que não se pode imaginar mais simples.

Naquele ano, nós passamos para a terceira série. Meu boletim estava cheio de notas 3-. Eu andava tão estranho com minhas maluquices que, depois de deliberarem, os professores não tiveram coragem de me dar nota 2. No início do verão, Borgman me convidou para a *datcha* de sua família. Seu pai era diretor do Banco Russo de Comércio Exterior. Esse homem era um daqueles que faziam de Odessa uma Marselha ou uma Nápoles. Nele habitava o espírito de um velho negociante de Odessa. Ele pertencia ao grupo dos farristas céticos e gentis. O pai de Borgman evitava falar em russo; ele se expressava na língua tosca e desordenada dos capitães de Liverpool. Quando chegou uma ópera italiana, em abril, foi organizado um almoço para o elenco no apartamento de Borgman. O banqueiro gorducho, o último dos

---

[35] O pintor flamengo Peter Paul Rubens (1577-1640). (N. do T.)

negociantes de Odessa, teve um caso de dois meses com a prima-dona peituda. Ela levou lembranças que não pesavam na consciência, além de um colar escolhido com gosto e que não tinha custado muito caro.

O velho era cônsul da Argentina e presidente do Comitê da Bolsa. Foi para a casa dele que me convidaram. Uma tia minha, chamada Bobka, espalhou para todo mundo. Ela me vestiu como pôde. Fui num trem a vapor até a décima sexta estação de Bolchói Fontan.[36] A *datcha* ficava num barranco baixo e vermelho, bem perto da margem. No barranco havia um canteiro com fúcsias e esferas podadas de tuia.

Eu vinha de uma família miserável e atrapalhada. A mobília dos Borgman me deixou pasmo. Nas aleias recobertas pelo verde brilhavam cadeiras de vime. A mesa de jantar estava coberta de flores; as janelas eram emolduradas por alizares verdes. Na frente da casa havia uma colunata de madeira baixa e ampla.

À tardinha, chegou o diretor do banco. Depois do jantar, ele colocou uma cadeira de vime bem na beirada do barranco, diante da planície do mar que se estendia, levantou as pernas em suas calças brancas, acendeu um charuto e começou a ler o *Manchester Guardian*. As convidadas, damas de Odessa, jogavam pôquer na varanda. Num canto da mesa zumbia um samovar esguio com alças de marfim.

As mulheres, jogadoras inveteradas e glutonas, catitas desleixadas e libertinas dissimuladas com lingeries perfumadas e quadris largos, agitavam leques negros e apostavam moedas de ouro. O sol as atingia através da sebe de videira silvestre. Seu globo ardente era imenso. Reflexos de cobre pesavam nos cabelos negros das mulheres. Lampejos do crepúsculo varavam os diamantes — diamantes pendurados em

---

[36] Famosa estação balneária de Odessa. (N. do T.)

todo lugar: nos sulcos dos seios que se apartavam, nas orelhas empoadas e nos dedos azulados, rechonchudos e femininos.

Caiu a noite. Um morcego passou farfalhando. O mar, mais enegrecido, rolava em direção ao penhasco vermelho. Meu coração de doze anos inflava-se pela alegria e leveza da riqueza alheia. Meu amigo e eu caminhávamos de mãos dadas pela aleia distante. Borgman me disse que se tornaria engenheiro aeronáutico. Corriam boatos de que seu pai seria nomeado representante do Banco Russo de Comércio Exterior em Londres; Mark poderia estudar na Inglaterra.

Em nossa casa, a casa de tia Bobka, ninguém falava sobre essas coisas. Eu não tinha com que pagar aquele esplendor permanente. Então eu disse a Mark que, embora em nossa casa fosse tudo diferente, meu avô Leivi-Itskhok e meu tio haviam percorrido o mundo todo e experimentado milhares de aventuras. Eu descrevi essas aventuras pela ordem. A noção do impossível me abandonou imediatamente, e eu levei meu tio Volf pela guerra russo-turca, rumo a Alexandria, ao Egito...

A noite se assentou nos álamos; as estrelas se apoiaram nos ramos arqueados. Eu falava e gesticulava. Os dedos do futuro engenheiro aeronáutico tremiam na minha mão. Despertando com muito custo da alucinação, ele prometeu visitar-me no domingo seguinte. Fortalecido por essa promessa, fui para casa no trem a vapor, para a casa de Bobka.

Depois daquela visita, imaginei a semana inteira que eu era um diretor de banco. Realizava operações milionárias com Singapura e Porto Said. Adquiri um iate e viajava nele sozinho. No sábado chegou a hora de despertar. O pequeno Borgman devia me visitar no dia seguinte. Não existia nada daquilo que eu lhe contara. Existia outra coisa, muito mais extraordinária do que eu tinha inventado, mas aos doze anos de idade eu realmente ainda não sabia como lidar com a verdade desse mundo. Meu avô Leivi-Itskhok, um rabino que fora expulso de seu povoado por ter falsificado em umas promissórias a assinatura do conde Branicki,[37] era considerado louco por nossos vizinhos e pelos meninos dos arredores. Meu tio Simon-Volf eu não suportava por causa de sua esquisitice barulhenta, cheia de arroubos absurdos, gritos e opressão. Somente com Bobka era possível conversar. Bobka se orgulhava do filho de um diretor de banco ter amizade comigo. Ela considerava essa amizade um começo de carreira; preparou *strudel* com geleia de frutas e torta de papoula para o convidado. Todo o coração de nossa gente, um coração que resistia tão bem à luta, estava contido naquelas tortas. Nós escondemos o vovô, com sua cartola rasgada e seus trapos sobre os pés inchados, na casa dos vizinhos, os Apelkhot, e eu implorei a ele que não aparecesse até que o convidado fosse embora. Tudo foi acertado também com Simon-Volf. Ele foi tomar chá na taverna O Urso com seus amigos exploradores. Nessa taverna, misturava-se vodca com chá, então podíamos calcular que Simon-Volf iria demorar. Aqui é preciso dizer que a família da qual eu vinha não se parecia com as outras famílias judaicas. Nós tínhamos bêbados em nossa linhagem, tínhamos seduzido filhas de generais, abandonando-as antes de cruzar a fronteira, tínhamos um avô que falsificava assinaturas e escrevia cartas de chantagem para esposas abandonadas.

Empenhei todos os esforços para manter Simon-Volf afastado o dia inteiro. Dei-lhe três rublos que havia economizado. Gastar três rublos é demorado; Simon-Volf voltaria tarde, e o filho do diretor do banco nunca saberia que a história sobre a bondade e a força de meu tio era falsa. Sinceramente falando, se analisarmos com o coração, aquilo era verdade, e não mentira, mas à primeira vista de Simon-Volf,

---

[37] Conde Franciszek Branicki (1732-1819), nobre e militar polonês. (N. do T.)

sujo e barulhento, essa verdade incompreensível não podia ser distinguida.

No domingo de manhã, Bobka se arrumou com seu vestido de feltro marrom. Seus seios gordos e generosos caíam para todos os lados. Ela colocou um lenço com flores negras estampadas, um lenço usado na sinagoga no Yom Kipur e no Rosh Hashaná.[38] Bobka colocou tortas, geleia de frutas e roscas doces na mesa e ficou esperando. Nós morávamos num porão. Borgman ergueu as sobrancelhas ao passar pelo piso irregular do corredor. No baldaquino havia uma dorna com água. Mal Borgman entrou e eu já comecei a ocupá-lo com todo tipo de curiosidades. Mostrei a ele um despertador, feito pelas mãos de meu avô até o último parafusinho. No relógio fora colocada uma lâmpada; quando o despertador marcava uma hora inteira ou meia, a lâmpada se acendia. Mostrei também um barril de graxa de sapato. A receita dessa graxa era uma invenção de Leivi-Itskhok, e esse segredo ele não revelava a ninguém. Depois eu li com Borgman algumas páginas de um manuscrito do vovô. Ele escrevia em hebraico, em folhas quadradas amarelas, enormes como mapas geográficos. O manuscrito chamava-se *O homem sem cabeça*. Nele eram descritos todos os vizinhos de Leivi-Itskhok nos setenta anos de sua vida: primeiro em Skvira e Biélaia Tsérkov, e depois em Odessa. Fabricantes de caixões, cantores de sinagoga, bêbados judeus, cozinheiras de cerimônias de circuncisão e velhacos que realizavam a operação ritual: eis aí os heróis de Leivi-Itskhok. Eram todos pessoas rabugentas, maledicentes, com nariz saliente, espinhas no cocuruto e ancas inclinadas.

Na hora da leitura apareceu Bobka de vestido marrom. Ela flutuava com o samovar em uma bandeja, rodeada por seus seios gordos e generosos. Eu os apresentei. Bobka disse

---

[38] Dia do Perdão e Ano Novo judaico, respectivamente. (N. do T.)

"Muito prazer!", estendeu os dedos suados e duros e fez um rapapé. Tudo corria bem, melhor do que o esperado. Os Apelkhot não soltaram o vovô. Eu arrastava seus tesouros um a um: gramáticas de todas as línguas e 66 volumes do Talmud. Borgman ficou deslumbrado com o barril de graxa, o despertador excêntrico e aquele montão de Talmuds, todas aquelas coisas que não se viam em nenhuma outra casa.

Cada um de nós tomou dois copos de chá com *strudel*; Bobka recuou com um aceno de cabeça e desapareceu. Entrei num estado de espírito radiante, assumi uma pose e comecei a recitar os versos que eu amava mais do que tudo na vida. Antônio, curvado sobre o cadáver de César, dirige-se ao povo romano:[39]

> *Ó, romanos, concidadãos, amigos.*
> *Concedei-me vossa atenção.*
> *Não vim glorificar César,*
> *Mas apenas saldar uma última dívida.*

Assim Antônio começa a intriga. Fiquei sufocado e apertei as mãos contra o peito.

> *César foi meu amigo, um fiel amigo,*
> *Mas Bruto o chama de ambicioso,*
> *E Bruto é homem honrado...*
> *Ele trouxe multidões de cativos para Roma,*
> *Enriquecendo o erário com o resgate deles.*
> *Não é isso que se considera ambição...*
> *Diante da miséria, ele derramou lágrimas,*
> *Ambição tão branda não existe.*
> *Mas Bruto o chama de ambicioso,*

---

[39] Ato III, cena II da peça *Júlio César* (1599), de William Shakespeare. (N. do T.)

> *E Bruto é homem honrado...*
> *Vós vistes no tempo das Lupercais,*
> *Por três vezes ofereci-lhe a coroa,*
> *E três vezes ele a recusou.*
> *Será isso a ambição?...*
> *Mas Bruto o chama de ambicioso,*
> *E Bruto é homem honrado...*

E diante dos meus olhos, na fumaça do universo, pendia o rosto de Bruto. Ele estava mais branco que um giz. O povo romano avançava para mim, resmungando. Levantei a mão e os olhos de Borgman seguiram-na docilmente; meu punho fechado tremia; eu levantei a mão... e vi na janela meu tio Simon-Volf, que vinha pelo pátio em companhia de Leikakh, um adeleiro. Eles traziam um cabide, feito de chifres de cervo, e um baú com pingentes em forma de mandíbula de leão. Bobka também os viu pela janela. Esquecendo-se do convidado, ela entrou voando na sala e me agarrou com as mãozinhas trêmulas.

— Meu benzinho, ele comprou móveis de novo...

Borgman soergueu-se em seu uniforme e inclinou-se atônito para Bobka. A porta foi arrombada. No corredor ressoou um retumbo de botas e o barulho do baú arrastado. As vozes de Simon-Volf e do ruivo Leikakh ecoavam estrondosamente. Ambos estavam meio bêbados.

— Bobka — gritou Simon-Volf —, adivinhe quanto eu paguei por estes chifres?!

Ele berrava como uma corneta, mas havia insegurança em sua voz. Mesmo bêbado, Simon-Volf sabia como nós odiávamos o ruivo Leikakh, que o instigava a comprar coisas e nos entulhava de móveis disparatados e inúteis.

Bobka permanecia calada. Leikakh cochichou algo para Simon-Volf. Para abafar o seu sibilo de serpente, para abafar minha inquietação, comecei a gritar as palavras de Antônio:

> *Ainda ontem governava o mundo*
> *O poderoso César; agora ele é cinzas,*
> *E qualquer miserável o despreza.*
> *Quisesse eu incitar à revolta,*
> *À vingança vossas almas e corações,*
> *Ofenderia Cássio e Bruto,*
> *Mas eles são homens respeitabilíssimos...*

Nessa hora ressoou uma batida. Era Bobka que caía, derrubada por um golpe do marido. Decerto ela fizera alguma observação desagradável sobre os chifres de cervo. E começou o espetáculo cotidiano. A voz de Simon-Volf tapava todas as frestas do mundo.

— Vocês estão me arrancando o couro — meu tio gritava com voz de trovão —, estão me arrancando o couro para alimentar suas bocas de cachorro... O trabalho me tirou a alma. Não tenho com que trabalhar, não tenho mãos, não tenho pernas... Vocês puseram uma pedra no meu pescoço, eu tenho uma pedra em volta do pescoço...

E despejando pragas judaicas contra mim e Bobka, ele rogava que nossos olhos fossem arrancados, que nossos filhos começassem a murchar e apodrecer ainda no ventre materno, que não conseguíssemos enterrar um ao outro e que nos arrastassem pelos cabelos para uma vala comum.

O pequeno Borgman se levantou de seu lugar. Ele estava pálido, olhando ao redor. Ele não entendia o emprego das blasfêmias judaicas, mas conhecia os palavrões russos. E Simon-Volf não os evitava. O filho do diretor de banco torcia o quepe na mão. Aos meus olhos ele se duplicava, e eu gritava para abafar toda a maldade do mundo. Meu desespero agonizante e a morte já consumada de César fundiram-se numa coisa só. Eu estava morto e gritando. Um ronco se erguia do fundo do meu ser.

> *Se lágrimas tiverdes, em abundante corrente*
> *Elas agora escorrerão de vossos olhos.*
> *Este manto é de todos conhecido. Até me lembro*
> *Onde César pela primeira vez o vestiu:*
> *Foi numa noite de verão, em uma tenda,*
> *Onde encontrava-se ele depois de derrotar*
> [*os nérvios.*
> *Aqui penetrou a adaga de Cássio; eis o ferimento*
> *Do invejoso Casca; aqui o apunhalou*
> *Seu amado Bruto.*
> *Como jorrou em rubra torrente o sangue,*
> *Quando do ferimento o punhal ele tirou...*

Nada foi capaz de abafar Simon-Volf. Sentada no chão, Bobka soluçava e assoava o nariz. O impassível Leikakh arrastava o baú atrás do tabique. Então meu avô estrambótico decidiu vir em meu socorro. Ele escapou da casa dos Apelkhot, arrastou-se até a janela e começou a arranhar o violino, decerto para que as pessoas de fora não ouvissem os palavrões de Simon-Volf. Borgman espiou pela janela, que era recortada rente ao chão, e caiu para trás horrorizado. Meu pobre avô fazia caretas com sua boca azulada e ossificada. Ele usava sua cartola retorcida, uma clâmide preta de algodão com botões de osso e sapatos esfarrapados nos pés de elefante. Sua barba, impregnada de fumaça, pendia em retalhos e balançava na janela. Mark correu.

— Não foi nada — murmurou ele, escapando para fora —, verdade, não foi nada...

Seu uniforme e seu quepe de abas levantadas passaram rapidamente pelo pátio.

Com a partida de Mark, minha agitação diminuiu. Esperei o anoitecer. Quando vovô se deitou na cama e adormeceu, depois de encher de ganchinhos hebraicos a sua folha quadrada (ele estava descrevendo os Apelkhot, em cuja casa, por obra minha, havia passado o dia), eu me dirigi ao corredor. Ali o chão era de terra. Eu me movia na escuridão, descalço, em uma bata comprida e remendada. Cascalhos cintilavam em forma de lâminas de luz pelas frestas das tábuas. Em um canto, como sempre, estava a dorna com água. Eu mergulhei nela. A água me cortou em dois. Afundei a cabeça, fiquei sufocado e emergi. Uma gata olhava sonolenta, de cima de uma prateleira. Na segunda vez eu aguentei mais tempo; a água chapinhava ao meu redor; meu gemido desapareceu nela. Abri os olhos e vi, no fundo da tina, minha bata flutuando e minhas pernas apertadas uma contra a outra. Novamente me faltaram forças e eu emergi. Perto da tina estava meu avô, de blusa. Seu único dente tilintava.

— Meu neto — ele pronunciou essas palavras com clareza e desdém —, vou tomar óleo de rícino para ter o que despejar no seu túmulo.

Fiquei fora de mim, comecei a gritar e mergulhei com força na água. Fui puxado pela mão fraca de meu avô. Então, pela primeira vez naquele dia, eu comecei a chorar, e o mundo de minhas lágrimas era tão imenso e maravilhoso que tudo, exceto elas, sumiu de meus olhos.

Voltei a mim já na cama, agasalhado com cobertores. Vovô caminhava pelo quarto, assobiando. A gorda Bobka aquecia minhas mãos em seu peito.

— Como está tremendo o nosso tolinho! — disse Bobka. — Onde uma criança encontra forças para tremer tanto?...

Vovô puxou a barba, assobiou e começou a caminhar novamente. Por trás da parede, com uma respiração angustiante, roncava Simon-Volf. Depois de pelejar o dia todo, ele nunca acordava à noite.

(1929)

O DESPERTAR

Todas as pessoas do nosso círculo — corretores, lojistas, funcionários de banco e cantores de funeral — ensinavam música a seus filhos. Sem ter perspectivas para si mesmos, nossos pais inventaram essa loteria. Eles a ergueram sobre os ossos dos pequenos. Odessa foi envolvida por essa loucura mais do que as outras cidades. E, na verdade, ao longo de décadas a nossa cidade forneceu crianças-prodígio para os palcos de todo o mundo. De Odessa saíram Mischa Elman, Zimbalist e Gabrílovitch, e ali começou Jascha Heifetz.[40]

Quando um menino completava quatro ou cinco anos, a mãe levava aquela criaturinha miúda e franzina ao senhor Zagúrski. Zagúrski mantinha uma fábrica de crianças-prodígio, uma fábrica de anões judeus de colarinhos rendados e sapatinhos envernizados. Ele os descobria nos cortiços de Moldavanka e nos pátios fedorentos do Velho Bazar.[41] Zagúrski dava o primeiro impulso, depois as crianças eram enviadas ao professor Auer, em Petersburgo.[42] Na alma daque-

---

[40] O autor se refere aos violinistas Mischa Elman (1891-1967), Jascha Heifetz, nome artístico de Ióssif Kheifets (1901-1987) e Efrem Zimbalist (1889-1985), que também era compositor e pedagogo; e ao pianista e maestro Óssip Gabrílovitch (1878-1936).

[41] Famoso mercado de Odessa construído no início do século XIX e derrubado em meados do século XX. (N. do T.)

[42] Leopold Auer (1845-1930), violinista, pedagogo, maestro e com-

las famelguitas de cabeças azuis e inchadas habitava uma harmonia poderosa. Elas se tornavam virtuoses famosos. E daí meu pai decidiu alcançá-los. Embora eu já tivesse passado da idade das crianças-prodígio, pois tinha quase catorze anos, pela altura e fraqueza poderia ser tomado por um menino de oito. Nisso residia toda a nossa esperança.

Fui enviado a Zagúrski. Por respeito ao meu avô, ele concordou em cobrar um rublo por aula: um preço baixo. Meu avô Leivi-Itskhok era o palhaço da cidade e também seu enfeite. Ele perambulava pelas ruas de cartola e sapatos esfarrapados, tirando dúvidas sobre as questões mais obscuras. Perguntavam-lhe o que era gobelim, por que os jacobinos traíram Robespierre, como era feita a seda sintética, o que era uma operação cesariana. Meu avô podia responder a todas essas perguntas. Por respeito à sua erudição e loucura, Zagúrski cobrava de nós um rublo por aula. E ele se empenhou comigo por medo do vovô, pois na verdade não havia no que se empenhar. Os sons saíam arrastados do meu violino como limalhas de ferro. Aqueles sons cortavam meu próprio coração, mas meu pai não desistia. Em casa só se falava de Mischa Elman, a quem o próprio tsar dispensara do serviço militar. Zimbalist, segundo informações de meu pai, fora apresentado ao rei da Inglaterra e tocara no Palácio de Buckingham; os pais de Gabrílovitch haviam comprado duas casas em Petersburgo. As crianças-prodígio tinham trazido riqueza para seus pais. Meu pai podia se acostumar com a pobreza, mas precisava da glória.

— Não é possível — cochichavam as pessoas que comiam às custas dele —, não é possível que o neto de um avô assim...

positor. Lecionou no Conservatório de São Petersburgo de 1868 a 1918. (N. do T.)

Eu já tinha outra coisa em mente. Quando ia executar os exercícios de violino, colocava livros de Turguêniev ou Dumas no atril e, enquanto arranhava o instrumento, devorava-os página por página. De dia eu inventava histórias para os meninos da vizinhança, e à noite eu as passava para o papel. A criação de obras era uma ocupação hereditária em nosso clã. Leivi-Itskhok, que enlouqueceu na velhice, escreveu durante toda a vida uma narrativa intitulada *O homem sem cabeça*. Eu puxei a ele.

Carregando o estojo do violino e as partituras, eu me arrastava três vezes por semana à casa de Zagúrski, na rua Vitte, antiga Dvoriánskaia. Ali, ao longo das paredes, judias histericamente inflamadas ficavam sentadas, aguardando sua vez. Elas apertavam contra seus joelhos fracos os violinos que, em grandeza, superavam os daqueles que deviam tocar no Palácio de Buckingham.

A porta para o santuário se abria. Do gabinete de Zagúrski saíam cambaleando crianças cabeçudas e sardentas, de pescoços finos como talos de flores e com um rubor epilético nas faces. A porta batia depois de engolir o ano seguinte. Por trás da parede, o professor, de gravata borboleta, madeixas ruivas e pernas finas, cantava esganiçado e regia. Como administrador daquela monstruosa loteria, ele povoava Moldavanka e os becos escuros do Mercado Velho com espectros de pizzicatos e cantilenas. Esse canto era depois levado a um esplendor diabólico pelo velho professor Auer.

Eu não tinha o que fazer naquela seita. Era um anão como eles, mas percebia na voz dos antepassados uma outra sugestão.

Foi difícil dar o primeiro passo. Certa vez saí de casa carregado com estojo, violino, partituras e vinte rublos em dinheiro, o pagamento por um mês de aula. Eu seguia pela rua Nejínskaia; devia virar na Dvoriánskaia para chegar à casa de Zagúrski; em vez disso, subi pela Tiraspólskaia e fui parar no porto. Meu período de três horas passou voando no ancoradouro Praktítcheskaia. Assim começou minha libertação. A sala de espera de Zagúrski nunca mais me viu. Coisas um pouco mais importantes ocuparam todos os meus pensamentos. Com Nemánov, meu colega de estudos, peguei o hábito de ir ao vapor *Kensington* visitar um velho marinheiro chamado *mister* Trottyburn. Nemánov era um ano mais novo do que eu; desde os oito anos ele se ocupava do comércio mais complicado do mundo. Era um gênio nos assuntos comerciais e cumpria tudo o que prometia. Hoje ele é um milionário em Nova York, diretor da General Motors, uma companhia tão poderosa quanto a Ford. Nemánov me arrastava consigo porque eu o obedecia calado. Ele comprava cachimbos contrabandeados de *mister* Trottyburn. Esses cachimbos eram trabalhados em Lincoln, pelo irmão do velho marinheiro.

— Cavalheiros — dizia-nos *mister* Trottyburn —, lembrem-se de minhas palavras: é preciso fazer os filhos com as próprias mãos... Fumar um cachimbo de fábrica é o mesmo que enfiar um clister na boca... Vocês sabem quem foi Benvenuto Cellini? Foi um mestre. Meu irmão de Lincoln poderia lhes falar sobre ele. Meu irmão não atrapalha a vida de ninguém. Ele apenas está convencido de que é preciso fazer os filhos com as próprias mãos, e não com as de outrem... Não podemos deixar de concordar com ele, cavalheiros...

Nemánov vendia os cachimbos de Trottyburn a diretores de banco, cônsules estrangeiros e a gregos ricos. Ele lucrava cem por cento.

Os cachimbos do mestre de Lincoln respiravam poesia. Em cada um deles era colocada uma ideia, uma gota de eternidade. Em suas boquilhas brilhava um olhinho amarelo; os estojos eram revestidos com cetim. Eu tentava imaginar como Matthew Trottyburn, o último mestre de cachimbos que resistia ao curso das coisas, vivia na velha Inglaterra.

— Não podemos deixar de concordar com ele, cavalheiros, de que é preciso fazer os filhos com as próprias mãos...

As ondas pesadas perto da murada do porto me afastavam mais e mais de nossa casa, que fedia a cebola e destino judaico. Do ancoradouro Praktítcheskaia eu passei para o quebra-mar. Os meninos da rua Promórskaia viviam por ali, num trecho de baixio arenoso. De manhã até a noite eles nem vestiam as calças; mergulhavam por baixo das chalanas, roubavam cocos para o almoço e esperavam a hora em que barcos de melancias vinham se arrastando de Kherson e Kámenki; eles podiam partir essas melancias contra os amarradouros do porto.

Meu sonho era aprender a nadar. Tinha vergonha de confessar àqueles meninos bronzeados que, embora nascido em Odessa, até os dez anos eu não tinha visto o mar, e aos catorze não sabia nadar.

Como demorei para aprender as coisas essenciais! Na infância, grudado no *Guemará*,[43] eu levei uma vida de sábio; quando cresci, comecei a subir em árvores.

Aprender a nadar parecia algo inatingível. A hidrofobia dos antepassados, dos rabinos espanhóis e cambistas de Frankfurt, puxava-me para o fundo. A água não me sustentava. Fustigado e repleto de água salgada, eu voltava para a margem, para o violino e as partituras. Eu estava apegado aos instrumentos de minha tortura e os arrastava comigo. A luta dos rabinos com o mar prosseguiu até que o deus das águas daquelas paragens, Iefim Nikítitch Smólitch, revisor do *Notícias de Odessa*, apiedou-se de mim. No peito de atleta daquele homem morava uma compaixão pelos meninos judeus. Ele chefiava bandos de crianças raquíticas. Nikítitch as

---

[43] Parte do Talmud que contém os comentários rabínicos do Mishná. (N. do T.)

recolhia nos pulgueiros de Moldavanka e as levava ao mar; ali ele as cobria de areia, fazia ginástica com elas, ensinava-lhes canções e, queimando-se com os raios diretos do sol, contava histórias de pescadores e de animais. Para os adultos, Nikítitch explicava que ele era um filósofo da natureza. As crianças judias morriam de rir das histórias de Nikítitch, ganindo e acarinhando como cachorrinhos. O sol as salpicava de sardas rastejantes, sardas da cor de um lagarto.

O velho observava de lado, em silêncio, o meu combate solitário com as ondas. Ao ver que já não havia esperanças e que eu não conseguia aprender a nadar, ele me incluiu na lista de hóspedes do seu coração. Era todo para nós o seu coração alegre, que não se afastava para lugar nenhum, não se amesquinhava e não se inquietava... Com os ombros acobreados, a cabeça de um gladiador envelhecido e as pernas bronzeadas e meio tortas, ele ficava deitado entre nós no quebra-mar, como o soberano daquelas águas de melancias e querosene. Comecei a gostar daquele homem como somente um menino achacado de histerias e dores de cabeça poderia gostar de um atleta. Não me afastava dele e tentava agradá-lo.

Ele me disse:

— Não fique agitado... Fortaleça seus nervos. O nado virá por si mesmo... Como assim a água não o sustenta? Por que ela não o sustentaria?

Percebendo como eu ansiava, Nikítitch fez uma exceção apenas para mim, dentre todos os seus discípulos, e me chamou para uma visita ao seu sótão limpo, espaçoso e esteirado; mostrou-me seus cães, um ouriço, uma tartaruga e uns pombos. Em retribuição a essas riquezas, levei-lhe uma tragédia escrita por mim na véspera.

— Eu bem sabia que você escrevia — disse Nikítitch —, você tem um olhar meio... Você já não olha para lugar nenhum...

Ele leu meus escritos, sacudiu os ombros, passou a mão pelas madeixas grisalhas e crespas e deu umas voltas pelo sótão.

— Podemos crer — exclamou ele de forma arrastada, pausando a cada palavra — que em você há uma centelha divina...

Saímos para a rua. O velho parou, bateu seu bastão com força na calçada e cravou os olhos em mim.

— O que está faltando a você?... A juventude não é uma desgraça, passará com os anos... Está faltando a você o sentimento da natureza.

Ele me mostrou com o bastão uma árvore de tronco avermelhado e copa baixa.

— Que árvore é essa?

Eu não sabia.

— O que está crescendo nessa moita?

Não sabia isso também. Fui com ele pelo jardinzinho da avenida Aleksándrovski. O velho cutucava todas as árvores com o bastão, segurava-me pelo ombro quando um pássaro voava e obrigava-me a escutar vozes isoladas.

— Que pássaro está cantando?

Eu não conseguia responder nada. Os nomes de árvores e pássaros, a divisão deles em espécies, para onde as aves voavam, onde o sol nascia, quando o orvalho ficava mais forte: eu desconhecia tudo isso.

— E você se atreve a escrever?... Um homem que não vive na natureza, como nela vive uma pedra ou um animal, não escreverá em toda a sua vida duas linhas de valor... As suas paisagens parecem uma descrição de cenários. Que diabo! No que seus pais pensaram durante esses catorze anos?...

No que eles pensaram?... Nas notas protestadas, nos palacetes de Mischa Elman... Eu não disse isso a Nikítitch; fiquei calado.

Em casa, durante o jantar, não toquei na comida. Ela não descia.

"O sentimento da natureza", pensava eu, "meu Deus, por que nunca pensei nisso?... Onde encontrar um homem que me ensinasse tão bem as vozes dos pássaros e os nomes das árvores?... O que eu sei sobre eles? Eu poderia identificar um lilás, e isso quando ele floresce. Um lilás e uma acácia. As ruas Deribassóvskaia e Grétcheskaia são ladeadas de acácias..."

Durante o jantar meu pai contou uma nova história sobre Jascha Heifetz. Antes de chegar à casa de Robin, ele encontrou Mendelson, um tio de Jascha. O caso era que o menino recebia oitocentos rublos por apresentação. Calcule quanto dá isso com quinze concertos por mês.

Calculei: deu doze mil por mês. Fazendo a multiplicação e deixando quatro em mente, dei uma olhada pela janela. No pátio cimentado, vestindo uma capa levemente esvoaçante, com cachos ruivos escapando de seu chapéu macio e apoiado em uma bengala, vinha passando o senhor Zagúrski, meu professor de música. Não se pode dizer que ele percebeu cedo demais. Já haviam se passado três meses desde que o meu violino caíra na areia perto do quebra-mar...

Zagúrski aproximava-se da entrada principal. Eu me precipitei para a porta dos fundos; esta fora pregada na véspera por causa de ladrões. Então me tranquei no banheiro. Meia hora depois, toda a família estava reunida junto a minha porta. As mulheres choravam. Bobka esfregava seu ombro gordo na porta e se desmanchava em soluços. Meu pai permanecia calado. Ele começou a falar baixinho, devagar, como jamais falara na vida.

— Sou um oficial — disse meu pai —, e tenho uma propriedade. Vou a caçadas. Os mujiques me pagam aluguel. Mandei meu filho para o Corpo de Cadetes. Não tenho por que me preocupar com meu filho...

Ele se calou. As mulheres fungavam. Depois um golpe terrível desabou sobre a porta do banheiro; meu pai investia contra ela de corpo inteiro; avançava tomando impulso.

— Sou um oficial — berrava ele —, vou a caçadas... Eu vou matá-lo... É o fim...

O ganchinho saltou da porta; ainda restava o ferrolho, sustentado por um único prego. As mulheres rolavam pelo chão; elas agarravam meu pai pelas pernas; enlouquecido, ele escapava. Uma velha acorreu àquele barulho: era a mãe do meu pai.

— Meu filho — disse-lhe ela em hebraico —, nossa dor é imensa. Ela não tem limites. Mas não falta sangue em nossa casa. Eu não quero ver sangue em nossa casa...

Meu pai gemeu. Ouvi seus passos se afastando. O ferrolho estava pendurado no último prego.

Fiquei sentado em minha fortaleza até a noite. Quando todos se deitaram, tia Bobka me levou para a casa de minha avó. Nosso caminho era longo. A luz do luar entorpecia nas moitas misteriosas, nas árvores sem nome... Um pássaro invisível deu um assobio e calou-se, talvez adormecido... Que pássaro era esse? Como ele se chamava? Havia orvalho de noite?... Onde ficava a constelação da Ursa Maior? De que lado o sol nascia?...

Nós íamos pela rua Potchtóvaia. Bobka me segurava com força pela mão para que eu não fugisse. Ela estava certa. Eu pensava em fugir.

(1930)

VELÍKAIA KRINITSA

GAPA GUJVA

Durante a Máslienitsa[44] de 1930 foram celebrados seis casamentos em Velíkaia Krinitsa. Foram festejados com um exagero que há tempos não se via. Costumes de antigamente ressurgiram. O sogro de uma noiva, meio embriagado, meteu-se a experimentá-la; essa prática fora abandonada em Velíkaia Krinitsa há uns vinte anos. O sogro conseguiu tirar o cinto e jogá-lo no chão. A noiva, frouxa de tanto rir, sacudia o velho pela barba. Ele estufava o peito contra ela, gargalhando e batendo as botas. No entanto, o velho não tinha por que se preocupar. Dos seis lençóis colocados nas cabanas, apenas dois estavam manchados de sangue nupcial; com as outras noivas a coisa não foi assim. Um lençol foi agarrado por um soldado do Exército Vermelho que viera passar uns dias em casa; Gapa Gujva foi trepando atrás do outro. Batendo nas cabeças dos homens, ela pulou num

---

[44] Festa de caráter carnavalesco que ocorre na semana que antecede o início da Quaresma. Corresponde apenas em parte ao carnaval brasileiro. Trata-se de uma antiga festa dos povos eslavos na qual é celebrado o fim do inverno. Seus participantes usam fantasias, fazem guerras com bolas de neve e corridas de trenó. Os festejos duram sete dias, e durante esse período há um amplo consumo de alimentos gordurosos e derivados de leite, proibidos durante a Quaresma. O último dia da festa é chamado de Domingo do Perdão, no qual as pessoas pedem desculpas aos parentes e conhecidos por ofensas cometidas no ano anterior. Nesse dia ocorre também a queima ou o enterro simbólico da Mariena, espécie de espantalho que representa a morte e a ressurreição da natureza. (N. do T.)

telhado e começou a subir por uma vara. A vara se envergava e balançava com o peso do corpo dela. Gapa arrancou o trapo vermelho e desceu pela vara. No gablete do telhado havia uma mesa e um tamborete, e na mesa uma meia garrafa e carne fresca cortada em pedaços. Gapa despejou a garrafa na boca; com a mão livre ela agitava o lençol. Embaixo, a multidão retumbava e dançava. A cadeira escorregou embaixo de Gapa, estalou e partiu-se. Pastores de Berezan, que conduziam bois para Kíev, ficaram encarando a mulher que bebia vodca no alto, a céu aberto.

— Será uma mulher? — disseram-lhes os sogros. — É o diabo a nossa viúva...

Gapa atirava pão, varetas e pratos do telhado. Depois de beber a vodca, ela partiu a garrafa na borda da chaminé. Os mujiques reunidos embaixo responderam-lhe com um rugido. A viúva pulou no chão, desamarrou uma égua de ventre peludo que cochilava perto da cerca e foi a galope atrás de vinho. Ela voltou rodeada de cantis, como um circassiano com munições. A égua, ofegante, balançava o focinho; seu ventre prenhe afundava e se inflava; uma loucura equina cintilava em seus olhos.

Nesses casamentos dançava-se com lenços, de olhos baixos e marcando o passo. Apenas Gapa soltava-se ao estilo da cidade. Ela dançava em dupla com seu amante, Grichka Sávtchenko. Eles se agarravam como numa luta, arranhando os ombros um do outro numa raiva obstinada; caíam no chão como que alvejados e sapateando.

Transcorria o terceiro dia dos casamentos de Velíkaia Krinitsa. Os padrinhos, sujos de fuligem e com os casacos de pele avessados, batiam nas tampas dos fornos e corriam pela aldeia. Fogueiras foram acesas na rua. As pessoas pulavam através delas com chifres desenhados. Cavalos foram atrelados a selhas; eles se debatiam pelos morrinhos e corriam através do fogo. Os mujiques caíram, vencidos pelo sono. As donas de casa jogavam nos fundos a louça quebrada. Depois de lavar os pés, os recém-casados subiram nas camas altas; e somente Gapa terminava sua dança sozinha no galpão vazio. Ela rodopiava de cabeça descoberta, com um croque nas mãos. Seu bastão lambuzado de breu era arremessado contra as paredes. Os golpes abalavam a construção e deixavam feridas negras e pegajosas.

— Somos mortíferos — murmurava Gapa, girando o croque.

Palha e tábuas caíam sobre a mulher, as paredes ruíam. Ela dançava de cabeça descoberta, no meio de ruínas, no estrondo e na poeira das cercas que se despedaçavam, do pó de madeira que voava e das tábuas que se partiam. Suas botas de cano vermelho revirado giravam nos destroços, marcando o compasso.

Caiu a noite. As fogueiras se apagavam nas covas degeladas. O galpão jazia sobre a colina na forma de um monte eriçado. No outro lado da rua, no Conselho da Aldeia, ardia um foguinho roto. Gapa jogou fora o croque e correu pela rua.

— Ivachko — gritou ela, irrompendo no Conselho da Aldeia —, vamos dar uma passeada, beber até morrer...

Ivachko era o representante do Comitê Executivo Regional para a Coletivização. Haviam se passado dois meses desde que tinham começado as conversações com a Velíkaia Krinitsa. Com as mãos sobre a mesa, Ivachko estava sentado diante de um monte de papéis amarrotados e carcomidos. A pele perto das têmporas estava enrugada, suas pupilas de gata doente pendiam nas órbitas. Acima delas salientavam-se arcos rosados e escalvados.

— Não despreze os nossos camponeses — gritou Gapa, batendo o pé.

— Não estou desprezando — disse Ivachko, desanimado —, mas seria constrangedor passear com vocês.

Gapa passou na frente dele, batendo os pés e gesticulando.

— Vamos dividir um pão[45] — disse a mulher —, seremos todos seus, representante, mas só amanhã, não hoje...

Ivachko balançou a cabeça.

— Seria constrangedor dividir um pão com vocês — disse ele. — Vocês são gente mesmo?... Vocês latem como cães; eu já perdi oito quilos por causa de vocês...

Ele mexeu os lábios e cerrou as pálpebras. Suas mãos se esticaram, encontraram na mesa uma pasta de linho. Ele se levantou, cambaleou para frente e, como um sonâmbulo, foi arrastando os pés para a saída.

— Esse cidadão é ouro puro — disse-lhe em seguida o secretário Khártchenko —, tem uma grande consciência, mas só a Velíkaia Krinitsa se dirige a ele de forma grosseira...

Acima das espinhas e do nariz arrebitado, Khártchenko tinha uma crista cinzenta trabalhada. Estava lendo um jornal, com as pernas sobre um banco.

— As pessoas vão esperar o juiz de Vorónkov — disse Khártchenko, virando uma folha do jornal —, aí vão se lembrar.

Gapa tirou de baixo da saia um saquinho de sementes de girassol.

— Por que fica se lembrando de seu dever, secretário? — disse a mulher. — Por que você teme a morte? Quando foi que aconteceu de um mujique se recusar a morrer?...

Na rua, ao redor do campanário, fervia um céu negro e inchado; as cabanas molhadas encolhiam-se e desapareciam. Acima de nós, estrelas eram esculpidas com dificuldade, e o vento corria por baixo.

---

[45] No original *karavai*. Trata-se de um pão enfeitado, servido tradicionalmente nas festas de casamento dos povos eslavos. (N. do T.)

Na entrada de sua cabana, Gapa ouviu um balbucio cadenciado, uma voz rouca e estranha. Uma peregrina que viera pernoitar estava sentada sobre o forno,[46] com as pernas encolhidas. Os fios carmim das lamparinas envolviam aquele canto. Na cabana arrumada pesava o silêncio; das paredes e tremós vinha um cheiro de álcool e maçã. As filhas de Gapa, de lábios grossos, esticavam os pescoços e olhavam fixamente para a mendiga. As moças eram cobertas por um cabelo curto em forma de crina de cavalo; seus lábios eram avessados e suas testas estreitas tinham um brilho gorduroso e mortiço.

— Vá mentindo, vovozinha Rakhivna — disse Gapa, e apoiou-se na parede —, sou louca por mentiras...

Rakhivna fazia trancinhas sob o teto, formando fileiras sobre sua cabeça pequena. Numa extremidade da estufa estavam seus pés lavados e deformados.

— Há três patriarcas neste mundo — disse a velha, e seu rosto enrugado se inclinou. — O patriarca de Moscou foi encarcerado por nosso Estado, o de Jerusalém vive com os turcos, e o de Antioquia domina toda a cristandade... Ele enviou à Ucrânia quarenta padres gregos para amaldiçoar as igrejas das quais o Estado tirou os sinos... Os padres gregos passaram por Kholódni Iár, o povo os viu em Ostrográdski, e lá pelo Domingo do Perdão estarão aqui em Velíkaia Krinitsa...

Rakhivna cerrou as pálpebras e calou-se. A luz da lamparina mantinha-se na cavidade de seus pés.

— O juiz de Vorónkov — disse a velha, voltando a si — promoveu a coletivização da aldeia em vinte e quatro horas... Ele colocou nove proprietários numa cela fria... Ao amanhecer, uma parte deles iria para a Sacalina. Minha filhi-

---

[46] Trata-se de um forno de alvenaria que possui um espaço na parte superior onde se pode subir e dormir. (N. do T.)

nha, em todo lugar vivem pessoas, em todo lugar Cristo é glorificado... Os proprietários pernoitaram numa cela fria; apareceram os guardas para levá-los... Os guardas abriram a porta da prisão; em plena luz da manhã, os nove proprietários balançavam sob as vigas em seus cintos...

Rakhivna ainda ficou ocupada por longo tempo antes de se deitar, arrumando seus trapos; ela sussurrava com seu Deus como se sussurrasse com um velho deitado ali mesmo sobre o forno; depois começou a respirar suavemente. Grichka Sávtchenko, o marido de outra, dormia embaixo, sobre um banco. Ele estava bem na extremidade, tomando a forma de alguém esmagado e com as costas encurvadas; seu colete estava erguido sobre elas, e sua cabeça afundada no travesseiro.

— O amor de um mujique — Gapa o despertou sacudindo-o. — Conheço bem o amor de um mujique... Viraram a cara um para o outro, o marido e a esposa, e ficaram nesse vai e vem... Esse não voltou para casa, para Odarka...

Metade da noite eles ficaram se virando sobre o banco, no escuro, com os lábios comprimidos e os braços esticados através da escuridão. A trança de Gapa voava pelo travesseiro. Ao amanhecer, Grichka levantou-se, deu um gemido e adormeceu arreganhando os dentes. Gapa podia ver os ombros amarronzados das filhas de testas pequenas, lábios grossos e seios enegrecidos.

— Essas camelas — pensou —, de onde foi que me saíram?...

A escuridão se deslocou no caixilho de carvalho da janela. O amanhecer abriu nas nuvens uma faixa violeta. Gapa saiu para o pátio. O vento a comprimiu como a água gelada num rio. Ela atrelou seu trenó e o carregou com sacos de trigo; depois das festas a farinha de todos havia se acabado. Na neblina, no vapor do amanhecer, a estrada ia se arrastando.

No moinho só foi possível trabalhar na noite seguinte. Nevou o dia todo. Bem perto da aldeia, de uma parede lisa que escorria, saiu ao encontro de Gapa o perna curta Iúchko Trofim, com um *treukh*[47] encharcado. Seus ombros, cobertos por um oceano de neve, subiam e baixavam.

— Bem, acordaram — murmurou ele, aproximando-se do trenó, e ergueu o rosto enegrecido e ossudo.

— O que foi exatamente? — Gapa puxou as rédeas.

— À noite apareceram todos os cabeças — disse Trofim —, encarceraram sua vovozinha... Vieram o chefe do Comitê Executivo Regional e o secretário do Comitê Distrital do Partido... Ivachko foi varrido, e no seu cargo está o juiz de Vorónkov...

Os bigodes de Trofim se ergueram como os de uma morsa; a neve tremelicava sobre eles. Gapa sacudiu as rédeas, depois puxou-as de novo.

— Trofim, por que a vovozinha?...

Iúchko parou e trombeteou de longe, através da neve que soprava e voava.

— Parece que estava fazendo uma agitação sobre o fim do mundo...

Ele seguiu adiante, mancando, e logo suas costas largas foram engolidas pelo céu, um céu que se fundia com a terra.

Ao chegar à cabana, Gapa bateu na janela com o chicote. Suas filhas estavam perto da mesa, de xale e botas, como num serão.

— Mãe — disse a mais velha, amontoando os sacos —, quando a senhora estava fora, Odarka veio e levou o marido para casa...

As filhas cobriram a mesa, colocaram o samovar. Depois de jantar, Gapa foi ao Conselho da Aldeia. Ali, sentados em bancos ao longo das paredes, os velhos de Velíkaia Krinitsa permaneciam calados. Uma janela quebrada durante as discussões passadas fora fechada com uma folha de compensa-

---

[47] Gorro com proteção para as orelhas e a nuca. (N. do T.)

do; o vidro da lâmpada estava gasto; e numa parede desbeiçada haviam afixado um cartaz de "Proibido Fumar". O juiz de Vorónkov, de ombros erguidos, lia perto da mesa. Lia o livro de protocolos do Conselho da Aldeia de Velíkaia Krinitsa; a gola de seu casaquinho grosso de lã estava erguida. Ao lado da mesa, o secretário Khártchenko escrevia uma ata de acusação contra sua própria aldeia. Ele distribuía em folhas pautadas todos os crimes, pagamentos atrasados e multas, todas as feridas expostas e encobertas. Ao chegar à aldeia, Osmolóvski, o juiz de Vorónkov, recusou-se a convocar assembleias, uma reunião comum de cidadãos, como faziam antes dele os representantes; ele não fez discursos e apenas mandou que elaborassem uma lista de devedores, de ex-comerciantes, uma lista de seus bens, áreas de plantio e propriedades rurais.

A Velíkaia Krinitsa permanecia calada, sentada nos bancos. O silvo e o rangido da pena de Khártchenko giravam no silêncio. O movimento se propagou e cessou quando no Conselho da Aldeia entrou Gapa. O chefe Ievdokim Nazárenko animou-se ao vê-la.

— Aí está nossa primeiríssima ativista, camarada juiz — Ievdokim gargalhou e esfregou as mãos —, a nossa viúva; pôs a perder todos os nossos rapazes...

Gapa, com os olhos apertados, permanecia junto à porta. Uma careta aflorou nos lábios de Osmolóvski, seu nariz se contraiu. Ele inclinou a cabeça e disse: "Olá!"...

— Foi a primeira a se inscrever no colcoz — Ievdokim despejava as palavras, esforçando-se para dissipar a tempestade —, depois a boa gente a convenceu, e ela se retirou...

Gapa não se mexia. Um rubor atijolado cobria seu rosto.

— A boa gente acha que... — exclamou ela com sua voz baixa e sonora. — Acha que no colcoz todo o povo vai dormir embaixo do mesmo cobertor...

Seus olhos riam no rosto imóvel.

— E eu sou contra esse negócio de dormir em rebanho; nós gostamos em pares, e, mas que diabo, também gostamos de aguardente...

Os mujiques começaram a rir e pararam. Gapa apertou os olhos. O juiz ergueu os olhos inflamados e lhe fez um aceno. Ele se encolheu ainda mais, segurou a cabeça com as mãos finas e ruivas e mergulhou de novo no livro de protocolos de Velíkaia Krinitsa. Gapa virou-se; suas costas bem proporcionadas alumiaram-se perante os demais.

No pátio, sobre tábuas molhadas, estava sentado o vovô Abram, com os joelhos separados e coberto de carne esponjosa. Madeixas amarelas caíam sobre seus ombros.

— O que foi, vovô? — perguntou Gapa.

— Estou triste — disse o vovô.

Em casa suas filhas já tinham se deitado. Tarde da noite, na cabaninha de Néstor Tiagai, um membro da União da Juventude Comunista, pendia obliquamente um foguinho na forma de uma língua de mercúrio; Osmolóvski havia chegado ao alojamento que lhe fora concedido. Um casaco de peles foi deixado num banco; o jantar esperava o juiz: uma tigela de coalhada e um naco de pão com cebola. Depois de tirar os óculos, ele cobriu com as mãos os olhos doloridos — o juiz que na região foi apelidado "duzentos e dezesseis por cento". Ele alcançara tal cifra no recolhimento de grãos na violenta aldeia de Vorónkov. Mistérios, canções e crenças populares envolviam os percentuais de Osmolóvski.

Ele mastigava o pão e a cebola; estendeu diante de si o *Pravda*, as instruções do Comitê Distrital do Partido e os informes do Comissariado do Povo para a Agricultura sobre a coletivização. Era tarde, passava de uma da madrugada, quando sua porta se abriu e uma mulher, apertada num xale em cruz, atravessou a soleira.

— Juiz — disse Gapa —, o que vai ser das putas?

Osmolóvski ergueu o rosto coberto por um fogo mosqueado.

— Vão desaparecer.

— Elas vão ter vida ou não?

— Vão — disse o juiz —, mas uma outra, melhor.

A mulher cravou num canto um olhar ausente. Ela tocou num colar sobre o peito.

— Obrigada por suas palavras...

O colar tilintou. Gapa saiu, fechando a porta atrás de si.

Sobre ela lançaram-se uma noite cortante e agitada, moitas de nuvens e blocos de gelo arqueados com um brilho negro. Uma nuvem passou voando baixinho e iluminando-se. O silêncio estendeu-se por cima de Velíkaia Krinitsa, por cima do deserto plano, sepulcral e congelado da noite da aldeia.

(1930)

KOLIVUCHKA

No pátio de Ivan Kolivuchka entraram quatro homens: Ivachko, representante do Comitê Executivo Regional, Ievdokim Nazárenko, chefe do Conselho da Aldeia, Jitniak, presidente do colcoz recém-constituído, e Adrian Moriniets. Adrian movia-se tal como uma torre que se arrancou do lugar e saiu andando. Ivachko passou correndo na frente dos galpões, apertando contra a coxa sua pasta de linho rasgada, e entrou na cabana. A esposa de Ivan e suas duas filhas torciam fios nas rodas de fiar escurecidas, perto da janela. Enroladas em lenços, com suas capas compridas e os pés pequenos, limpos e descalços, elas pareciam monjas. Entre toalhas e espelhos baratos, havia fotos de suboficiais, professoras e cidadãos em suas *datchas*. Ivan entrou na cabana depois dos visitantes e tirou o gorro.

— Quanto ele paga de imposto? — perguntou Ivachko, virando-se.

O chefe Ievdokim, com as mãos nos bolsos, observava como girava a roda de fiar.

Ivachko bufou ao saber que Kolivuchka pagava cento e dezesseis rublos.

— Não podia ser mais?

— Pelo visto, não...

Jitniak espichou os lábios ressecados, o chefe Ievdokim continuava olhando para a roda de fiar. Kolivuchka, que estava de pé junto à soleira, piscou para a esposa; esta tirou um recibo de trás dos ícones e o deu ao representante do Comitê Executivo Regional.

— E a reserva de sementes? — perguntou Ivachko, com voz entrecortada; ele remexia o pé de tanta impaciência, prensando-o nas tábuas do assoalho.

Ievdokim ergueu os olhos e passou-os pela cabana.

— Nesta propriedade — disse Ievdokim — tudo foi acertado, camarada representante... Nesta propriedade não há nada que não tenha sido acertado...

As paredes esbranquiçadas encurvavam-se sobre os visitantes na forma de uma cúpula baixa e calorosa. As flores nos vidros de lâmpadas, os armários vulgares, os bancos polidos: tudo refletia uma limpeza torturante. Ivachko saiu de seu lugar e correu para a saída com sua pasta balançando.

— Camarada representante — Kolivuchka deu uns passos atrás dele —, vou receber alguma ordem ou não?...

— Vai receber uma certidão — gritou Ivachko, agitando as mãos, e correu adiante.

Atrás dele seguia Adrian Moriniets, o colosso inumano. Tímich, um alegre oficial de justiça, apareceu rapidamente perto do portão, seguindo Ivachko. Tímich experimentava com suas pernas compridas a lama da rua da aldeia.

— O que está havendo, Tímich?...

Ivan o chamou com um gesto e o agarrou pela manga. O oficial de justiça, que era uma vareta alegre, inclinou-se e abriu a goela estofada por uma língua carmim e rodeada de pérolas.

— Vão confiscar sua casa...

— E eu?

— Você vai para o desterro...

E Tímich correu com suas pernas de cegonha para alcançar seus superiores.

No pátio de Ivan havia uma égua atrelada. Suas rédeas

vermelhas estavam jogadas sobre sacos de trigo. Perto de uma tília envergada no meio do pátio havia um toco, e nele, um machado. Ivan tocou ligeiramente o gorro com a mão, deslocou-o e sentou-se. A égua arrastou o trenó até ele, pôs a língua para fora e a dobrou na forma de um tubinho. A égua estava prenhe, seu ventre dilatava-se de modo abrupto. Por brincadeira, ela agarrou seu dono pelo ombro de algodão e deu-lhe umas batidinhas. Ivan olhava embaixo dos próprios pés. A neve pisada havia encrespado ao redor do toco. Curvando-se, Kolivuchka arrancou o machado, segurou-o no ar, suspenso, e golpeou a égua na testa. Uma de suas orelhas saltou para um lado, a outra pulou e ficou grudada; a égua deu um gemido e disparou. O trenó virou, o trigo estendeu-se pela neve em forma de faixas enroladas. A égua pulava com as patas dianteiras e atirava o focinho para trás. Perto do galpão, ela se enroscou numa grade de dentes. Seus olhos surgiram de baixo da cortina de sangue que escorria. Ela começou a cantar, num lamento. O potrinho revirou-se dentro dela, uma veia inchou-se em seu ventre.

— Perdão — disse Ivan, estendendo-lhe a mão —, perdão, filhinha...

Sua mão estava aberta. A orelha da égua estava pendurada, seus olhos se retorciam, anéis de sangue brilhavam ao redor deles, e o pescoço formava com o focinho uma linha reta. Seu lábio superior estava virado para trás em desespero. Ela puxou os arreios e se moveu, arrastando a grade que estremecia. Ivan levou a mão com o machado para trás das costas. O golpe acertou no meio dos olhos; dentro do animal que desabava o potrinho revirou-se mais uma vez. Depois de descrever um círculo, Ivan aproximou-se do galpão e pôs para fora uma tarara. Ele erguia as mãos de forma ampla e lenta, despedaçando a máquina e virando o machado no traçado fino das rodas e do tambor. A esposa, vestindo a capa comprida, apareceu no terraço da entrada.

— Mãe — Kolivuchka ouviu uma voz distante —, mãe, ele vai destruir tudo...

A porta se abriu; da casa saiu uma velha de calças de linho, apoiando-se num bastão. Os cabelos amarelos assentavam-se nos buracos de suas faces, a bata estava pendurada como uma mortalha sobre seu corpo fino. A velha pisava na neve com meias aveludadas.

— Carrasco — disse ela ao filho, pegando o machado —, você se lembrou de seu pai?... Você se lembrou dos irmãos, dos condenados?...

Os vizinhos se ajuntaram no pátio. Os mujiques formavam um semicírculo olhando para um lado. Uma mulher estranha disparou e começou a gritar esganiçada.

— Cale-se, sua peste! — disse-lhe o marido.

Ivan estava de pé, apoiado na parede. Sua respiração propagava-se pelo pátio, retumbando. Parecia que ele executava um trabalho difícil, aspirando o ar para si e expelindo-o.

Terenti, o tio de Kolivuchka, corria ao redor dos portões, tentando trancá-los.

— Sou uma pessoa — disse de repente Ivan aos que o rodeavam —, sou uma pessoa, um aldeão... Por acaso nunca viram uma pessoa?...

Terenti expulsou os estranhos, dando empurrões e mancando. Os portões rangeram e fecharam-se. Foram abertos ao anoitecer. Por eles saiu um trenó abarrotado de tralhas, lentamente e com estrondo. Mulheres estavam sentadas sobre os fardos como aves congeladas. Amarrada com uma corda pelo chifre seguia uma vaca. A carroça atravessou os limites da aldeia e afundou no deserto plano e nevado. O vento amarfanhava por baixo e gemia naquele deserto, espalhando ondas azuis. Por trás delas havia um céu de lata. Brilhando, uma rede de diamantes envolvia o céu.

Kolivuchka passou pela rua, olhando para a frente, em direção ao Conselho da Aldeia. Ali ocorria uma reunião do novo colcoz chamado de "Renascimento". À mesa estava estirado o corcunda Jitniak.

— A transformação de nossa vida... ela está no quê? É a transformação do quê?

As mãos do corcunda apertaram-se contra o dorso e foram retiradas novamente.

— Aldeões, tomamos o rumo dos laticínios e da horticultura; isso tem um significado imenso... Nossos pais e avós calcaram um tesouro com suas botas; no presente vamos desenterrá-lo. Não é uma vergonha, não é uma afronta que, mesmo vivendo a cerca de sessenta verstas de nossa cidade central, nós não entendamos a nossa economia em termos científicos? Nossos olhos estavam fechados, aldeões, nós fugíamos de nós mesmos... O que significam sessenta verstas, quem sabe o que é isso?... Em nosso Estado é o tempo de uma hora, mas até essa pequena hora é um bem humano, é uma joia...

A porta do Conselho se abriu. Kolivuchka foi até a parede vestindo uma peliça curtida e um gorro alto. Os dedos de Ivachko começaram a pular e cravaram-se nos papéis.

— Àqueles que não têm direito a voto — disse ele, olhando para baixo, para os papéis — peço que deixem nossa reunião...

Por trás da janela, dos vidros sujos, derramava-se o pôr do sol e suas torrentes de esmeralda. No crepúsculo de uma isbá da aldeia, numa fumaça cinzenta de tabaco,[48] faíscas brilhavam fracamente. Ivan tirou o gorro, a coroa de seus cabelos negros se desmanchou.

Ele se aproximou da mesa, na qual estava sentada a presidência: Ívga Movtchan, uma assalariada; o chefe Ievdokim e o silencioso Adrian Moriniets.

---

[48] No original, *makhorka*, tabaco de má qualidade. (N. do T.)

— Gente — disse Kolivuchka; ele estendeu a mão e colocou na mesa um molho de chaves —, gente, estou deixando vocês... — Depois de ressoar, o ferro pousou nas tábuas enegrecidas. Da escuridão surgiu o rosto desfigurado de Adrian.

— Para onde você vai, Ivan?...

— As pessoas não me aceitam, talvez a terra aceite...

Ivan saiu sem fazer barulho, com a cabeça baixa.

— É um número — gritou Ivachko logo que a porta se fechou atrás dele —, é só uma provocação... Ele foi buscar um rifle, não foi a lugar nenhum, e nem vai, a não ser atrás de um rifle...

Ivachko começou a dar socos na mesa. Em seus lábios explodiram palavras de pânico e de como manter a calma. O rosto de Adrian se meteu de novo no canto escuro.

— Não, representante — disse ele da escuridão —, é evidente que não foi atrás de um rifle.

— Minha proposta é... — gritou Ivachko.

A proposta consistia em montar uma guarda junto à cabana de Kolivuchka. Para guarda escolheram Tímich, o oficial de justiça. Fazendo caretas, ele levou uma cadeira vienense para o terraço da entrada, esparramou-se sobre ela e colocou junto de suas pernas uma espingarda e um porrete. Do alto do terraço, do alto de seu trono de aldeia, Tímich ficava mexendo com as mocinhas, assobiando, uivando e batendo a espingarda. A noite estava lilás, pesada como uma pedra colorida da montanha. As veias dos riachos congelados passavam por ela; uma estrela caiu nos poços de nuvens negras.

Ao amanhecer, Tímich informou que não houve incidentes. Ivan pernoitou na casa do avô Abram, um velho coberto de carne esponjosa. Depois do anoitecer, Abram arrastou-se até o poço.

— Para que isso, vovô Abram?...

— Vou colocar o samovar — disse o avô.

Eles dormiram tarde. Acima das cabanas começou a aparecer fumaça; a porta delas estava bem trancada.

— Sumiu-se — disse Ivachko na reunião do colcoz —, vamos chorar por isso?... O que acham, aldeões?...

Com os cotovelos pontiagudos e trêmulos desdobrados sobre a mesa, Jitniak anotava num livro as marcas dos cavalos coletivizados. Sua corcunda projetava uma sombra que se mexia.

— Agora o que vão nos enfiar goela abaixo? — divagava Jitniak, enquanto escrevia. — Agora precisamos de tudo nesse mundo... Precisamos de capas sintéticas, arados de mola, tratores, bombas... Isso é gula, aldeões... Todo o nosso Estado é guloso...

Os cavalos que Jitniak estava anotando eram todos baios e malhados, e eram chamados de "Máltchik" e "Jdanka". Jitniak obrigava os donos a assinarem na frente de cada sobrenome.

Foi interrompido por um barulho, um tropel surdo e distante. Uma ressaca vinha rolando e chocou-se com a Velíkaia Stáritsa.[49] Uma multidão seguia pela rua que se despedaçava. Na frente dela os aleijados em cadeiras de rodas. Um estandarte invisível pairava sobre a multidão. Quando chegaram ao Conselho da Aldeia, as pessoas mudaram o passo e entraram em formação. Apareceu um círculo no meio delas, um círculo de neve empilhada, um lugar vazio como aquele deixado para o padre na hora da procissão. No círculo estava Kolivuchka, numa bata solta por cima do colete e com a

---

[49] Esse era o verdadeiro nome da aldeia visitada por Bábel em 1930, quando o autor foi acompanhar o processo de coletivização da agricultura e obter materiais para o romance que pretendia escrever. No título da obra, Bábel trocou o nome verdadeiro da aldeia por um fictício, Velíkaia Krinitsa, tal como aparece no conto "Gapa Gujva". (N. do T.)

cabeça branca. A noite havia prateado sua coroa cigana; nela não restava um cabelo negro. Flocos de neve, pássaros frágeis carregados pelo vento, voaram sob o céu que se aquecia. Um velho de pernas quebradas que tinha avançado olhou com avidez para os cabelos brancos de Kolivuchka.

— Diga, Ivan — exclamou o velho, erguendo as mãos —, diga ao povo o que você carrega na alma...

— Para onde vocês vão me enxotar, gente? — murmurou Kolivuchka, olhando ao redor. — Para onde eu vou?... Eu nasci entre vocês, gente...

Um resmungo arrastou-se nas fileiras. Moriniets lançou-se para a frente, dispersando as pessoas.

— Deixem-no trabalhar — o berro não podia escapar de seu corpo poderoso, a voz baixa tremia —, deixem-no trabalhar... A parte de quem ele vai tomar?

— A minha — disse Jitniak, e começou a rir. Arrastando os pés, ele se aproximou de Kolivuchka e deu uma piscada. — Eu dormi a noite toda com uma mulher — disse o corcunda —, assim que levantou, ela preparou panquecas; nós as devoramos como javalis, e até peidamos...

O corcunda calou-se, seu riso cessou, e o sangue fugiu de seu rosto.

— Você veio nos colocar contra a parede — disse ele mais baixinho —, veio nos tiranizar com sua cabeça branca, veio nos atormentar. Só que nós não vamos ser atormentados, Vánia... Para nós, no momento atual, é um tédio ser atormentado.

O corcunda avançava com suas pernas finas e retorcidas. Algo assobiava nele, como numa ave.

— É preciso matar você — murmurou ele, depois de ter uma ideia —, vou atrás de uma pistola, vou liquidar você...

Seu rosto ficou iluminado, alegre; ele tocou o braço de Kolivuchka e precipitou-se para casa atrás da espingarda de Tímich. Kolivuchka andou um instante no mesmo lugar e partiu. O rolo prateado de sua cabeça seguia no vão turbilhonante das cabanas. Suas pernas cambaleavam; depois o passo ficou mais firme. Ele tomou a estrada para Ksiénevka.

Desde então, ninguém mais o viu em Velíkaia Státitsa.

(1930)

CONTOS 1913-1938

O VELHO SHLOIME

Embora nossa cidadezinha seja pequena e seus habitantes, pouquíssimos, e mesmo tendo Shloime vivido nela sessenta anos sem sair de lá, ninguém saberia dizer quem é Shloime e nem que tipo de gente seria ele. Isso porque simplesmente haviam se esquecido dele, assim como se esquecem de uma coisa inútil e que não chama a atenção. O velho Shloime era essa coisa. Ele tinha 86 anos. Tinha olhos lacrimejantes, o rosto — um rosto pequeno, sujo e enrugado — coberto por uma barba amarelenta que nunca era penteada, e na cabeça madeixas de cabelos espessos e emaranhados. Shloime quase nunca se lavava, raramente trocava de roupa e cheirava mal; seu filho e sua nora, com quem ele vivia, davam-lhe de ombros; haviam-no colocado num cantinho aquecido e esqueceram-se dele. Um cantinho aquecido e comida — eis o que restava a Shloime, e parecia que isso lhe bastava. Aquecer seus ossos velhos e estropiados e engolir um bom pedaço de carne gorda e suculenta era para ele o deleite supremo. Ele era o primeiro a chegar à mesa; seguia ansioso e de olhos fixos cada pedaço, enfiava o alimento na boca de modo ávido, com seus dedos compridos e ossudos, e comia, comia e comia até que se recusassem a dar-lhe mais, ainda que fosse só um pedacinho. Dava nojo olhar para Shloime na hora em que ele comia: todo o seu corpo magro tremendo, os dedos engordurados, o rosto tão deplorável e cheio de um medo terrível de que lhe fizessem mal, de que o esquecessem. Às vezes a nora zombava de Shloime: durante a refeição, ela fingia ignorá-lo; o velho começava a se agitar, olhava desamparado ao redor, tentava sorrir com sua boca retorcida e desdentada; ele queria demonstrar que o alimento não era importante para si, que podia se arranjar assim mesmo; porém no fundo dos olhos, nas rugas da boca e nos braços pedintes estirados sentia-se tamanha súplica, e o sorriso torcido e forçado era tão lastimável que as brincadeiras eram esquecidas e o velho Shloime recebia sua porção.

E assim vivia ele em seu canto: comia e dormia, e no verão ainda tomava um solzinho. Ele parecia ter perdido há tempos a capacidade de compreender. Os negócios do filho e os acontecimentos domésticos não lhe interessavam. Olhava indiferente para tudo o que ocorria, e nele só se agitava o temor de que o neto descobrisse que ele tinha escondido sob o travesseiro um pedaço seco de pão de mel. Ninguém nunca falava com Shloime, nem se aconselhava com ele, nem lhe pedia ajuda. Certa vez, Shloime estava muito satisfeito quando, depois do jantar, seu filho aproximou-se dele e gritou-lhe ao ouvido: "Paizinho, vão nos expulsar daqui. Está ouvindo? Vão expulsar, enxotar!". A voz do filho tremia, o rosto retraindo-se como se fosse de dor. Shloime ergueu lentamente seus olhos descoloridos, olhou ao redor, com dificuldade percebeu alguma coisa, agasalhou-se com uma sobrecasaca imunda, não respondeu nada e foi deitar-se a passo lento.

Desde aquele dia, Shloime começou a perceber que na casa estava acontecendo algo ruim. Seu filho estava arrasado, não se ocupava mais dos negócios, às vezes chorava e olhava de modo furtivo para o pai que ruminava. O neto parou de frequentar o ginásio. A nora gritava com uma voz esganiçada, torcia os braços, apertava o filho contra si e chorava amargamente, com força.

Shloime tinha agora uma ocupação: ele observava e esforçava-se para compreender. Pensamentos confusos remexiam-se na mente que há tempos não trabalhava. "Estão sendo enxotados daqui!" Shloime sabia por que estavam sendo enxotados. "Mas ele não pode ir embora! Ele tem 86 anos; ele quer se aquecer. Lá fora está frio, úmido... Não, Shloime não vai a lugar nenhum. Ele não tem aonde ir, não tem!" Shloime meteu-se no seu canto, desejou abraçar a cama de madeira desmantelada, acariciar o forno, o forno querido, quente e tão velho quanto ele. "Aqui ele cresceu, passou sua vida pobre e árdua, e quer que seus velhos ossos repousem no pequeno cemitério local." Nos momentos em que pensava assim, Shloime animava-se de um jeito nada natural, ia até seu filho, queria lhe dizer muita coisa, com ardor, aconselhar-lhe algo, mas... há tanto tempo ele não falava com ninguém nem aconselhava nada. E as palavras congelavam em sua boca desdentada, o braço erguido caía sem forças. E Shloime, todo encolhido, como se tivesse vergonha de seus impulsos, voltava sombrio para seu canto e ficava escutando o que seu filho falava com a nora. Ele ouvia mal, mas sentia algo, sentia com medo, com pavor. Naqueles momentos o filho sentia sobre si o olhar pesado e demente do velho que perdera a razão, e o par de olhos pequenos com uma interrogação maldita constantemente desconfiando de algo, tentando descobrir alguma coisa. Certa vez uma palavra foi pronunciada bem alto: a nora esquecera-se de que Shloime ainda não havia morrido. E atrás dessa palavra ouviu-se um uivo baixo, como que afogado. Era o velho Shloime. Com passos trêmulos, sujo e desgrenhado, ele se arrastou lentamente até o filho, agarrou-lhe as mãos, acariciou-as e beijou-as, sem desviar dele o olhar inflamado, balançou a cabeça algumas vezes, e pela primeira vez em muitos anos lágrimas rolaram de seus olhos. Ele não disse mais nada. Levantou-se com dificuldade, enxugou as lágrimas com a mão ossuda, por alguma razão sacudiu a poeira da sobrecasaca e caminhou de volta para o seu canto, onde ficava o forno quente... Shloime queria se aquecer. Ele sentia frio.

Desde então, Shloime não pensava em nada mais. Ele sabia de uma coisa: seu filho queria abandonar seu povo, por um novo deus. A fé antiga e esquecida agitava-se dentro dele. Shloime nunca fora religioso, raramente rezava e antes era até tomado por ateu. Mas abandonar definitivamente, para sempre, o seu deus, o deus de um povo humilhado e sofrido, isso ele não entendia. Os pensamentos reviravam-se em sua cabeça de forma pesada, ele compreendia com dificuldade, mas essas palavras permaneciam constantes, firmes e ameaçadoras diante dele: "Isso não pode ser, não pode!". E quando Shloime entendeu que a desgraça era inevitável, que seu filho não iria resistir, ele disse a si mesmo: "Shloime, velho Shloime, o que você vai fazer agora?". Desamparado, o velho olhou à sua volta, encarquilhou a boca lastimosamente como uma criança, e quis chorar lágrimas amargas, de velho. Não tinha essas lágrimas reconfortantes. E então, no momento em que seu coração começou a doer, quando sua mente entendeu a dimensão da desgraça, Shloime examinou carinhosamente pela última vez o seu cantinho quente e decidiu que não o expulsariam dali, que jamais o expulsariam. "Não deixarão o velho Shloime comer o pedaço de pão de mel seco que está sob seu travesseiro. Mas e daí? Shloime contará a Deus como o ofenderam, pois Deus existe, e Deus o receberá." Disso Shloime tinha certeza.

À noite, tremendo de frio, ele se levantou da cama. Em silêncio, para não acordar ninguém, acendeu uma pequena lamparina a querosene. Lentamente, lamuriento e encolhido como um velhinho, começou a meter-se numa roupa suja. Depois pegou um banquinho, uma corda preparada na véspera e, cambaleando de fraqueza, agarrando-se nas paredes, saiu para a rua. Logo ficou muito frio... O corpo todo tremia. Shloime prendeu rapidamente a corda num gancho, ergueu-se perto da porta, colocou o banquinho e subiu nele; enroscou a corda em volta do pescoço fino e tiritante e, num último esforço, empurrou o banquinho; ainda conseguiu examinar com olhos quase apagados a cidadezinha na qual ele passou sessenta anos sem sair, e enforcou-se...

O vento estava forte, e logo o corpo franzino do velho Shloime começou a balançar diante da porta da casa, na qual ele deixou o forno quente e a Torá ensebada do pai.

(1913)

INFÂNCIA. NA CASA DA VOVÓ

Aos sábados eu voltava tarde para casa, depois de seis aulas. Caminhar pela rua não me parecia uma atividade inútil. Durante a caminhada eu podia sonhar muito, e tudo, tudo parecia familiar. Conhecia as placas, as pedras das casas e as vitrines das lojas. Eu as conhecia de maneira bem pessoal e especial, e estava convicto de que via nelas aquilo que é o principal, o secreto, aquilo que nós, adultos, chamamos de essência das coisas. Tudo vinha repousar profundamente em minha alma. Se falavam na minha presença de uma loja, eu me lembrava da placa, das letras douradas e gastas, do arranhão em seu canto esquerdo, da mocinha do caixa com penteado alto, e lembrava do ar que existia nas proximidades dessa loja e de nenhuma outra mais. Era das lojas, das pessoas, do ar e dos cartazes de teatro que eu compunha minha cidade natal. Até hoje eu me lembro dela, sinto-a, amo-a; sinto da forma que sentimos o cheiro materno, o cheiro do carinho, das palavras e do sorriso; amo porque nela eu cresci, fui feliz, triste e sonhador, um sonhador único e apaixonado.

Eu andava sempre pela rua principal; lá havia mais gente.

O sábado sobre o qual quero contar foi um de início de primavera. Nessa época, o ar de nossa cidade não tem aquela ternura mansa e melosa da Rússia central, por sobre um riacho tranquilo e um vale discreto. Temos um frescor suave e brilhante, uma paixão superficial que sopra com frieza. Eu era bem pirralho naquele tempo e não entendia nada, mas sentia a primavera e florescia e corava por causa do frio.

A caminhada me tomava muito tempo. Eu demorava observando os diamantes na janela do joalheiro, lia os cartazes de teatro de A a Z, e certa vez fiquei examinando na loja de madame Rosalie uns corpetes rosa-pálidos com ligas compridas e onduladas. Quando me preparava para seguir adiante, dei de encontro com um estudante alto, de bigodes grandes e negros.

Ele sorriu e me perguntou: "Estudando bem?". Fiquei desorientado. Então, com ar de importância, ele me deu uns tapinhas no ombro e disse, em um tom superior: "Continue nesse espírito, colega. Parabéns! Passe bem!". Deu uma gargalhada, virou-se e foi embora. Eu fiquei muito confuso, caminhei para casa e não olhei mais para a vitrine de madame Rosalie.

Aquele sábado eu devia passar na casa de minha avó. Ela tinha um cômodo separado, bem no fundo do apartamento, atrás da cozinha. Em um canto do cômodo havia um forno: vovó sempre sentia frio. O cômodo era quente, abafado, e por isso eu sempre ficava melancólico, querendo escapar, querendo ir para o lado de fora.

Carreguei meus pertences para a casa de minha avó: livros, atril e violino. A mesa já estava posta à minha espera. Vovó estava sentada num canto. Eu comia. Estávamos calados. A porta estava trancada. Estávamos sozinhos. Para o almoço havia peixe frio recheado com rábano-silvestre (um prato pelo qual vale a pena converter-se ao judaísmo), uma sopa grossa e deliciosa, carne frita com cebola, salada, compota, café, torta e maçãs. Comi tudo. Eu era um sonhador, é verdade, mas com grande apetite. Vovó recolheu a louça. O cômodo ficou limpo. Na janelinha havia umas flores miradas. De tudo que era vivo, vovó amava somente seu filho, seu neto, a cachorra Mimka e as flores. Mimka também chegou, enrodilhou-se no sofá e adormeceu imediatamente. Ela era terrivelmente dorminhoca, mas era uma cachorra agradável, mansa, inteligente, pequena e bonita. Mimka era uma pug. Tinha uma pelagem clara. Até a velhice ela não engordou nem ficou pesada, mas permaneceu esbelta, fina. Viveu muito tempo conosco, do nascimento até a morte, todos os quinze anos de sua vida canina, e nos amava, isso era bem claro; porém, mais do que todos, ela amava minha severa e impiedosa avó. Sobre o quanto eram amigas, silenciosas e reservadas, eu contarei numa outra ocasião. É uma história boa, tocante e triste.

E assim, éramos três: eu, a vovó e Mimi. Mimi estava dormindo. Vovó, bondosa, em um vestido de festa de seda, estava sentada num canto, e eu tinha de estudar. Aquele dia foi pesado para mim. No ginásio tinham sido seis aulas, e ainda deviam vir o senhor Sorókin, professor de música, e o sr. L., professor de hebraico, para repor uma aula perdida, e depois talvez também Peysson, professor de francês, e eu tinha de preparar as lições. Eu me arranjaria bem com L., éramos velhos conhecidos, mas a música, as escalas: que tristeza! Primeiro eu cuidei das lições. Espalhei os cadernos e comecei a resolver cuidadosamente as tarefas. Vovó não me interrompia; que Deus a guarde! Por causa da intensidade, da devoção ao meu trabalho, seu rosto ficava inexpressivo. Seus olhos redondos, amarelos e transparentes, não desgrudavam de mim. Se eu virava uma página, eles seguiam lentamente a minha mão. Para outros, aquele olhar insistentemente vigilante e ininterrupto seria terrível, mas eu estava acostumado.

Depois vovó me tomava as lições. É preciso dizer que ela falava mal o russo, deformava as palavras de um jeito particular, misturando o russo com o polonês e o hebraico. Não era alfabetizada em russo, claro, e segurava o livro de cabeça para baixo. Mas isso não me impedia de lhe repassar a lição do começo ao fim. Vovó escutava sem entender nada, mas a música das palavras soava-lhe doce; ela venerava a ciência, acreditava em mim, tinha fé em mim e queria que de mim saísse um *bogatir* — assim ela chamava um homem rico.[50] Terminei as lições e cuidei da leitura de um livro; eu estava lendo então *Primeiro amor*, de Turguêniev. Eu gostava de tudo nele, das palavras claras, das descrições, das conversas, mas o que me levou a um terror extraordinário foi a cena em que o pai de Vladímir dá uma chicotada no rosto de Zinaída. Eu ouvi o estalo do chicote; o seu corpo maleável de couro cravou-se em mim de forma aguda, dolorosa e instantânea. Fui tomado por uma agitação indescritível. Nesse ponto tive de parar a leitura e dar umas voltas pelo cômodo. Vovó permanecia sentada, imóvel, e até o ar quente e atordoante estava parado, como se sentisse que eu estava estudando e não podia me atrapalhar. O calor no cômodo foi aumentando. Mimka começou a roncar. Antes havia silêncio, um silêncio fantasmagórico; não se ouvia um ruído. Tudo me parecia extraordinário naquele instante; eu queria fugir de tudo, mas queria ficar para sempre. O cômodo que escurecia, os olhos amarelos da vovó, sua figura agasalhada em um xale, calada e curvada num canto, o ar quente, a porta fechada, a chicotada e aquele estalo cortante: somente agora eu entendo como aquilo era estranho e o tanto que significou para mim. Fui tirado daquele estado de ansiedade pela campainha. Sorókin tinha chegado. Eu o odiava naquele momento, odiava as escalas, aquela música estridente, incompreensível e inútil. É preciso reconhecer que esse Sorókin era um bom homem, usava os cabelos negros à escovinha, tinha mãos grandes e vermelhas e belos lábios gros-

---

[50] A avó do narrador confunde a palavra *bogatir* (personagem da mitologia eslava) com *bogati* (rico). (N. do T.)

sos. Naquele dia, sob o olhar da vovó, ele teve de trabalhar uma hora inteira, ou até mais, e teve que se empenhar com todas as suas forças. E tudo aquilo não teve reconhecimento algum. Os olhos da velha seguiam seus movimentos de modo frio e tenaz, permanecendo indiferentes e alheios. Para vovó, as pessoas de fora não eram interessantes. Ela exigia que cumprissem suas obrigações para conosco, e só. Começamos a estudar. Eu não tinha medo da vovó, mas tive de suportar por uma hora inteira o zelo desmedido de meu pobre Sorókin. Ele se sentia muito incomodado naquele cômodo separado, diante de uma cachorra que dormia tranquilamente e de uma velha hostil que vigiava com frieza. Finalmente ele se despediu. Vovó, com indiferença, lhe estendeu sua mão dura, enrugada e grande, e nem mesmo a mexeu. Ao sair, ele se enroscou na cadeira.

Eu resisti também à hora seguinte, à aula do senhor L., esperando o instante em que a porta se fechasse atrás dele.

Caiu a noite. No céu acenderam-se pontos dourados e distantes. Nosso pátio, uma jaula profunda, foi ofuscado pela lua. Na casa vizinha, uma voz feminina entoou a romança "Por que amo loucamente".[51] Nossos parentes foram ao teatro. Eu fiquei triste. Estava cansado. Tinha lido tanto, estudado tanto, visto tanto. Vovó acendeu a lâmpada. Seu cômodo logo ficou silencioso; a mobília escura e pesada iluminou-se suavemente. Mimi acordou, deu umas voltas pelos cômodos, veio de novo até nós e ficou esperando o jantar. A criada trouxe o samovar. Vovó era apaixonada por chá. Para mim fora guardado um pão de mel. Bebemos muito. O suor começou a brilhar nas rugas profundas e bem marcadas de vovó. "Está com sono?", perguntou ela. Eu respondi: "Não". Começamos a conversar. E novamente ouvi as histórias de

---

[51] Possível referência a uma canção de B. Guróvitch escrita por volta de 1900. (N. do T.)

vovó. Há muitos e muitos anos, um judeu tinha uma hospedaria. Ele era pobre, casado, cheio de filhos e vendia vodca contrabandeada. Um comissário vinha atormentá-lo. A vida ficou dura para ele. Ele foi até o *tsadik*[52] e disse: "Rabi, o comissário está acabando comigo. Peça a Deus por mim". "Vá em paz!", disse-lhe o *tsadik*. "O comissário vai se aquietar." O judeu foi embora. No umbral de sua hospedaria, ele encontrou o comissário. Este jazia morto com o rosto vermelho e inchado.

Vovó se calou. O samovar zumbia. A vizinha continuava cantando. A lua ainda ofuscava. Mimi abanava a cauda. Ela estava faminta.

— Antigamente as pessoas tinham fé — proferiu vovó. — Era mais simples viver no mundo. Quando eu era mocinha, os polacos se rebelaram. Perto de nós ficava o palácio de um conde. O próprio tsar vinha visitá-lo. Eles faziam festas de sete dias. À noite eu corria até o castelo do conde e ficava olhando pelas janelas iluminadas. O conde tinha uma filha e as melhores pérolas do mundo. Depois veio a rebelião. Os soldados vieram e o arrastaram para a praça. Nós todos ficamos em volta, chorando. Os soldados cavaram um fosso. Queriam vendar os olhos do velho. Ele disse "não precisa", ficou diante dos soldados e deu o comando: "Fogo!". O conde era de grande estatura, um homem grisalho. Os mujiques o amavam. Quando começaram a enterrá-lo, chegou rapidamente um mensageiro. Ele trazia um indulto do tsar.

O samovar se apagou. Vovó bebeu o último copo de chá, já frio, e chupou um pedacinho de açúcar com sua boca desdentada.

— Seu avô — disse ela — conhecia muitas histórias, mas não acreditava em nada, somente nas pessoas. Deu todo o

---

[52] A palavra *tsadik*, em hebraico, significa "justo", "santo", e designava os grandes rabis do hassidismo. (N. do T.)

seu dinheiro aos amigos, mas quando foi procurá-los, eles o jogaram da escada e ele perdeu o juízo.

E vovó me contava sobre meu avô, um homem alto, brincalhão, apaixonado e despótico. Ele tocava violino, escrevia composições à noite e conhecia todas as línguas. Era dominado por uma sede incontrolável de conhecimento e de vida. A filha de um general apaixonou-se pelo filho mais velho deles, que viajava muito, jogava cartas e morreu no Canadá, aos 37 anos. Vovó ficou com apenas um filho e eu. Tudo passou. O dia declina para a noite, e a morte se aproxima lentamente. Vovó se cala, inclina a cabeça e chora.

— Estude — diz ela de repente, com força —, estude e você vai alcançar tudo: riqueza e glória. Você tem de conhecer tudo. Todos vão se ajoelhar e se humilhar diante de você. Todos devem invejá-lo. Não acredite nas pessoas. Não tenha amigos. Não lhes dê dinheiro. Não lhes dê o seu coração.

Vovó não conta mais nada. Silêncio. Vovó pensa nos anos passados e nas tristezas, pensa em meu destino, e seu mandamento severo decai pesadamente, e para sempre, sobre meus ombros fracos de criança. Em um canto escuro, o forno de ferro incandescente emana um calor muito forte. Estou sufocado, não consigo respirar, preciso correr para o ar, para fora, mas não tenho forças para erguer a cabeça inclinada.

A louça está retinindo na cozinha. Vovó vai para lá. Nós nos preparamos para jantar. Logo ouço sua voz irritada e metálica. Ela grita com a criada. Sinto dor e estranheza. Pois há poucos instantes ela emanava paz e tristeza. A criada resmunga. "Fora daqui, sua lacaia!", a voz insuportavelmente alta de vovó retumba com uma fúria incontrolável. "Eu sou a dona aqui! Você está destruindo minhas coisas. Fora!" Eu não consigo aguentar aquele grito de ferro ensurdecedor. Pela porta semiaberta vejo a vovó. Seu rosto está tenso; no lábio, um pequeno e implacável tremor; a garganta avolumada, parecendo inchada. A criada retruca alguma coisa. "Saia!", disse vovó. O silêncio voltou. A criada se inclinou e, sem ruído, como se tivesse medo de ofender o silêncio, arrastou-se para fora do cômodo.

Jantamos calados. Comemos de maneira farta, abundante e demorada. Os olhos transparentes de vovó estão imóveis e, para onde eles olham, eu não sei.[53]

(1915)

---

[53] No manuscrito original, a frase seguinte está interrompida: "Depois do jantar ela...". Em uma folha separada, o autor redigiu um último parágrafo: "Não vejo mais nada, pois durmo profundamente, durmo um sono juvenil trancado a sete chaves no cômodo quente da vovó", seguido da data: "Sarátov, 12/11/15". (N. do T.)

PELA FRESTA

Tenho uma conhecida, madame Kebtchik. Em sua época, assegura madame Kebtchik, "por nada no mundo" ela aceitaria menos de cinco rublos. Agora ela tem um apartamento de família, e nesse apartamento, duas mocinhas: Marússia e Tamara. Marússia é mais procurada que Tamara.

Uma janela do quarto das moças dá para a rua, e a outra, um respiro sob o teto, para o banheiro. Eu vi aquilo e disse a Fanni Ossípovna Kebtchik:

— À noite a senhora poderia colocar uma escada no banheiro, perto da janelinha. Eu subo na escada e fico espiando o quarto de Marússia. Por cinco rublos.

Fanni Ossípovna disse:

— Ah, mas que sujeito mimado! — e concordou.

Os cinco rublos ela recebia com frequência. Eu utilizava a janelinha quando havia clientes com Marússia. Tudo corria sem transtornos, mas certa vez aconteceu um incidente bobo.

Eu estava na escada. Por sorte Marússia não havia apagado a luz. O cliente dessa vez era agradável, pouco exigente, alegre e pequeno, com uns bigodes compridos e inofensivos. Ele se despiu parcimoniosamente: tirou o colarinho, olhou no espelho, achou uma espinha sob o bigode, examinou-a e espremeu-a com um lenço. Tirou a bota e também observou se não havia alguma deformidade no pé.

Eles se beijaram, despiram-se e fumaram um cigarro. Eu me preparava para descer. Nesse momento senti que a escada escorregava e sacudia-se embaixo de mim. Eu me agarrei na janelinha e arrebentei o postigo. A escada caiu com um estrondo. Fiquei pendurado sob o teto. Um rebuliço alardeou-se por todo o apartamento. Corriam todos: Fanni Ossípovna, Tamara e um funcionário público que eu não conhecia, vestido com uniforme do Ministério das Finanças. Tiraram-me de lá. Minha situação era lastimável. No banheiro entraram Marússia e um cliente, um varapau. A moça me encarou inerte e disse baixinho:

— Canalha, ah, seu canalha...

Ela se calou, lançou a todos nós um olhar sem sentido, aproximou-se do varapau, beijou por algum motivo sua mão e chorou. Chorava e dizia:

— Querido, querido, ai meu Deus...

O varapau ficou imóvel com cara de besta. Meu coração batia insuportavelmente. Arranhei a palma das mãos e fui até Fanni Ossípovna.

Em alguns minutos Marússia já sabia de tudo. Tudo sabido, tudo esquecido. Mas eu pensava: por que a moça beijou o varapau?

— Madame Kebtchik — disse eu —, coloque a escada uma última vez. Eu lhe darei dez rublos.

— Você é tão desmiolado como a sua escada — respondeu a patroa, e concordou.

E lá estava eu de novo junto ao respiro, espiando outra vez, e vi: Marússia envolvia o cliente com seus braços finos; ela dava beijos demorados, e de seus olhos corriam lágrimas.

— Meu querido — sussurrava —, ai meu Deus, meu querido — e entregava-se com a paixão de uma amante. Seu rosto estava de um jeito que ela parecia ter somente um protetor no mundo: o varapau.

E o varapau deleitava-se ativamente.

(1915)

ELIÁ ISAÁKOVITCH E MARGARITA PROKÓFIEVNA

Guerchkóvitch saiu do departamento de polícia com o coração pesado. Fora-lhe comunicado que, se não saísse de Oriol no primeiro trem, ele seria despachado sob escolta.[54] Mas sair significava perder o negócio.

Com uma pasta na mão, lento e mirrado, ele seguia por uma rua escura. Na esquina, uma figura feminina alta o chamou.

— Vamos lá, benzinho?

Guerchkóvitch levantou a cabeça, olhou para ela através dos óculos brilhantes, pensou e respondeu discretamente:

— Vamos.

A mulher o tomou pelo braço. Eles dobraram a esquina.

— Para onde vamos? Para um hotel?

— Preciso da noite inteira — respondeu Guerchkóvitch —, vamos para sua casa.

— Isso vai custar três rublos, paizinho.

— Dois — disse Guerchkóvitch.

— Pechincha não, paizinho...

---

[54] Na Rússia tsarista, os judeus podiam estabelecer residência apenas nos arredores das grandes cidades, numa espécie de assentamento. Havia exceções para pessoas com ensino superior ou que exerciam determinadas atividades autônomas. Como o herói do conto é um pequeno negociante, foi obrigado a deixar a cidade. (N. do T.)

Acertaram o preço em dois e cinquenta. Seguiram adiante.

O quarto da prostituta era pequeno e limpinho, com cortinas rasgadas e um lampião rosado.

Quando chegaram, a mulher tirou o casaco, desabotoou a blusa e... piscou um olho.

— Eh — ralhou Guerchkóvitch —, que besteira!

— Você é resmungão, paizinho.

Margarita sentou-se nos joelhos dele.

— Caramba — disse Guerchkóvitch —, você pesa uns cinco *puds*,[55] não?

— Quatro e trinta.

Ela deu-lhe um beijo demorado na bochecha agrisalhada.

— Eh — ralhou de novo Guerchkóvitch —, estou cansado, quero dormir.

A prostituta se levantou. Seu rosto ficou sombrio.

— Você é judeu?

Ele a olhou através dos óculos e respondeu:

— Não.

— Paizinho — exclamou lentamente a prostituta —, isso vai custar dez rublos.

Ele se levantou e foi para a porta.

— Cinco — disse a mulher.

Guerchkóvitch voltou.

— Arrume a cama — disse o judeu, cansado; depois tirou o paletó e olhou em volta, procurando onde pendurá-lo.
— Como você se chama?

---

[55] Medida de peso usada antigamente na Rússia, equivalente a 16,38 quilogramas. (N. do T.)

— Margarita.
— Troque o lençol, Margarita.
A cama era grande, com colchão macio.
Guerchkóvitch começou a se despir lentamente; tirou as meias e endireitou os dedos suados dos pés; depois trancou a porta, colocou a chave sob o travesseiro e deitou-se. Margarita tirou o vestido devagar, bocejando; espremeu uma espinha no ombro olhando de soslaio e começou a fazer uma trança rala para a noite.
— Como se chama, paizinho?
— Eli, Eliá Isaákovitch.
— Faz negócios?
— É, negócios... — respondeu vagamente Guerchkóvitch.
Margarita soprou a lamparina e deitou-se...
— Caramba — disse Guerchkóvitch —, você é gorda.
Logo adormeceram.

Na manhã seguinte a luz brilhante do sol inundou o quarto. Guerchkóvitch despertou, vestiu-se e foi até a janela.
— Nós temos o mar, vocês o campo — disse ele. — Isso é bom.
— De onde você é? — perguntou Margarita.
— De Odessa — respondeu Guerchkóvitch —, cidade de primeira, cidade boa — e sorriu maliciosamente.
— Vejo que para você qualquer lugar é bom — disse Margarita.
— E é verdade — respondeu Guerchkóvitch. — Em qualquer lugar onde houver pessoas está bom.
— Como você é tonto — exclamou Margarita, soerguendo-se na cama. — As pessoas são más.
— Não — disse Guerchkóvitch —, as pessoas são boas. Foram ensinadas a pensar que são más e então acreditaram.

Margarita pensou um pouco, depois sorriu.

— Você é divertido — disse ela devagar, examinando-o de cima a baixo.

— Vire-se. Vou me vestir.

Depois tomaram o café da manhã; beberam chá com rosquinhas. Guerchkóvitch ensinou Margarita a passar manteiga no pão e colocar salame por cima de um jeito especial.

— Experimente. Quanto a mim, preciso ir.

Ao sair, Guerchkóvitch disse:

— Pegue três rublos, Margarita. Acredite, em lugar nenhum se ganha um copeque.

Margarita sorriu.

— Pão-duro, você é um pão-duro. Dê-me os três. Virá à noite?

— Virei.

À noite Guerchkóvitch trouxe o jantar: arenque, uma garrafa de cerveja, salames e maçãs. Margarita usava um vestido escuro e todo fechado. Enquanto comiam, conversavam.

— Não dá para se contentar com cinquenta rublos por mês — dizia Margarita. — Nessa profissão, se a gente se vestir com modéstia, não vai tomar nem sopa de repolho. Pago quinze pelo quarto, leve isso em conta...

— Em Odessa — respondeu Guerchkóvitch, depois de pensar um pouco, cortando com esforço o arenque em partes iguais —, na Moldavanka, por dez rublos a senhora teria um quarto imperial.

— Leve em conta o povo que se aglomera na minha casa; não dá para evitar um bêbado...

— Cada um com suas mazelas — exclamou Guerchkóvitch e contou sobre sua família, os negócios incertos, o filho que fora convocado para o serviço militar.

Margarita escutava com a cabeça encostada na mesa; seu rosto estava atento, sereno e pensativo.

Após o jantar, já sem o paletó e depois de limpar os óculos cuidadosamente com um pano, ele se sentou à mesinha, aproximou de si o abajur e começou a escrever cartas comerciais. Margarita lavava a cabeça.

Guerchkóvitch escrevia sem pressa, com atenção, erguendo as sobrancelhas e refletindo de quando em quando; e, ao molhar a pena, nem uma só vez esqueceu de sacudir o excesso de tinta.

Quando terminou de escrever, fez Margarita sentar-se sobre o livro de cópias.

— Poxa, a senhora é uma dama de peso. Fique sentada aqui um instante, Margarita Prokófievna, por favor.

Guerchkóvitch sorriu; os óculos reluziram e seus olhos ficaram brilhantes, pequenos e sorridentes.

No dia seguinte ele partiu. Caminhando pela plataforma da estação, alguns minutos antes da partida do trem, Guerchkóvitch percebeu Margarita vindo rapidamente ao seu encontro com um pequeno pacote nas mãos. No pacote havia pastéis assados, e manchas de gordura apareciam no papel.

O rosto de Margarita estava vermelho, sofrido; o peito agitado por causa da caminhada ligeira.

— Lembranças a Odessa — disse ela —, lembranças...

— Obrigado — respondeu Guerchkóvitch e pegou os pastéis. Ele ergueu as sobrancelhas, pensou em algo e curvou-se.

Soou o terceiro toque. Eles estenderam as mãos um para o outro.

— Até a vista, Margarita Prokófievna.

— Até a vista, Eliá Isaákovitch.

Guerchkóvitch entrou no vagão. O trem se pôs em movimento.

(1916)

MAMA, RIMMA E ALLA

Desde cedo o dia parecia agitado.

Na véspera a criada fez birra e foi embora. Varvara Stiepánovna teve de fazer tudo sozinha. Depois, de manhã cedo, mandaram a conta de luz. Por fim, os inquilinos, os irmãos Rastokhin, estudantes, apresentaram uma queixa absolutamente inesperada. De madrugada eles receberam um telegrama de Kaluga dizendo que o pai estava doente e que era imprescindível que fossem até a sua casa. Por isso eles estavam liberando o quarto e pedindo que lhes fossem devolvidos os sessenta rublos dados a Varvara Stiepánovna a título de empréstimo.

Varvara Stiepánovna respondeu que era estranho liberar um quarto em abril, quando ninguém vai alugá-lo, e que era complicado devolver o dinheiro, porque ele fora dado não como empréstimo, e sim como pagamento de aluguel, um pagamento adiantado, na verdade.

Os Rastokhin não concordaram com Varvara Stiepánovna. A conversa tomou um caráter lento e hostil. Os estudantes eram uns patetas teimosos e perplexos em sobrecasacas longas e limpas. O mais velho sugeriu então que Varvara Stiepánovna lhes empenhasse o guarda-louça da sala de jantar e o tremó.

Varvara Stiepánovna ficou vermelha e retrucou que não permitiria que falassem com ela nesse tom, que a proposta dos Rastokhin era o mais perfeito disparate, que ela conhecia as leis, que seu marido era membro do tribunal distrital de Kamtchatka e coisas assim. O Rastokhin mais novo, irritado, respondeu que eles estavam pouco se lixando para o fato de seu marido ser membro do tribunal distrital de Kamtchatka, que se um copeque chegasse às mãos dela, nem com as unhas alguém o arrancaria, que a estadia deles na casa de Varvara Stiepánovna — toda aquela bagunça, sujeira e confusão — eles nunca esqueceriam, e que o tribunal distrital de Kamtchatka ficava longe, mas o juiz de paz de Moscou estava perto...

E assim aquela discussão terminou. Os Rastokhin foram embora zangados, transtornados de raiva, e Varvara Stiepánovna foi à cozinha fazer café para seu outro inquilino, o estudante Stanislav Markhótski. De seu quarto, já havia alguns minutos, a campainha soava estridente e prolongada.

Varvara Stiepánovna estava na cozinha, diante do fogareiro; em seu nariz espesso havia um pincenê de níquel, desgastado de tão velho, os cabelos grisalhos despenteados, o penhoar rosa todo manchado. Ela preparava o café e pensava que aqueles meninos jamais falariam com ela naquele tom — não fosse essa eterna falta de dinheiro, não fosse essa necessidade infeliz de fazer empréstimos, esconder-se e recorrer a truques.

Quando o café e os ovos fritos de Markhótski estavam prontos, ela levou o café da manhã ao quarto dele.

Markhótski era um polaco alto, ossudo, de cabelos esbranquiçados, unhas bem cuidadas e pernas compridas. Naquela manhã ele usava uma elegante jaqueta caseira cinza com alamares.

Varvara Stiepánovna foi recebida com desagrado.

— Estou farto de nunca ter uma criada aqui — disse ele —, de ficar chamando por uma hora e atrasar-me para as aulas...

De fato, era frequente não haver criada, e Markhótski ficou chamando por muito tempo, mas desta vez a culpa de sua insatisfação se devia a outra coisa.

Na véspera à noite ele estava com Rimma, a filha mais velha de Varvara Stiepánovna, no sofá da sala. Varvara Stiepánovna os viu beijando-se três vezes e abraçando-se no escuro. Eles ficaram até as onze, em seguida até a meia-noite; depois Stanislav encostou a cabeça no peito de Rimma e adormeceu. Quem na juventude nunca cochilou, num canto de sofá, no peito de uma ginasiana encontrada casualmente na estrada da vida? Não há grande mal nisso, geralmente também não há consequências, mas é preciso respeitar as pessoas em volta e o fato de que, talvez, a menina tenha de ir ao ginásio na manhã seguinte.

Somente à uma e meia Varvara Stiepánovna declarou de forma bem ácida que era hora de acabar. Markhótski, cheio de arrogância polonesa, apertou os lábios ofendido. Rimma lançou à mãe um olhar indignado.

A coisa ficou por aí. Mas Stanislav, pelo visto, ainda se lembrava disso na manhã seguinte. Varvara Stiepánovna serviu-lhe o café da manhã, colocou sal nos ovos fritos e saiu.

Eram onze horas da manhã. Varvara Stiepánovna abriu as cortinas do quarto das filhas. Os raios suaves e brilhantes do sol morno deitaram-se no chão meio sujo, nas roupas jogadas por toda parte, na estante empoeirada.

As meninas já tinham acordado. A mais velha, Rimma, era pequena, magra, de olhos vivos e cabelos pretos. Alla era um ano mais nova, tinha dezessete anos, era mais corpulenta que a irmã, branca, vagarosa nos movimentos, de pele fofa e suave, com uma expressão doce e pensativa nos olhos azuis.

Quando a mãe saiu, ela começou a falar. Seu braço nu e roliço repousava sobre o cobertor, os dedinhos brancos mal se mexiam.

— Eu tive um sonho, Rimma — disse ela. — Imagine só: uma cidadezinha pequena, estranha, russa, enigmática... O céu cinza-claro muito baixo e o horizonte bem perto. A poeira nas ruazinhas também é cinza, lisa, tranquila. Tudo está morto, Rimma. Nenhum som de nenhum lugar, nenhuma pessoa em nenhum lugar. E daí me parece que estou indo por travessas desconhecidas, ao longo de casinhas de madeira pequenas e silenciosas. Ora deparo-me com becos sem saída, ora saio para uma estrada na qual posso ver apenas dez passos adiante; e mesmo assim vou caminhando por ela indefinidamente. Em algum ponto à minha frente redemoinha uma poeira leve. Chego mais perto e vejo carruagens nupciais. Em uma delas está Mikhail com a noiva. A noiva está de véu, e seu rosto, feliz. Passo ao lado das carruagens; parece-me que sou mais alta que todos, e meu coração dói um pouquinho. Depois todos me notam. As carruagens param. Mikhail se aproxima de mim, pega-me pela mão e lentamente me leva para uma travessa. "Minha amiga Alla", diz ele em tom monótono, "está tudo triste, eu sei. Não se pode fazer nada, pois eu não amo a senhorita." Sigo ao lado dele, meu coração palpitando muito, e novas veredas cinzentas abrem-se diante de nós.

Alla calou-se.

— Sonho feio — acrescentou ela. — Quem sabe? Talvez, por estar tudo mal, tudo vai melhorar e chegará uma carta.

— Uma ova! — respondeu Rimma. — Você deveria ser mais esperta antes e não correr para o primeiro encontro. E sabe, hoje eu terei uma conversa com a mamãe... — disse ela inesperadamente.

Rimma levantou-se, vestiu-se e foi até a janela.

Era primavera em Moscou. Através da umidade morna brilhava a cerca comprida e soturna, estendendo-se para o lado em quase toda a extensão da travessa.

Junto à igreja, no jardinete, a grama estava úmida e verde. O sol dourava suavemente as molduras foscas de um ícone, passando por sua imagem sombria colocada numa colunazinha torta, próxima à entrada da sebe da igreja.

As meninas passaram para a sala de jantar. Ali estava sentada Varvara Stiepánovna, comendo muito e com atenção, observando de forma atenta e alternada com seus olhinhos os biscoitos, o café e o presunto. Ela bebia o café em goles curtos e ruidosos, mas devorava os biscoitos com pressa, avidamente, como se fosse às escondidas.

— Mamãe — disse-lhe Rimma severamente, e ergueu com altivez a carinha pequena —, eu quero falar com você. Não precisa explodir. Tudo vai ficar tranquilo de uma vez por todas. Não quero mais morar com você. Deixe-me livre.

— Por favor — respondeu tranquilamente Varvara Stiepánovna, erguendo para Rimma os olhos descoloridos. — É por causa de ontem?

— Não é por causa de ontem, mas tem a ver com isso. Estou sufocada aqui.

— E o que você vai fazer?

— Vou fazer cursos, estudar taquigrafia, agora há procura...

— Agora há taquígrafos à beça. Acha que vão aproveitar você?...

— Não vou recorrer a você, mamãe — exclamou ela com voz esganiçada —, não vou recorrer a você. Deixe-me livre.

— Por favor — disse mais uma vez Varvara Stiepánovna —, não estou segurando você.

— Então me dê o passaporte.[56]

---

[56] O passaporte é um documento de identidade válido apenas no território russo. (N. do T.)

— O passaporte eu não dou.

A conversa estava inesperadamente tranquila. Agora Rimma sentiu que, por causa do passaporte, podia começar a gritar.

— Gostei dessa! — gargalhou ela sarcasticamente. — Onde é que vão me registrar sem passaporte?

— O passaporte eu não dou.

— Vou me amigar com alguém — gritou ela, histérica —, vou me entregar a um gendarme...

— E quem vai querê-la? — Varvara Stiepánovna examinou de forma crítica a figura trêmula e o rosto ardente da filha. — O gendarme não encontraria algo melhor?...

— Vou para a Tverskaia[57] — gritava Rimma —, vou arranjar um velhote. Não quero viver com ela, com essa burra, burra, burra...

— Ah, é assim que você fala com sua mãe? — Varvara Stiepánovna ergueu-se com altivez. — Há tanta miséria nesta casa, tanta carência, está tudo desabando; eu quero esquecer, mas você... Seu pai vai saber de tudo...

— Eu mesma vou escrever para Kamtchatka — gritava Rimma num delírio. — Vou pegar o passaporte com o papai...

Varvara Stiepánovna saiu. A pequena e arrepiada Rimma caminhava excitada pela sala. As frases dispersas e raivosas da futura carta ao pai corriam em sua mente.

"Querido paizinho!", escreveria ela, "você tem seus negócios, eu sei, mas tenho de lhe contar... Deixaremos para a consciência da mamãe a afirmação de que Stassik dormira no meu peito... Ele dormia numa almofadinha bordada, mas o ponto central está em outro lugar. Mamãe é sua esposa, você

---

[57] Uma das principais ruas de Moscou, famosa também por seus pontos de prostituição. (N. do T.)

será parcial, mas eu não posso ficar nesta casa; ela é uma pessoa pesada... Se quiser, vou até você, em Kamtchatka, mas preciso do passaporte, paizinho..."

Rimma caminhava, e Alla permanecia sentada no sofá, olhando para a irmã. Pensamentos serenos e tristes repousavam em sua alma.

"Rimma está agitada", pensava ela, "e eu estou infeliz. É tudo pesado, tudo incompreensível..."

Ela foi para seu quarto e deitou-se. Varvara Stiepánovna passou por ela num espartilho, abundante e ingenuamente empoada, vermelha, desnorteada e deplorável.

— Lembrei — disse ela — que os Rastokhin partem hoje. É preciso devolver sessenta rublos. Ameaçam me processar. Há ovos sobre o armarinho. Prepare para você; eu vou à loja de penhores.

Quando eram mais ou menos seis horas da tarde Markhótski chegou das aulas; ele encontrou malas prontas na antessala. Vinha um barulho do quarto dos Rastokhin: pelo visto, discutiam. Ali mesmo, na antessala, de forma súbita e com uma firmeza desesperada, Varvara Stiepánovna pediu-lhe dez rublos emprestados. Apenas quando se encontrava em seu quarto é que Markhótski julgou ter feito uma tolice.

O quarto de Markhótski se distinguia das demais acomodações do apartamento de Varvara Stiepánovna. Era limpo e arrumado, cheio de bibelôs e coberto de tapetes. Nas mesas estavam dispostos em ordem instrumentos para desenho, cachimbos elegantes, tabaco inglês, facas brancas de osso para cortar papéis.

Stanislav ainda não tivera tempo de vestir as roupas de casa quando no quarto entrou silenciosamente Rimma. A recepção foi seca.

— Está zangado, Stassik? — perguntou ela.

— Não estou zangado — respondeu o polaco —, pediria apenas que eu fosse dispensado de ser testemunha dos excessos de sua mãe.

— Logo tudo acabará — disse Rimma —, logo estarei livre, Stassik...

Ela sentou-se ao lado dele num sofazinho e o abraçou.

— Eu sou homem — começou então Stassik —, essa inatividade platônica não é para mim, tenho uma carreira pela frente...

Ele dizia de modo áspero aquelas palavras que, geralmente, no fim das contas, são dirigidas a certas mulheres. Não há o que falar com elas, tratá-las com carinho é enfadonho, e passar para o essencial elas não querem.

Stassik dizia que o desejo o consumia; isso atrapalhava seu trabalho, causava inquietação; era preciso terminar de um jeito ou de outro; qualquer que fosse a decisão, para ele dava quase no mesmo, mas que houvesse uma decisão.

— Por que essas palavras agora? — proferiu Rimma, pensativa. — Por que agora essa história de "eu sou homem" e "é preciso terminar", e por que esse rosto maldoso e frio? Será que não é possível falar de outra coisa? Pois isso é pesado, Stassik. Há primavera lá fora, está tão bonito, e nós aqui, raivosos...

Stassik não respondeu. Ambos ficaram calados.

No horizonte um crepúsculo afogueado se extinguia, inundando com um brilho escarlate o céu distante. Do outro extremo ameaçava-o uma escuridão suave, que se adensava lentamente. O quarto era iluminado pela última luz rosada. No sofá Rimma se inclinava ainda mais carinhosa para o estudante. Sucedeu-se aquilo que geralmente acontecia com eles na hora mais linda da tarde.

Stanislav beijou a moça. Ela deitou a cabeça na almofada e fechou os olhos. Ambos estavam ardendo. Em alguns minutos Stanislav a beijava sem cessar, e num ímpeto de paixão raivosa e insaciável, arrastava pelo quarto o corpo magrinho e quente. Ele rasgou-lhe a blusinha e o corpete. Rimma, com lábios ressecados e olheiras, oferecia seus lábios àqueles beijos, e com uma careta aflita e retorcida, defendia sua virgindade. Num daqueles instantes alguém bateu. Rimma correu pelo quarto apertando contra o peito os pedaços pendentes da blusinha rasgada.

Não abriram logo a porta. Era um camarada de Stanislav que havia chegado. Com um olhar dissimulado e malicioso, ele observou Rimma, que se esgueirava perto dele. Ela entrou no próprio quarto às escondidas, trocou a blusinha e permaneceu um momento junto ao vidro frio da janela para se acalmar.

Na casa de penhores, Varvara Stiepánovna recebeu pela prataria familiar apenas quarenta rublos. Dez rublos ela tomara emprestado de Markhótski, e foi atrás do dinheiro restante na casa dos Tíkhonov, correndo a pé de Strastnoi até Pokrovka. Na confusão até se esqueceu de que poderia ir de bonde.

Em casa, além dos enfurecidos Rastokhin, esperava-a para tratar de um assunto o assistente de advogado Mirlits, um jovem alto que tinha uns cacos apodrecidos no lugar dos dentes e uns olhos cinzentos úmidos e abobados.

Algum tempo atrás, por falta de dinheiro, Varvara Stiepánovna propusera hipotecar por uma procuração a casinha do marido em Kolómna. Mirlits trouxe-lhe o documento da hipoteca. A Varvara Stiepánovna parecia que o negócio não estava totalmente em ordem, que deveria aconselhar-se com alguém antes de concluí-lo, mas eram tantos os aborrecimentos que apareceram em seu caminho, disse ela a si mesma... Ao diabo com todos eles, os inquilinos, as filhas, as grosserias...

Depois da conversa de negócios, Mirlits abriu uma garrafa de Muscat-Lunelle da Crimeia que trouxera consigo: ele conhecia a fraqueza de Varvara Stiepánovna. Tomaram um copinho, preparavam-se para repetir. As vozes começaram a soar mais alto, o nariz carnudo de Varvara Stiepánovna ficou vermelho, as barbatanas do espartilho sobressaíam-se, todas elas. Mirlits contava algo engraçado e se afogava de rir. Rimma, com a blusinha nova que havia trocado, estava sentada em silêncio num cantinho.

Depois de beberem o Muscat-Lunelle, Varvara Stiepánovna e Mirlits foram passear. Varvara Stiepánovna sentiu que estava um pouco embriagada; ela se envergonhava disso, mas ao mesmo tempo nem se importava, pois já tinha estorvos demais na vida; ao diabo com tudo.

Varvara Stiepánovna voltou mais cedo do que esperava, porque não encontrou os Boiko, a quem fora visitar. Ao voltar, ficou perturbada com o silêncio que reinava no apartamento. Geralmente, naquela hora as meninas foliavam com os estudantes, corriam, gargalhavam. Apenas do banheiro chegava um vozerio. Varvara Stiepánovna foi até a cozinha, de onde, através de uma janelinha, dava para ver o que se passava no banheiro...

Ela se aproximou da janelinha e viu um quadro estranho, incomum. Eis o que viu:

O fogão, onde esquentavam água, estava em brasa, incandescente. A banheira estava cheia de água fervida. Perto do fogão, de joelhos, estava Rimma. Nas mãos ela tinha um frisador de cabelos. Ela o esquentava no fogo. Perto da banheira estava Alla, nua. Suas tranças longas estavam desfeitas. De seus olhos rolavam lágrimas.

— Vem aqui — disse ela a Rimma. — Escute, talvez esteja batendo...

Rimma encostou a cabeça no ventre suave e um pouco inchado.

— Não está — respondeu ela. — Tanto faz. Não podemos vacilar.

— Eu vou morrer — sussurrou Alla. — A água vai me queimar. Não vou suportar. Não precisa do frisador. Você não sabe como fazer isso.

— Todos fazem assim — exclamou Rimma. — Pare de choramingar, Alla. Você não pode dar à luz.

Alla preparou-se para sentar na banheira, mas não teve tempo, pois nesse instante ressoou a voz inesquecível, abafada e rouca da mãe:

— O que estão fazendo, crianças?

Cerca de duas horas depois, agasalhada, amparada e pranteada, Alla estava deitada na cama espaçosa de Varvara Stiepánovna. Ela contou tudo. Ficou aliviada. Ela se sentia uma menininha que sofrera uma mágoa infantil e ridícula.

Rimma movia-se pelo quarto sem fazer ruído, calada; arrumou tudo, preparou chá para a mãe, obrigou-a a jantar; fez com que no quarto tudo ficasse limpo. Depois acendeu a lamparina, onde já há cerca de duas semanas esqueciam-se de pôr óleo, despiu-se tentando não fazer barulho e deitou-se ao lado da irmã.

Varvara Stiepánovna estava sentada perto da mesa. Podia ver a lamparina, sua chama vermelho-escura regular, que iluminava fracamente a Virgem Maria. Uma embriaguez meio leve e estranha perambulava em sua cabeça. As meninas logo adormeceram. Alla tinha um rosto branco, grande e sereno. Rimma estava encostada nela, suspirando em sonhos e estremecendo.

Perto da uma da madrugada, Varvara Stiepánovna acendeu uma vela, colocou à sua frente uma folha de papel e escreveu uma carta para o marido:

"Querido Nikolai! Hoje veio aqui o Mirlits, um judeu muito correto, e amanhã virá um senhor que dará o dinheiro pela casa. Acho que estou agindo como se deve, mas estou ficando mais preocupada, porque não me sinto segura.

    Eu sei que você tem suas amarguras, o serviço, e nem deveria escrever sobre isso, mas nossa casa, Nikolai, não está indo muito bem. As crianças tornaram-se adultas, e hoje a vida exige muita coisa: cursos, taquigrafia; as meninas querem mais liberdade. Um pai se faz necessário; talvez seja preciso gritar, mas não dá para contar comigo. Parece-me que foi um erro a sua partida para Kamtchatka. Se você estivesse aqui, nos mudaríamos para Starokoliéni; ali estão alugando um apartamentinho bem iluminado.

    Rimma emagreceu e está com uma aparência feia. Durante um mês nós pegamos nata na leiteria em frente; as crianças gostaram muito, mas agora paramos de pegar. Meu fígado às vezes dói, às vezes não. Escreva mais. Depois de suas cartas eu me cuido, não como arenque, e o fígado não incomoda. Venha, Kólia, seria bom descansarmos. As crianças mandam lembranças. Um beijo forte! Sua Vária"

(1916)

INSPIRAÇÃO

Eu estava com sono e mal-humorado. Nesse momento chegou Michka para ler sua novela. "Tranque a porta", disse ele e sacou do bolso uma garrafa de vinho.

— Hoje é minha noite. Terminei a novela. Acho que é original. Vamos beber, amigo.

O rosto de Michka estava pálido e suado.

— Como são tolos os que dizem não haver felicidade na terra — disse ele. — Felicidade é inspiração. Escrevi ontem a noite toda e nem percebi o amanhecer. Depois passeei pela cidade. De manhãzinha, a cidade é fascinante: orvalho, silêncio e bem pouca gente. Tudo é nítido, o dia se inicia num azul frio, espectral, carinhoso. Vamos beber, amigo. Eu sinto sem sombra de dúvida: esta novela é uma "virada em minha vida".

Michka colocou vinho para si e bebeu. Seus dedos tremiam. Sua mão era de uma beleza singular: fina, branca, lisa, com dedos que se afinavam nas pontas.

— Sabe, é preciso publicar essa novela — continuava ele. — Vão aceitar em qualquer lugar. Hoje publicam cada porcaria. O principal é ter um pistolão. Já me prometeram. Sukhótin vai cuidar de tudo...

— Michka — disse eu —, você devia revisar sua novela. Está sem correção nenhuma...

— Bobagem, isso depois... Em casa riem de mim, sabe.

Rira bien qui rira le dernier.⁵⁸ Eu me calo, sabe. Dentro de um ano veremos. Virão até mim... — A garrafa ia chegando ao fim.

— Pare de beber, Michka...

— Preciso despertar — respondeu. — E na noite passada fumei quarenta cigarros... — Ele sacou um caderno. Era um caderno muito, muito grosso. Eu pensei: por que não pedir para deixá-lo comigo? Mas depois olhei para sua testa pálida, na qual inchava-se uma veia, e para a gravatinha de través e deploravelmente frouxa, e então lhe disse:

— Bem, Lev Nikoláievitch,⁵⁹ quando escrever sua autobiografia não se esqueça de mim...

Michka sorriu.

— Miserável — respondeu ele —, você não aprecia mesmo minha amizade.

Sentei-me de maneira confortável. Michka se inclinou sobre o caderno. No quarto havia silêncio e penumbra.

— Nesta novela — disse Michka —, eu quis oferecer uma escrita nova, envolta numa névoa de sonho, com ternura, penumbras e alusões... A rudeza de nossa vida me dá nojo, nojo...

— Chega de preâmbulos — respondi. — Leia... — Ele começou. Eu ouvia atentamente. Não era fácil. A novela era monótona e medíocre. Um escriturário se apaixonara por uma bailarina e perambulava embaixo de suas janelas. Ela foi embora. Isso causou dor no funcionário, pois seu sonho de amor tinha se frustrado.

---

⁵⁸ Em francês, no original: "Quem ri por último ri melhor". (N. do T.)

⁵⁹ Referência a Lev Nikoláievitch Tolstói (1828-1910). O narrador faz aqui uma brincadeira com o personagem Michka ao chamá-lo pelo nome do famoso escritor russo. (N. do T.)

Logo parei de escutar. As palavras nessa novela eram velhas, monótonas, lisas como madeira polida. Nada era claro: que tipo de homem era o escriturário, que tipo de mulher era ela...

Olhei para Michka. Seus olhos se inflamavam. Os dedos amassavam os cigarros apagados. Seu rosto estúpido e delgado, penosamente esculpido por um mestre inábil, o nariz grosso, saliente e amarelo, os lábios palidamente rosados e inchados; tudo se iluminava com lentidão e, com uma força implacável e penetrante, enchia-se de um entusiasmo criador, alegre e seguro.

Lia de um modo enfadonho e demorado, e quando terminou, escondeu desajeitado o caderno e olhou para mim.

— Veja bem, Michka — disse eu, devagar —, veja bem, precisa pensar nisso... Sua ideia é muito original, há ternura... Mas, veja bem, a elaboração... É preciso polir, entende...

— Eu amadureci essa coisa por três anos — respondeu Michka. — Claro, há umas arestas, mas e o principal?...

Ele entendeu alguma coisa. Seu lábio tremeu. Ele se curvou e demorou terrivelmente para acender um cigarro.

— Michka — disse eu então —, você escreveu uma coisa maravilhosa. Você ainda tem pouca técnica, mas *ça viendra*.[60] Diabos, cabe muita coisa na sua cabeça...

Michka virou-se e olhou para mim. Seus olhos estavam como os de uma criança: ternos, radiantes e felizes...

— Vamos para a rua — disse ele. — Vamos, estou sufocado...

As ruas estavam escuras e silenciosas.

Michka apertou fortemente minha mão e disse:

— Sinto sem sombra de dúvida que eu tenho talento. Meu pai quer que eu procure um emprego. Fico calado. No outono vou para Petrogrado. Sukhótin cuidará de tudo. —

---

[60] "Isto virá". (N. do T.)

Ele se calou, acendeu um cigarro no outro e começou a falar mais baixo: — Às vezes sinto uma inspiração que me atormenta. Então sei que estou fazendo isso como é preciso ser feito. Durmo mal, sempre tenho pesadelos e angústia. Preciso ficar deitado três horas para adormecer. Ao amanhecer minha cabeça dói de um jeito estúpido, terrível. Só consigo escrever de madrugada, quando há solidão, quando há silêncio, quando a alma queima. Dostoiévski escrevia sempre de madrugada, e enquanto isso bebia um samovar; e eu tenho meus cigarros... Sabe, a fumaça fica sob o teto...

Nós nos aproximamos da casa de Michka. Um lampião iluminou seu rosto. Um rosto vivo, seco, amarelo e feliz.

— Que diabo, vamos batalhar ainda! — disse ele e apertou minha mão com mais força. — Em Petrogrado todos encontram seu rumo.

— Mesmo assim, Michka — disse eu —, é preciso trabalhar...

— Sachka, meu amigo! — respondeu ele. E deu um sorriso firme e condescendente: — Sou esperto; o que eu sei, eu sei; não se preocupe, não vou dormir sobre os louros. Venha amanhã. Daremos mais uma olhada.

— Certo — falei —, eu venho.

Nós nos separamos. Fui para casa. Eu estava muito triste.

(1917)

DOUDOU

Eu era então enfermeiro no hospital de N. Certa manhã, o general S., diretor do hospital, trouxe consigo uma jovem e a apresentou como irmã de caridade. Obviamente, foi aceita.

A nova irmã chamava-se *la petite Doudou*,[61] era amante do general e à noite dançava no café-concerto.

Ela tinha um andar viscoso e maleável, harmonioso e sedutor, mas o andar um pouquinho desajeitado de dançarina. Fui depois ao café para vê-la. Ela dançava admiravelmente um *tango acrobatique*,[62] com uma paixão vaga e meiga, e de forma recatada, diria eu.

No hospital ela respeitava todos os soldados e atendia-os como uma criada. Uma vez, caminhando pelo hospital, o médico mais velho viu Doudou, de joelhos, esforçando-se para abotoar as calças do tosco e apático mujique Diba. O médico disse:

— Você deveria se envergonhar, irmão Diba. Isso é tarefa para um homem.

Doudou levantou o rosto doce e sereno, e disse:

— Oh, *mon docteur*,[63] por acaso nunca vi homens de ceroulas?

---

[61] Em francês, no original: "A pequena Doudou". (N. do T.)

[62] "Tango acrobático". (N. do T.)

[63] "Oh, meu doutor". (N. do T.)

Eu me lembro. No terceiro dia da Páscoa nos levaram um piloto francês ferido, *monsieur* Drouot. Ele tinha ambas as pernas fraturadas. Era um bretão forte, sombrio e calado. As bochechas firmes, um pouquinho azuladas. Era tão estranho ver aquilo: um tronco forte, um pescoço proeminente e bem torneado, e as pernas quebradas, impotentes.

Colocaram-no em um quarto separado. Doudou permanecia horas sentada junto dele. Eles conversavam tranquila e abertamente. Drouot contava sobre os voos, sobre como ele era solitário: não tinha nenhum parente, e tudo era muito triste. Apaixonou-se por ela (isto se sentia claramente), mas olhava-a assim como era de se esperar: de modo carinhoso, apaixonado e pensativo. E Doudou, estreitando as mãos contra o peito, com uma surpresa serena, falava no corredor à irmã Kirdetsóvaia:

— *Il m'aime, ma soeur, il m'aime.*[64]

Numa madrugada de sábado, ela estava de plantão, junto a Drouot. Eu me encontrava no quarto vizinho, e os vi. Quando Doudou chegou, ele disse:

— Doudou, *ma bien aimée*[65] — e inclinou a cabeça para o peito dela, começando a beijar lentamente a blusa de seda azul-escura. Doudou permaneceu imóvel. Os dedos dela tremiam e mexiam nos botões da blusa.

— O que o senhor quer? — perguntou Doudou.

Ele respondeu alguma coisa.

Pensativa, Doudou examinou-o com atenção e abriu lentamente a renda da gola. Seus seios brancos e suaves apareceram. Drouot suspirou, estremeceu e apoiou-se contra ela. Os olhos de Doudou fecharam-se de dor. Contudo, notou que ele não estava confortável e desabotoou também o corpete.

---

[64] "Ele me ama, irmã, me ama". (N. do T.)
[65] "Doudou, minha amada". (N. do T.)

Ele puxou Doudou para si, mas fez um movimento brusco e soltou um gemido.

— O senhor está sentindo dor! — disse Doudou. — Não faça isso, o senhor não pode...

— Doudou — respondeu ele —, eu vou morrer se você for embora.

Afastei-me da janela. Apesar disso, vi ainda o rosto pálido e aflito de Doudou; vi como ela, confusa, esforçava-se para não causar dor a ele. Eu ouvi gemidos de paixão e de dor.

A história se espalhou. Doudou foi despedida. Mais simplesmente: foi expulsa. No último instante, ela estava no vestíbulo despedindo-se de mim. De seus olhos caíam lágrimas pesadas e brilhantes, mas ela sorria para não me afligir.

— Adeus — disse Doudou e estendeu-me a mão delicada numa luva clara —, *adieu, mon ami...*[66] Depois calou-se e acrescentou, olhando-me diretamente nos olhos: — *Il gèle, il meurt, il est seul, il prie, dirai-je non?*[67]

Nesse momento, no fundo do vestíbulo, o asqueroso mujique Diba passou coxeando.

— Eu lhe juro — exclamou então Doudou, com voz suave e trêmula —, eu lhe juro: se Diba me pedisse, eu faria o mesmo.

(1917)

---

[66] "Adeus, meu amigo". (N. do T.)

[67] "Ele tem calafrios, está morrendo, absolutamente sozinho; ele implora, como eu poderia dizer 'não'?". (N. do T.)

CHABOS-NAKHAMU[68]

Chegou a manhã, chegou a tarde: era o quinto dia. Chegou a manhã, começou a tarde: era o sexto dia. No sexto dia, na sexta-feira à tarde, é preciso rezar. Terminada a prece, faz-se um passeio pela aldeia com um chapéu de festa e chega-se em casa à hora do jantar. Em casa, o judeu esvazia um copo de vodca — nem Deus nem o Talmud o proíbem de beber dois —, come peixe recheado e *kúgel*[69] com passa. Depois do jantar ele fica alegre, conta histórias à mulher e depois dorme com um olho fechado e a boca aberta. Ele dorme, e Gapka ouve música na cozinha, como se tivesse chegado da aldeia um violinista cego e ficasse tocando sob a janela.

É assim com todo judeu. Mas Hérshele[70] não é como todo judeu. Não sem razão sua fama correu por toda Ostropol, por toda Berdítchev e por toda Viliúiski.

De cada seis sextas-feiras, Hérshele celebrava apenas uma. Nas tardes restantes ele ficava sentado com a família na escuridão e no frio. As crianças choravam. A esposa co-

---

[68] Trata-se de um dia de jejum em memória da destruição de Jerusalém, celebrado no primeiro shabat depois do nono dia do mês de Av. (N. do T.)

[69] Espécie de torta judaica. (N. do T.)

[70] Hérshele Ostropoler, também conhecido como Hershel de Ostropol, personagem do folclore judaico, famoso sobretudo no leste europeu. (N. do T.)

bria-o de reprimendas. Cada uma delas pesava como um calhau. Hérshele respondia recitando versos.

Uma vez — contam tal caso — Hérshele quis ser precavido. Na quarta ele se dirigiu à feira para arranjar dinheiro para a sexta. Onde há feira há um *pan*.[71] Onde há um *pan* há dez judeus em volta dele. Com dez judeus você não vai ganhar nem três vinténs. Todos escutavam as brincadeiras de Hérshele, mas ninguém se encontrava em casa na hora de pagá-lo.

Com a barriga vazia como um instrumento de sopro, Hérshele caminhou devagar para casa.

— O que você ganhou? — perguntou-lhe a esposa.

— Eu ganhei a outra vida — respondeu ele. — E prometeram-na o rico e o pobre.

A esposa de Hérshele tinha somente os dez dedos. Ela foi dobrando um por um. Sua voz retumbava como um trovão nas montanhas.

— Toda esposa tem um homem como marido. O meu só o que sabe é alimentar a esposa com palavrinhas. Queira Deus que pelo ano-novo ele seja privado da língua, das mãos e das pernas.

— Amém — respondeu Hérshele.

— Em toda janela ardem velas como se queimassem carvalhos nas casas. Eu tenho velas finas como fósforos e a fumaça delas é tanta que se desprende até os céus. Todos já têm pão branco no ponto, enquanto para mim o marido trouxe lenha úmida como só trança lavada...

Hérshele não disse uma única palavra em resposta. Para que adicionar madeira ao fogo, quando sem isso ele já queima vivamente? Isso em primeiro lugar. E o que se pode responder à esposa rabugenta, quando ela está certa? Isso em segundo lugar.

---

[71] *Senhor*, em polonês. (N. do T.)

Passou um tempo, a esposa cansou de gritar. Hérshele afastou-se, deitou na cama e ficou pensativo.

— Por que não ir ao rabino Borukhl? — perguntou a si mesmo.

(É sabido de todos que o rabino Borukhl padecia de uma negra melancolia e que para ele não havia remédio melhor do que as palavras de Hérshele.)

— Por que não ir ao rabino Borukhl? Os criados do *tsadik* dão-me ossos e pegam a carne para si. Isso é verdade. Carne é melhor do que ossos, e ossos melhor do que ar. Vamos ao rabino Borukhl.

Hérshele levantou-se e foi atrelar o cavalo. O animal olhou para ele de um modo severo e triste.

"Bom, Hérshele", disseram seus olhos, "ontem você não me deu aveia, anteontem não me deu aveia e hoje não recebi nada. E se amanhã você não me der aveia, então terei de pensar em minha vida."

Hérshele não suportou aquele olhar atento; baixou os olhos e acariciou os lábios macios do cavalo. Depois suspirou tão ruidosamente que o cavalo compreendeu tudo. E Hérshele decidiu:

— Vou a pé até o rabino Borukhl.

Quando Hérshele se pôs a caminho, o sol estava alto no céu. A estrada escaldante se estendia à frente. Bois brancos arrastavam lentamente carros com feno aromático. Os mujiques estavam sentados nos montões altos de feno com as pernas estendidas e agitando longos chicotes. O céu era azul, os chicotes negros.

Percorrida parte do caminho, umas cinco verstas, Hérshele aproximou-se de um bosque. O sol já se punha. No céu começavam a arder incêndios pálidos. Meninas descalças espantavam vacas do pasto. Em cada uma das vacas balançavam tetas rosadas cheias de leite.

No bosque, Hérshele foi recebido pelo frescor, pela penumbra silenciosa. Folhas verdes inclinavam-se umas sobre as outras, acariciavam-se com palmas lisas e, cochichando baixinho no ar, voltavam a seu lugar murmurando e estremecendo.

Hérshele não escutava o cochicho das folhas. Em seu estômago tocava uma orquestra tão grande como num baile do conde Potótski. A estrada lhe parecia longa. Dos flancos do planeta uma escuridão suave se erguia, ajuntava-se sobre a cabeça de Hérshele e flutuava pela terra. Lampiões imóveis ardiam no céu. A terra silenciou.

A noite tinha chegado quando Hérshele aproximou-se de um albergue. Na pequena janela brilhava uma luzinha. Junto à janela, no cômodo quente, estava sentada a dona do albergue, Zelda, cosendo cueiros. Sua barriga estava tão grande que ela parecia estar se preparando para dar à luz uma trinca.[72] Hérshele olhou para seu pequeno rostinho vermelho de olhos azuis e fez uma saudação.

— Posso descansar em sua casa, senhora?
— Pode.

Hérshele sentou-se. Suas narinas se inflavam como o fole de um ferreiro. O fogo intenso resplandecia no forno. Num enorme caldeirão a água fervia, banhando com a espuma alguns varêniques bem branquinhos.[73] Na sopa dourada bamboleava uma galinha gorda. Do forno propagava-se um cheiro de torta com passas.

Hérshele estava sentado num banco, encolhido como parturientes antes do parto. Em um minuto nasciam em sua cabeça mais planos do que o número de esposas do rei Salomão.

---

[72] No original, *troica*, trenó puxado por três cavalos emparelhados. (N. do T.)

[73] Pequenos pastéis de farinha de trigo e batata. (N. do T.)

No cômodo silencioso a água fervia, e nas ondas douradas remexia-se uma galinha.

— Onde está seu marido, senhora? — perguntou Hérshele.

— Meu marido foi à casa do *pan* pagar o dinheiro do aluguel — disse a mulher e calou-se. Seus olhos infantis se arregalaram e ela disse de repente:

— Estou sentada aqui junto à janela pensando. E quero fazer-lhe uma pergunta, senhor judeu. O senhor, decerto, viaja muito pelo mundo, estudou com o sacerdote e sabe de nossa vida. Eu não estudei com ninguém. Diga, senhor judeu, Chabos-Nakhamu chegará logo?

"Eh", pensou Hérshele, "essa pergunta é boa. Cresce de tudo nos campos do Senhor..."

— Eu lhe pergunto porque meu marido prometeu-me: "Quando Chabos-Nakhamu chegar, nós vamos visitar a mamãe. Vou comprar um vestido e uma peruca nova para você; e vamos pedir ao rabino Motalemi para ter um filho e não uma filha. Tudo isso quando Chabos-Nakhamu chegar". E eu penso: será que é um homem de outro mundo?

— Não se enganou, senhora — respondeu Hérshele. — O próprio Deus colocou essas palavras em seus lábios... Vocês terão um filho e uma filha. Eu sou Chabos-Nakhamu, senhora.

Os cueiros deslizaram dos joelhos de Zelda. Ela se ergueu e sua cabecinha pequena chocou-se contra uma viga, porque Zelda era alta e gorda, corada e jovem. Seus peitos altos assemelhavam-se a dois sacos bem cheios, repletos de grãos. Seus olhos azuis se abriram completamente, como os de uma criança.

— Eu sou Chabos-Nakhamu — reafirmou Hérshele. — Venho já pelo segundo mês, senhora, venho ajudar as pessoas. Essa é uma viagem longa, do céu à terra. Minhas botas gastaram-se por completo. Trouxe-lhe saudações de todos os seus.

— E de tia Péssia? — gritou a dona do albergue. — E do paizinho, e de tia Golda, o senhor os conhece?

— Quem não os conhece? — respondeu Hérshele. — Eu falava com eles assim como falo agora com a senhora.

— Como eles vivem por lá? — perguntou a dona do albergue, colocando os dedos trêmulos no ventre.

— Vivem mal — proferiu tristemente Hérshele. — Como pode viver uma pessoa morta? Lá não há bailes...

Os olhos da mulher se encheram de lágrimas.

— Lá é frio — continuava Hérshele. — Há frio e fome. Eles comem como os anjos. E ninguém naquele mundo tem direito a comer mais que os anjos. Mas do que um anjo precisa? Ele toma um gole de água e é o bastante. Lá a senhora não verá um copinho de vodca nem uma vez em cem anos...

— Pobre paizinho... — murmurou a mulher, chocada.

— Na Páscoa ele vai pegar uma *latka*.[74] Uma panqueca é o bastante para 24 horas...

— Pobre tia Péssia — estremeceu ela.

— Eu mesmo ando faminto — pronunciou Hérshele, inclinando a cabeça para um lado, e uma lágrima rolou por seu nariz e caiu na barba. — E não posso dizer nenhuma palavra; lá, me consideram um deles...

Hérshele não concluiu suas palavras. Pisando com as pernas gordas, a mulher impetuosamente levou-lhe pratos, tigelas, copos, garrafas. Hérshele começou a comer, e então a mulher entendeu que ele era realmente um homem de outro mundo.

Para começar, Hérshele comeu fígado picado regado com gordura transparente de porco e cebola cortada bem

---

[74] Bolinho frito de batata ralada. (N. do T.)

fininha. Depois ele bebeu um copo de vodca polaca (nessa vodca nadavam cascas de laranja). Depois comeu peixe, misturando uma sopa de peixe fresco aromática com batata macia e despejando num canto do prato meio pote de *khrein*[75] vermelho, um *khrein* tão ardido que faria chorar cinco *pani*[76] com topete e *kuntuch*.[77]

Depois do peixe, Hérshele fez justiça à galinha e sorveu a sopa quente, na qual nadavam gotinhas de gordura. Os varêniques, que se banhavam na manteiga derretida, saltavam para a boca de Hérshele como uma lebre pulando de um caçador. Não é preciso dizer nada sobre o que aconteceu com a torta: o que podia acontecer com ela, se já fazia um ano inteiro que Hérshele não via uma torta diante dos olhos?

Após o jantar, a mulher preparou coisas que tinha decidido enviar, através de Hérshele, para o outro mundo: para o paizinho, tia Golda e tia Péssia. Para o pai ela enviava um abrigo novo, uma garrafa de quirche, um pote de geleia de framboesa e uma bolsinha para tabaco. Para tia Péssia foram preparadas meias cinza quentes. Para tia Golda foram uma peruca velha, um pente grande e um livro de orações. Além disso, ela abasteceu Hérshele com botas, fogaças de pão, torresmo e uma moeda de prata.

— Lembranças, senhor Chabos-Nakhamu, lembranças a todos — disse ela, desejando boa viagem a Hérshele, que levava consigo uma trouxa pesada. — Ou espere um pouco; logo meu marido vai chegar.

— Não — respondeu Hérshele. — Preciso me apressar. Acaso pensa que tenho só a senhora para visitar?

---

[75] Preparado de raízes fortes e beterraba. (N. do T.)

[76] Plural de *pan*. (N. do T.)

[77] Espécie de cafetã usado antigamente na Ucrânia e na Polônia. (N. do T.)

No bosque escuro dormiam as árvores, dormiam as aves, dormiam as folhas verdes. As estrelas pálidas que nos vigiam adormeciam no céu.

Depois de se afastar uma versta, Hérshele parou ofegante, tirou a trouxa das costas, sentou-se nela e começou a refletir consigo mesmo.

— Você deve saber, Hérshele — disse a si mesmo —, que no mundo vivem muitos idiotas. A dona do albergue é estúpida. Seu marido talvez seja um homem inteligente, com grandes punhos, faces gordas e um longo chicote. Se ele chegar em casa e alcançar você no bosque, então...

Hérshele não ficou quebrando a cabeça em busca de resposta. Imediatamente enterrou a trouxa na terra e fez uma marca, a fim de reencontrar com facilidade o local secreto.

Depois correu para o outro lado do bosque, despiu-se por inteiro, abraçou o tronco de uma árvore e ficou esperando. A espera durou pouco. Ao amanhecer Hérshele ouviu um golpe de chicote, estalido de lábios e tropel de cascos. Era o albergueiro que vinha à caça do senhor Chabos-Nakhamu.

Acercando-se do desnudo Hérshele, que estava abraçado a uma árvore, o albergueiro parou o cavalo, e seu rosto ficou tão abobalhado como o de um monge que se encontra com o diabo.

— O que o senhor está fazendo aqui? — perguntou ele com a voz entrecortada.

— Eu sou um homem do outro mundo — respondeu Hérshele com tristeza. — Fui atacado. Tomaram-me importantes papéis que eu levava ao rabino Borukhl...

— Eu sei quem o atacou — exclamou o albergueiro. — E tenho contas a acertar com ele. Que caminho tomou?

— Não posso dizer que caminho — exclamou amargamente Hérshele. — Se quiser, dê-me seu cavalo e eu o alcançarei num instante. E o senhor vai me esperar aqui. Tire a roupa, fique junto da árvore e apoie-se nela sem se afastar um passo até a minha chegada. Esta árvore é santa, muitas coisas de nosso mundo dependem dela...

Hérshele não precisava examinar demoradamente uma pessoa para saber como ela era. Logo à primeira vista ele percebeu que o marido não era muito diferente da esposa.

E de fato o albergueiro se despiu e ficou de pé junto à árvore. Hérshele sentou-se na carroça e partiu a galope. Ele desenterrou suas coisas, jogou-as na carroça e seguiu até a borda do bosque. Ali Hérshele jogou de novo a trouxa nos ombros e, abandonando o cavalo, começou a andar a passos largos pela estrada que conduzia diretamente à casa do santo rabino Borukhl.

Já era de manhã. As aves cantavam de olhos semiabertos. O cavalo do albergueiro conduziu melancólico a carroça vazia para o lugar onde deixara seu dono.

O dono o esperava apertando-se contra a árvore, nu, sob os raios do sol nascente. O albergueiro sentia frio. E saltitava num pé e no outro.

(1918)

O PECADO DE JESUS

Arina morava num quartinho perto da escada principal, e Serioga, o ajudante do zelador, na parte dos fundos. Tinham cometido uma indecência. E Arina acabou dando gêmeos a Serioga, em um Domingo do Perdão. A água corre, a estrela brilha, e o mujique se assanha. E lá estava Arina outra vez em estado interessante, já no sexto mês; e esses meses da mulher voam. Serioga foi convocado pelo Exército: isso é um problema. Daí Arina pegou e disse:

— Esperar você, Sergúnia, não é vantagem pra mim. Vamos ficar quatro anos separados; em quatro anos, quando nada, vou parir uns três. Trabalhando em pensão, a gente tem de arregaçar a saia. Quem vier é dono, seja judeu, seja qualquer um. Quando você voltar do Exército, minhas entranhas vão estar cansadas, eu vou ser uma mulher estragada; será que vou servir pra você?

— É verdade — Serioga balançou a cabeça.

— Agora tenho uns pretendentes; são gente rude: Trofímitch, um empreiteiro, e mais Issai Abrámitch, um velhinho, e Nikolo-Sviatskoi, o sacristão da igreja, um homem fracote. Mas, pra dizer a verdade, esse vigor perverso de vocês me dá nojo; são muito grosseiros... Daqui a três meses vou me desfazer desse peso; então vou entregar o bebê pro orfanato e me casar.

Serioga ouviu aquilo, tirou o cinto e fustigou Arina, tentando acertar sua barriga.

— Não me bata assim na barriga — disse-lhe a mulher —, essa semente é sua, e não de outro...

E daí foram só pancadas; aqui escorriam lágrimas do homem, ali escorria o sangue da mulher; mas nenhuma luz, nenhuma saída. A mulher foi então até Jesus Cristo e disse:

— É tal e coisa, Senhor Jesus. Eu sou Arina, da pensão Madri e Louvre, que fica na Tverskaia. Trabalhando em pensão, a gente tem de arregaçar a saia. Quem vier é dono, seja judeu, seja qualquer um. Anda aqui pela terra um servo do Senhor, Serioga, o ajudante do zelador. Eu dei gêmeos a ele no ano passado, no Domingo do Perdão...

E ela relatou tudo ao Senhor.

— E se Serioga não fosse para o Exército? — imaginou o Salvador.

— O chefe de polícia o arrastaria, creio eu...

— O chefe de polícia — o Senhor baixou a cabeça —, eu não tinha pensado nele... Escute, e se você permanecesse pura durante algum tempo?...

— Quatro anos? — respondeu a mulher. — Só me faltava essa! As pessoas precisam viver. Você vem com esse costume antigo, mas onde é que vai arranjar crias? Facilite as coisas pra mim, né...

Um rubor apareceu então nas faces do Senhor; a mulher o tocou no âmago, mas ele ficou calado. Não se pode ter tudo; até Deus sabe disso.

— Veja só, serva de Deus, imaculada e gloriosa pecadora Arina — pronunciou então o Senhor em sua glória —, eu tenho um anjinho que vive à toa aqui no céu; chama-se Alfred, é desobediente e está sempre chorando: "Senhor, por que me transformastes em anjo aos dezenove anos de idade, quando eu era um rapaz em pleno vigor?". Darei a você, serva de Deus, o anjo Alfred como marido por quatro anos. Ele será para você uma oração, será para você uma proteção, será para você um amante. E parir uma criança dele seria tão impossível quanto parir um patinho, pois ele faz muita gracinha e não tem nenhuma seriedade...

— É disso que eu preciso — implorou a imaculada Arina. — Por causa da seriedade deles, em dois anos eu estive morrendo por três vezes...

— Que seja para você um doce descanso, Arina, filha de Deus. Que seja para você uma oração suave como uma canção. Amém!

E assim ficou resolvido. Trouxeram Alfred. Um rapazinho franzino e carinhoso; atrás de seus ombrinhos azuis, duas asas balançando e brincando em forma de uma chama rosada, como pombos marulhando nos céus. Arina o abraçou soluçando de emoção e de afeto feminino.

— Alfreduchka, meu consolo, você é o meu prometido...

O Senhor a encarregou, porém, de tirar as asas do anjo antes de ir para a cama; elas tinham fechos parecidos com dobradiças de porta; à noite, era preciso tirá-las e embrulhá-las em um lençol limpo; qualquer impacto poderia quebrar uma asa, pois elas eram feitas de suspiros de bebês, e mais nada.

O Senhor abençoou aquela união mais uma vez; para esse ato foi chamado um coro de prelados, que entoaram um canto extremamente forte, mas não havia nenhum tira-gosto, pois isso não convinha. E abraçados, Arina e Alfred desceram para a terra por uma escada de seda. Chegaram à Petrovka. Foi para lá que a mulher o arrastou e lhe fez umas compras (aliás, ele não estava apenas sem calças, mas sim totalmente ao natural); ela comprou-lhe botas envernizadas de cano curto, calças de lã xadrez, uma jaqueta acolchoada e um colete de veludo azul.

— O restante, meu benzinho — disse ela —, vamos achar em casa.

Naquele dia, Arina obteve uma licença e não trabalhou na pensão. Serioga chegou fazendo um escândalo; ela não saiu para recebê-lo, apenas disse por trás da porta:

— Serguei Nifántitch, estou lavando meus pés e peço-lhe que se retire sem escândalo...

E ele foi embora, sem dizer uma palavra. Era a força do anjo começando a agir.

Para o jantar, Arina preparou um banquete. Ah, que orgulho diabólico ela sentia! Cerca de meio litro de vodca, vinho especial, arenque do Danúbio com batata e um samovar de chá. Logo depois de saborear aquela bem-aventurança terrena, Alfred adormeceu. Arina tirou na hora as suas asinhas da dobradiça, embrulhou-as e levou o anjo para a cama.

Em seu colchão de penas, naquela cama pecaminosa e esfrangalhada, repousava uma maravilha branca como a neve; dela irradiava um brilho celestial; raios de luar circulavam pelo quarto, alternando-se com outros, vermelhos, e oscilavam nas pernas radiantes. Arina chorava e alegrava-se, cantava e rezava. Coube a ti, Arina, algo inaudito neste mundo surrado. Bendita és tu entre as mulheres!

Tomaram meio litro de vodca. Que isso fique bem dito. Logo que adormeceram, Arina foi caindo por cima de Alfred com seu barrigão de seis meses, cheio de ardor e de Serioga. Não lhe bastava dormir com um anjo, não lhe bastava não ter a seu lado alguém cuspindo na parede, roncando e fungando; isso não bastava para uma mulher forte e fogosa: ela ainda tinha de aquecer seu ventre inchado e ardente. E ela esmagou o anjo de Deus; esmagou-o de embriaguez, de delírio e de alegria; esmagou-o como um bebê de uma semana, com seu próprio peso; e o fim mortal chegou para ele, e das asas embrulhadas no lençol começaram a pingar lágrimas pálidas.

E veio o amanhecer; as árvores se envergavam no vale. Nos bosques distantes do norte, cada pinheiro se transformou em um pope, e cada um deles se ajoelhou.

E novamente apareceu perante o trono do Senhor aquela mulher de ombros largos, vigorosa, com um jovem cadáver em seus braços avermelhados.

— Veja, Senhor...

Então o dócil coração de Jesus não se conteve; e Ele, furioso, amaldiçoou a mulher:

— Como é costume na Terra, assim será também contigo, Arina...

— Ora, Senhor — respondeu-lhe a mulher, com voz bem baixa —, acaso fui eu que fiz o meu corpo tão pesado? Fui eu que destilei a vodca e inventei a alma da mulher tão tola e solitária?...

— Não desejo mais tratar contigo — replicou o Senhor Jesus —, você esmagou o meu anjo. Ah, sua porca!...

E um vento purulento lançou Arina de volta à terra, à rua Tverskaia, à pensão Madri e Louvre, que a ela fora concedida. E ali não se teme nada. Serioga tratava de aproveitar, já que logo seria recruta. O empreiteiro Trofímitch, logo que chegou de Kolomna, percebeu como Arina estava saudável e corada.

— Ah, sua barrigudinha... — dizia ele, entre outras coisas.

Issai Abrámitch, o velhinho, quando soube da barrigudinha, também fanhoseou:

— Depois do ocorrido — disse ele —, não podemos assumir um compromisso, mas por direito ainda posso me deitar com você...

Ele já devia estar deitado é no seio da terra úmida, e nenhuma outra coisa mais; e no entanto, ficava cuspindo naquela alma. Parecia que todos tinham escapado de correntes: os ajudantes de cozinha, os comerciantes e os estrangeiros.[78] Comerciários adoram se divertir.

E aqui termina a fábula.

---

[78] No original, *inoródtsi*, cidadãos que não eram russos, mas habitavam territórios que integravam a Rússia tsarista ou que estavam sob seu domínio. (N. do T.)

O tempo arrastou aqueles três meses, e na hora de parir, Arina saiu para os fundos, para trás da portaria, ergueu sua barriga terrivelmente grande para os céus de seda e exclamou enlouquecida:

— Veja esse ventre, Senhor! Está sendo esmagado como uma ervilha. Não entendo o que é isso. Mas não desejo mais isso, Senhor!...

E em resposta, o Senhor lavou Arina com lágrimas; o Salvador ficou de joelhos.

— Perdoa-me, Arinúchka. Perdoa seu Deus pecador e tudo o que fiz contigo...

— Não, Jesus Cristo, não tens o meu perdão — respondeu-lhe Arina.

(1921)

BAGRAT-OGLI E OS OLHOS DE SEU TOURO

Vi à beira da estrada um touro de beleza singular. Inclinado sobre ele chorava um menino.

— Este é Bagrat-Ogli — disse um encantador de serpentes, que comia ali ao lado uma refeição pobre. — Bagrat-Ogli, filho de Kiazim.

— É belo como doze luas — disse eu.

— A túnica verde do profeta nunca cobrirá o Kiazim de barba desgrenhada — disse o encantador de serpentes. — Ele era um homem dado a brigas que deixou para seu filho uma cabana miserável, esposas obesas e um touro, do qual não há igual. Mas Alá é grande...

— *Alá il Alá*[79] — disse eu.

— Alá é grande — repetiu o velho, afastando o cesto de serpentes. — O animal cresceu e tornou-se o mais vigoroso touro da Anatólia. Memed Khan, um vizinho, doente de inveja, castrou-o esta noite. Ninguém mais levará vacas a Bagrat-Ogli para que sejam emprenhadas. Ninguém mais pagará a Bagrat-Ogli cem piastras pelo amor de seu touro. Bagrat-Ogli é agora um mendigo e está soluçando à beira da estrada.

O silêncio das montanhas estendia sobre nós suas bandeiras púrpuras. A neve cintilava nos cumes. O sangue es-

---

[79] Possível referência à oração muçulmana *"ilaha ilia Allah"* [Não há Deus além de Alá]. (N. do T.)

corria pelas pernas do touro mutilado e espumava na grama. Ouvindo o gemido do touro, olhei-o nos olhos e vi a sua morte e a minha própria, e caí no chão em grandes sofrimentos.

— Peregrino — exclamou então o menino, com o rosto rosado como a aurora —, você se contorce, e a espuma borbulha nos cantos de seus lábios. É a doença negra que o amarra com as correias de suas convulsões.[80]

— Bagrat-Ogli — respondi eu, esgotado —, nos olhos de seu touro encontrei um reflexo da maldade sempre vigilante de nossos vizinhos, os Memed-Khans. Em seu fundo úmido encontrei espelhos, nos quais se incendeiam as fogueiras verdes da traição de nossos vizinhos, os Memed-Khans. Nas pupilas do touro mutilado eu vi a minha juventude, assassinada em vão, e também a minha maturidade, que se arrasta através da cerca de espinhos da indiferença. As estradas da Síria, Arábia e Kurdistão, medidas por mim três vezes, encontro nos olhos de seu touro, oh Bagrat-Ogli, e suas areias planas não me deixam esperanças. O ódio do mundo inteiro insinua-se rastejando nas órbitas abertas do seu touro. Fuja da maldade de nossos vizinhos, os Memed-Khans, oh Bagrat-Ogli, e que o velho encantador de serpentes tome seu cesto com pítons e siga com você...

E invadindo o desfiladeiro com meus lamentos, coloquei-me de pé. Senti o aroma dos eucaliptos e fui embora. Um alvorecer de muitas cabeças alçou voo sobre as montanhas, como um milhar de cisnes. A baía de Trebizonda reluzia ao longe com o aço de suas águas. E eu vi o mar e as bordas amarelas das falucas. O frescor das ervas vazava nas ruínas de um muro bizantino. Os bazares e os tapetes de Trebizonda apareceram diante de mim. Um jovem montanhês

---

[80] Referência à epilepsia. (N. do T.)

encontrou-se comigo onde a estrada faz uma curva antes de entrar na cidade. Em seu braço estirado estava sentado um falcão-de-pés-vermelhos com o pé agrilhoado. O andar do montanhês era ligeiro. O sol emergia sobre nossas cabeças. E uma súbita calma entrou em minha alma de andarilho.

(1923)

VOCÊ BOBEOU, CAPITÃO!

Ao porto de Odessa chegou o vapor *Halifax*. Viera de Londres para buscar trigo russo.

Em 27 de janeiro, dia dos funerais de Lênin, a tripulação de cor — três chineses, dois negros e um malaio — chamou o capitão à ponte. Na cidade retumbavam orquestras e soprava uma nevasca.

— Capitão O'Nearn — disseram os negros —, hoje não há carregamento. Deixe-nos ficar na cidade até a noite.

— Fiquem nos seus postos — respondeu O'Nearn. — A tempestade tem nove pontos e está se intensificando; perto de Sanjeika,[81] o *Beaconsfield* está preso no gelo; o barômetro está mostrando o que seria melhor não mostrar. Num tempo assim a tripulação deve ficar no navio. Fiquem nos seus postos.

E, dito isso, o capitão O'Nearn foi até o segundo auxiliar. Riam ele e o segundo auxiliar, fumando charutos e apontando para a cidade, onde num sofrimento terrível soprava a nevasca e retumbavam as orquestras.

Os dois negros e os três chineses vagavam sem propósito pela ponte. Sopravam as mãos geladas, batiam as botas de borracha e espiavam a porta entreaberta da cabine do capi-

---

[81] Povoado da região de Odessa, na costa do Mar Negro. (N. do T.)

tão. De lá vazava para a tempestade de nove pontos o veludo dos sofás, aquecido pelo conhaque e pela fumaça fina.

— Contramestre! — gritou O'Nearn, ao ver os marinheiros. — A ponte não é um bulevar, mande esses rapazes para o porão.

— *Yes, sir* — respondeu o contramestre, uma coluna de carne vermelha coberta de cabelo ruivo. — *Yes, sir* — e agarrou pelo cangote o desgrenhado malaio. Ele o pôs no lado que dava para o mar aberto e jogou-o numa escada de corda. O malaio desceu e correu pelo gelo. Os três chineses e os dois negros correram atrás dele.

— Mandou os homens para o porão? — perguntou o capitão da cabine aquecida pelo conhaque e pela fumaça fina.

— Mandei, *sir* — respondeu o contramestre, a coluna de carne vermelha, e ficou junto ao portaló como uma sentinela num temporal.

O vento soprava do mar: nove pontos, como nove balas lançadas pelas baterias congeladas do mar. A neve branca se enfurecia sobre os blocos de gelo. E pelas ondas petrificadas, sem lembrar de si mesmas, voavam em direção à margem, para o atracadouro, cinco vírgulas retorcidas com os rostos crestados e em jaquetas esvoaçantes. Esfolando as mãos, eles subiram para a margem pelas estacas cobertas de gelo, atravessaram o porto correndo e entraram voando na cidade que tremia no vento.

Um destacamento de estivadores com bandeiras negras ia para a praça, para onde seria colocado o monumento a Lênin. Os dois negros e os três chineses seguiram ao lado dos carregadores. Ofegavam, apertavam as mãos de alguém e regozijavam-se com a alegria de presidiários fugidos.

Nesse minuto, em Moscou, na Praça Vermelha, baixavam à sepultura o cadáver de Lênin. Perto de nós, em Odessa, sirenes apitavam, a nevasca soprava e multidões andavam enfileiradas. E apenas no vapor *Halifax* o inescrutável contramestre permanecia junto ao portaló, como uma sentinela num temporal. Sob sua proteção ambígua o capitão O'Nearn bebia conhaque em sua cabine esfumaçada.

Ele, O'Nearn, confiou no contramestre; e ele, o capitão, bobeou.

(1924)

COM O NOSSO PAIZINHO MAKHNÓ[82]

Seis soldados de Makhnó haviam violentado uma criada na noite anterior. Eu soube disso ao amanhecer, e decidi ver como fica uma mulher depois de ser violentada seis vezes. Eu a surpreendi na cozinha. Ela estava lavando a roupa, inclinada sobre uma tina. Era uma gorducha de bochechas viçosas. Somente a existência indolente na terra fértil da Ucrânia poderia encher uma judia com aquela seiva de vaca, incutir em seu rosto um brilho tão ensebado. As pernas da moça, gordas, atijoladas, inchadas como balões, fediam adocicadamente, como carne recém-cortada. E me pareceu que de sua virgindade da véspera restaram apenas as bochechas, mais inflamadas que o habitual, e os olhos, voltados para baixo.

Além da criada, na cozinha estava sentado Kikin, um garotinho, moleque de recados do Estado-Maior do nosso paizinho Makhnó. Tinha fama de bobo no Estado-Maior, e não lhe custava nada pintar o sete na hora mais imprópria.

Mais de uma vez me aconteceu surpreendê-lo na frente do espelho. Depois de esticar a perna com as calças rasgadas, ele piscava para si mesmo, batia em sua barriga pelada de

---

[82] Néstor Makhnó (1889-1934), anarquista que, durante a guerra civil russa (1918-1921), liderou um movimento camponês na Ucrânia. Embora tenha se aliado por certo tempo aos bolcheviques, combateu em diferentes momentos tanto o Exército Branco quanto o Exército Vermelho. (N. do T.)

menino, cantava canções de guerra e fazia caretas de triunfo, das quais ele mesmo morria de rir. Naquele menino a imaginação trabalhava com uma vivacidade incomum.

Hoje eu o surpreendi novamente num trabalho especial: ele estava colando uma faixa de papel dourado num capacete alemão.

— Quantos você atendeu ontem, Rukhlia? — disse ele e, de olhos meio cerrados, examinou o capacete enfeitado.

A moça permanecia calada.

— Você atendeu seis — continuou o menino —, e tem umas mulheres que podem atender até vinte homens. Em Krapivno o nosso pessoal meteu, meteu numa dona até enjoar; bem, ela era mais gorda que você...

— Traga um pouco de água — disse a moça.

Kikin trouxe do pátio um balde d'água. Arrastando os pés descalços, ele foi depois até o espelho, enfiou na cabeça o capacete com fitas douradas e examinou atentamente sua imagem. A visão do espelho o fascinou. Depois de enfiar os dedos nas narinas, o menino observou ansioso como mudava, sob uma pressão interna, a forma de seu nariz.

— Vou partir com a expedição — virou-se ele para a judia —, e você não diga a ninguém, Rukhlia. Stetsenko vai me levar para o esquadrão. Lá a gente tem pelo menos farda, a gente desfruta de consideração, e vou achar camaradas de combate, não isso que temos aqui, uma equipe de trastes... Ontem, quando agarraram você, e eu segurava sua cabeça, eu disse a Matviei Vassílitch: "Veja só, Matviei Vassílitch", eu disse, "já é o quarto que está se revezando, e eu só segurando, segurando. Você já foi duas vezes, Matviei Vassílitch, mas como eu sou um menino de pouca idade e não sou da sua companhia, então todos podem me desprezar...". Você, Rukhlia, decerto ouviu essas palavras: "Kikin", ele disse, "nós não estamos desprezando você; vão passar todos os plantões, e depois você vai...". E daí eles me deixaram, sim...

Quando estavam arrastando você para o bosque, Matviei Vassílitch me disse: "Vai lá, Kikin, se quiser". "Não, Matviei Vassílitch", disse eu, "depois de Vaska ter ido eu não quero; lamentaria pelo resto da vida..."

Kikin começou a resfolegar irritado e calou-se. Ele se deitou no chão e ficou olhando para longe, descalço, comprido, entristecido, com a barriga nua e o capacete brilhante sobre os cabelos de palha.

— O povo fala dos soldados de Makhnó, do heroísmo deles — exclamou de modo sombrio —, mas basta conviver um tempo com eles, e daí fica claro que todos têm alguma má intenção...

A judia ergueu seu rosto corado, deu uma olhada rápida no menino e saiu da cozinha numa passada penosa, como a de um cavaleiro que, depois de uma longa marcha, coloca no chão as pernas inchadas. Sozinho, o menino lançou um olhar enfastiado pela cozinha, suspirou, apoiou as mãos no piso, ergueu as pernas e, sem mexer os calcanhares salientes, começou a andar rapidamente com as mãos.

(1923)

UMA MULHER ESFORÇADA

Três soldados de Makhnó — Gnilochkúrov e mais dois — combinaram uns serviços amorosos com uma mulher. Por um quilo de açúcar, ela concordou em atender os três, porém, no terceiro, ela não aguentava mais e andava zonza pelo quarto. A mulher correu para o pátio e lá topou com Makhnó. Ele deu-lhe um golpe de chicote e cortou seu lábio superior; sobrou também para Gnilochkúrov.

Isso aconteceu de manhã, pouco depois das oito; o dia passou cheio de afazeres, e daí veio a noite, a chuva, uma chuva fina, sussurrante, irresistível. Ela rumorejava por trás da parede; na janela à minha frente estava dependurada uma estrela solitária. Kámenka[83] estava mergulhada nas trevas; um gueto vivo coberto por uma escuridão viva, e nele prosseguia o rebuliço implacável dos soldados de Makhnó. O cavalo de alguém relinchava suavemente, como uma mulher melancólica; fora da aldeia rangiam *tatchankas*[84] insones, e a canhonada ia cessando, preparando-se para dormir na terra preta e úmida.

E somente numa rua distante chamejava a janela do atamã.[85] Como um projetor triunfante, ela cortava a miséria da

---

[83] Cidade da região central da Ucrânia. (N. do T.)

[84] Carroça equipada com metralhadora direcionada para trás. (N. do T.)

[85] Atamã designa o comandante do exército ou de um batalhão cossaco. (N. do T.)

noite de outono e tremulava imersa na chuva. Ali, no Estado-
-Maior de nosso paizinho, uma banda musical tocava em
honra de Antonina Vassílievna, uma irmã de caridade que
passava a primeira noite com Makhnó. As cornetas graves e
melancólicas zumbiam mais forte, e os guerrilheiros, amon-
toando-se embaixo da minha janela, escutavam a melodia
retumbante de marchas antigas. Três deles estavam sentados
embaixo da minha janela: Gnilochkúrov e seus camaradas;
depois Kikin, um garoto cossaco endiabrado, achegou-se a
eles. Ele jogava as pernas para cima, plantava bananeira,
cantava, cricrilava e tinha dificuldade para se aquietar, como
se tivesse tido uma convulsão.

— Ovsiánitsa — murmurou de repente Gnilochkúrov.
— Ovsiánitsa — disse ele com tristeza. — Como é possível
que depois de mim ela pegasse mais dois e desse conta?... Eu
estava colocando o cinto, e ela veio falando assim: paizinho
— disse ela —, *merci* pela companhia, foi um prazer... Eu me
chamo Anelia — disse. — Esse é o meu nome: Anelia... Pois
é, Ovsiánitsa, eu acho que desde cedo ela tinha se empantur-
rado com alguma erva nojenta, tinha sim; e aí Pietka foi pra
cima daquela desgraceira...

— E aí Pietka foi pra cima — disse Kikin, de quinze
anos, sentando-se e fumando um cigarro. — Moço — disse
ela a Pietka —, tenha a gentileza, estou perdendo as últimas
forças — e então saltou e girou como um parafuso, mas os
rapazes abriram os braços, não a deixaram passar pela porta,
e ela se debatendo e se debatendo... — Kikin levantou-se,
ficou radiante e gargalhou. — Ela correu, mas na porta estava
o paizinho... Pare — disse ele —, sem dúvida você tem alguma
doença venérea; pois vou surrá-la aqui mesmo — e ele a cas-
tigou, mas ela, vejam só, ainda queria lhe dizer umas boas.

— É preciso concordar — interveio aqui a voz pensativa
e suave de Pietka Orlov, interrompendo Kikin —, é preciso
concordar que entre as pessoas existem sovinas, existem so-

vinas impiedosos... Eu disse a ela: nós somos três, Anelia, chame uma amiga, divida o açúcar, ela vai ajudar você... Não — disse ela —, acho que eu aguento; tenho três crianças para alimentar, por acaso sou alguma donzela?...

— Uma mulher esforçada — assegurou Gnilochkúrov a Pietka, ainda sentado embaixo da minha janela —, esforçada até o limite...

E calou-se. Ouvi de novo o barulho da água. A chuva balbuciava como antes, gemendo e lamuriando pelos telhados. O vento a agarrava e virava de lado. No pátio de Makhnó cessou o zumbido solene das cornetas. A luz em seu quarto diminuiu pela metade. Então Gnilochkúrov levantou-se do banco e refletiu com seu corpo a cintilação turva do luar. Ele bocejou, virou a camisa, coçou a barriga extraordinariamente branca e foi dormir num galpão. A voz suave de Pietka Orlov ecoava logo atrás dele.

— Em Guliai-Pole havia um mujique forasteiro, Ivan Gólub — disse Pietka. — Era um mujique calado, feliz no trabalho, não bebia, carregava muito peso, e acabou se arruinando mortalmente... O povo de Guliai-Pole teve pena dele, e toda a aldeia acompanhou o enterro; era forasteiro, mas foram mesmo assim...

E ao chegar na porta do galpão, Pietka começou a resmungar acerca do falecido Ivan; ia resmungando mais baixo, mais afável.

— Existem os impiedosos no meio das pessoas — respondeu-lhe Gnilochkúrov, adormecendo. — Palavra de honra, existem...

Gnilochkúrov adormeceu, e mais dois com ele; apenas eu fiquei perto da janela. Meus olhos sentiam a escuridão cerrada, a fera das recordações me atormentava, e o sono não vinha...

... Ela estava sentada desde cedo na rua principal vendendo bagas. Os soldados de Makhnó pagaram-lhe com cédulas recolhidas. Ela tinha o corpo roliço e suave de uma loira. Depois de expor a barriga, Gnilochkúrov aquecia-se no banco. Ele cochilava, esperava, e a moça, com pressa de negociar, fixava nele os olhos azuis e cobria-se de um rubor vagaroso, delicado.

— Anelia — sussurrei seu nome —, Anelia...

(1928)

O FIM DE SANTO HIPATIUS

Ontem eu estive no mosteiro de Santo Hipatius, e o monge Illarion, o último dos que ali habitavam, mostrou-me a casa dos boiardos[86] Románov.

Os moscovitas vieram ali, no ano de 1613, para pedir a Mikhail Fiódorovitch[87] que assumisse o trono.

Eu vi o canto pisoteado onde rezava a monja Marfa, mãe do tsar, seu dormitório sombrio e a torre de onde ela assistia à caçada de lobos nos bosques de Kostromá.

Illarion e eu cruzamos pontezinhas decrépitas cobertas por montes de neve, espantamos as gralhas que tinham feito ninhos na torre dos boiardos e saímos para uma igreja de beleza indescritível.

Rodeada por uma coroa de neve, pintada de azul e carmim, ela se recortava sobre o céu esfumaçado do norte como um lenço feminino estampado com desenhos de flores russas.

As linhas de suas cúpulas sem luxo eram puras, seus anexos azuis eram abaulados, e as molduras decoradas das janelas reluziam ao sol com um brilho supérfluo.

---

[86] Título atribuído aos aristocratas russos entre os séculos X e XVII. (N. do T.)

[87] Mikhail Fiódorovitch Románov (1596-1645), primeiro tsar da dinastia dos Románov. (N. do T.)

Nessa igreja deserta encontrei os portões de ferro doados por Ivan, o Terrível,[88] passei por ícones antigos, por todo aquele jazigo e pela decomposição do santuário impiedoso.

Os santos, mujiques nus endemoninhados com as coxas apodrecendo, contorciam-se nas paredes descascadas, e ao lado deles estava desenhada a Virgem Russa: uma mulher magra, com os joelhos separados e os seios caídos, semelhantes a dois braços verdes sobressalentes.

Os ícones antigos cercaram meu coração descuidado com o frio de suas paixões cadavéricas, e eu quase não consegui me salvar deles, daqueles santos sepulcrais.

Seu Deus jazia na igreja, enrijecido e limpo, como um defunto já banhado em sua casa, mas mantido sem sepultamento.

Sozinho, o pai Illarion vagava por entre seus cadáveres. Ele coxeava da perna esquerda, cochilava, coçava a barba suja e logo me aborreceu.

Então escancarei os portões de Ivan IV e corri sob as abóbadas negras em direção à praça; e ali brilhou para mim o Volga coberto de gelo.

A fumaça de Kostromá subia até o alto, varando a neve; os mujiques, cobertos pelas auréolas amarelas do frio intenso, transportavam farinha em trenós, e os cavalos fincavam no gelo seus cascos de ferro.

Os cavalos castanhos, cobertos de geada e vapor, respiravam ruidosamente no rio; os relâmpagos rosados do norte voavam nos pinheiros; e multidões, multidões desconhecidas, arrastavam-se pelas ladeiras congeladas.

Um vento cortante soprava do Volga sobre elas; um grande número de mulheres afundava nos montes de neve, mas elas subiam ainda mais e se aglomeravam em direção ao mosteiro, como colunas sitiantes.

---

[88] Assim ficou conhecido o tsar Ivan IV (1530-1584). (N. do T.)

A gargalhada das mulheres retumbava pelo monte, chaminés de samovar e tinas subiam pela encosta, e os patins dos meninos gemiam nas viradas.

Velhas anciãs arrastavam um fardo para cima do monte alto — o monte de Santo Hipatius —, bebês dormiam em pequenos trenós, e cabras brancas vinham conduzidas em bridas pelas anciãs.

— Diabos — gritei ao vê-las, recuando diante daquela incrível invasão —, vocês não vieram atrás da monja Marfa pedir que seu filho Mikhail Románov assuma o trono, não é?

— Vá pro inferno! — respondeu uma mulher, avançando. — Por que está fazendo gracinha no nosso caminho? Por acaso vamos ter filhos com você?

E, depois de entrar no trenó, ela o levou ao pátio do mosteiro, quase derrubando o desconcertado pai Illarion. Ela levou para o berço dos tsares moscovitas as suas tinas, seus gansos, seu gramofone sem tubo e, apresentando-se como Sávitcheva, exigiu o apartamento nº 19 dos aposentos do bispo.

E, para meu espanto, deram a Sávitcheva esse apartamento, bem como a todas as outras que a seguiam.

Então me explicaram que a União dos Trabalhadores Têxteis havia reconstruído, no bloco que se incendiara, quarenta apartamentos para os operários das Manufaturas de Linho Unificadas de Kostromá, e que eles estavam se transferindo naquele dia para o mosteiro.

O pai Illarion permanecia junto aos portões, contando todas as cabras e migrantes; depois ele me chamou para tomar chá e, em silêncio, colocou na mesa as xícaras que havia furtado no pátio durante a transferência dos utensílios dos boiardos Románov para o museu.

Tomamos chá naquelas xícaras até transpirar; os pés descalços das mulheres moviam-se à nossa frente nos peitoris: as mulheres lavavam os vidros de seus novos aposentos.

Depois começou a sair fumaça de todas as chaminés, como se tivesse sido combinado; um galo desconhecido subiu no túmulo do abade pai Siónii e começou a cantar; um acordeão iniciou uma canção terna, penando na introdução; e uma velhota estranha, usando um cafetã caseiro,[89] meteu a cabeça na cela do pai Illarion e pediu-lhe emprestado um pouco de sal para a sopa de repolho.

Já era noite quando a velhota veio até nós; nuvens rubras se avolumavam sobre o Volga, o termômetro na parede externa mostrava 40 graus negativos; fogueiras gigantescas se apagavam, agitadas sobre o rio. Um jovem resoluto subia com obstinação por uma escada congelada até a barra sobre os portões — subia para pendurar ali um fanalzinho vagabundo e uma tabuleta, onde estava pintada uma porção de letras: URSS e RSFSR,[90] o sinal da União de Têxteis, uma foice e um martelo, e ainda uma mulher ao lado de um tear, do qual saíam raios para todos os lados.

(1924)

---

[89] No original, *zipun*: espécie de cafetã, geralmente sem colarinho, produzido em casa, com lã de má qualidade e muito utilizado por camponeses. (N. do T.)

[90] República Socialista Federativa Soviética da Rússia. (N. do T.)

IVAN-E-MARIA

Serguei Vassílievitch Málichev,[91] que depois se tornaria presidente do Comitê da Feira de Níjni-Nóvgorod,[92] organizou no verão de 1918 a primeira expedição de víveres em nosso país. Com a aprovação de Lênin, ele carregou alguns trens com mercadorias de uso agrícola e as levou para a região do Volga, a fim de trocá-las por cereais.

Eu entrei nessa expedição como escriturário. Para local de ação nós escolhemos o distrito de Novo-Nikoláiev, na província de Samara. Segundo cálculos de especialistas, esse distrito, sob uma gestão econômica adequada, poderia alimentar toda a região de Moscou.

Nas proximidades de Sarátov,[93] no porto fluvial de Uviék, as mercadorias foram transferidas para uma balsa. O porão dessa balsa transformou-se numa autêntica loja de departamentos. Entre as arestas curvas do depósito flutuante nós fixamos retratos de Lênin e Marx e os cercamos com

---

[91] Serguei Málichev (1877-1938), ativista político, jornalista e administrador de comércio nos primeiros anos do governo soviético. Bábel participou das expedições mencionadas no conto nos meses de julho e agosto de 1918. (N. do T.)

[92] A Feira de Níjni-Nóvgorod é um dos maiores complexos de exposições da Rússia. (N. do T.)

[93] Cidade localizada às margens do rio Volga. (N. do T.)

espigas; nas prateleiras, arrumamos chitas, gadanhas, pregos e peles; e não passamos sem sanfonas e balalaicas.

Já em Uviék, adicionamos um rebocador, o *Ivan Tupítsin*, que tinha o nome de um mercador do Volga, seu dono anterior. No vapor instalou-se um "Estado-Maior": Málichev, com seus assistentes e tesoureiros. A segurança e os caixeiros instalaram-se na balsa, sob as vigas.

A transferência levou uma semana. Numa manhã de julho, expelindo grossas nuvens de fumaça, o *Tupítsin* nos arrastou Volga acima, para Baronsk.[94] Os alemães a chamavam de Katarinenstadt. Hoje é a capital da região dos alemães do Volga, um território maravilhoso, habitado por pessoas corajosas e caladas.

A estepe adjacente a Baronsk estava coberta por um ouro de trigo tão pesado como só há no Canadá. Ela estava encimada por coroas de girassóis e torrões oleosos de terra negra. Da Petersburgo lambida por um fogo de granito nós passamos para a Califórnia russa, que por isso mesmo era ainda mais extraordinária. Na nossa Califórnia, uma libra de cereais custava sessenta copeques, e não dez rublos, como no norte. Nós nos atiramos sobre o pão branco com uma fúria que hoje não é possível descrever; na polpa fina cravaram-se caninos afiados. Umas duas semanas depois da chegada fomos atormentados pela embriaguez de uma bem-aventurada indigestão. O sangue que corria pelas veias — assim me parecia — tinha o gosto e a cor de uma geleia de framboesa...

Málichev calculara bem: os negócios correram rápido. De todas as partes da estepe seguiam-se torrentes demoradas de telegas em direção à margem. O sol movia-se pelas costas dos cavalos bem alimentados. Ele brilhava nos cumes das colinas de trigo. As telegas desciam para o Volga em forma

---

[94] Atual Marx, cidade localizada na margem esquerda do Volga. (N. do T.)

de milhares de pontos. Ao lado dos cavalos caminhavam gigantes em malhas de lã, descendentes de fazendeiros holandeses que migraram para a região do Volga durante o reinado de Catarina. Seus rostos ficaram tal como em Zaandam e Haarlem.[95] Sob o musgo patriarcal das sobrancelhas, numa rede de rugas, brilhavam gotas de turquesa desbotada. A fumaça dos cachimbos desmanchava-se nos relâmpagos azuis que se estendiam acima da estepe. Os colonos subiram lentamente na balsa pela prancha; seus tamancos batiam como sinos de firmeza e tranquilidade. A mercadoria era escolhida por velhas de toucas engomadas e capas marrons. As compras eram levadas depressa para charretes.[96] Ao longo dessas viagens, pintores domésticos espalharam braçadas de flores campestres e focinhos de gado rosados. O lado externo dessas charretes era pintado normalmente num tom de azul profundo. Nele rutilavam ameixas e maçãs de cera tocadas por um raio de sol.

Chegavam de lugares longínquos em camelos. Os animais deitavam-se na margem, recortando o horizonte com suas corcovas que se inclinavam. Nossos negócios terminaram ao anoitecer. A loja se fechou; a segurança, formada por inválidos, e os caixeiros se despiram e pularam do barco no Volga inflamado pelo crepúsculo. Na estepe distante os cereais moviam-se em forma de ondas vermelhas; no céu, as paredes do crepúsculo desabavam. O banho dos colaboradores da expedição de víveres à província de Samara (assim éramos chamados nos documentos oficiais) representava por si um espetáculo singular. Os aleijados levantavam fontes de lodo rosadas na água. Os seguranças tinham uma perna só; aos outros faltava um braço ou um olho. Eles formavam du-

---

[95] Cidades da Holanda. (N. do T.)

[96] No original, *britchka*, carruagem ligeira para transporte de passageiros, bastante utilizada nas regiões oeste e sul da Rússia. (N. do T.)

plas para nadar. Eram duas pernas para dois homens; eles sacudiam seus cotos na água, e jorros de lodo formavam redemoinhos entre seus corpos. Rugindo e bufando, os aleijados rolavam para a margem; depois de brincar muito, eles sacudiam os cotos ao encontro dos céus que voavam, atiravam areia sobre si e lutavam, apertando um contra o outro os membros amputados. Depois do banho, íamos jantar na taverna de Karl Biedermeier. Aquele jantar coroava nossos dias. Duas mocinhas com braços cor de sangue e tijolo, Avgusta e Anna, nos serviram almôndegas, uns calhaus arruivados tremulando em jorros de óleo fervente e cobertos de batata frita. Para dar gosto, acrescentavam cebola e alho àquela comida camponesa com aparência de montanhesa. Diante de nós colocavam latas com pepinos em conserva. Pelas janelinhas redondas, recortadas no alto, perto do teto, vinha da praça do bazar a fumaça do crepúsculo. Os pepinos fumegavam na fumaça rubra e cheiravam a maresia. Nós engolíamos a carne com cidra. E nós, habitantes de Peski e Okhta,[97] moradores de subúrbio, que fôramos congelados numa urina amarela, toda noite nos sentíamos conquistadores novamente. As janelinhas, talhadas nas paredes negras e centenárias, pareciam escotilhas. Através delas transparecia um patiozinho de limpeza divinal, um patiozinho alemão com moitas de rosas e glicínias, o amontoado violeta de uma cocheira descoberta. Velhas de capas teciam meias de Gulliver perto da soleira. Os rebanhos voltavam dos pastos. Avgusta e Anna sentaram-se em banquinhos de frente para as vacas. Os olhos de arco-íris das vacas tremeluziam no pôr do sol. Parecia não haver, nem ter havido guerra no mundo. E apesar disso, o *front* dos cossacos dos Urais estava passando a vinte

---

[97] Respectivamente, um vilarejo e um bairro de São Petersburgo. (N. do T.)

verstas de Baronsk. Karl Biedermeier não adivinhava que a guerra civil rolava em direção a sua casa.

À noite voltei para o nosso porão com Seliétski, um escriturário como eu. Ele ia cantando pelo caminho. Das janelas ogivais apareceram cabeças em carapuças. A luz do luar escorria pelos canais vermelhos das telhas. O latido surdo dos cães levantou-se sobre a Zaandam russa. Avgustas e Annas ouviam petrificadas o canto de Seliétski. Seu baixo profundo nos levou até a estepe, à sebe gótica dos armazéns de cereais. Um vigamento de luar tremulava no rio; a escuridão era tênue, ela recuava para a areia da costa; vermes brilhantes reviravam-se numa rede rasgada.

A voz de Seliétski era de uma força incomum. Um rapagão de dois metros, ele pertencia à categoria dos Chaliápins,[98] dos quais, para nossa felicidade, havia uma multidão espalhada pela Rússia. Ele tinha um rosto como o de Chaliápin: meio cocheiro escocês, meio grão-senhor da época de Catarina. Era simplório, diferentemente de seu protótipo divino, mas sua voz, expandindo-se infinita e mortalmente, enchia a alma com a doçura da autodestruição e da exaltação cigana. Ele preferia canções de grilhetas às árias italianas. Foi com Seliétski que ouvi pela primeira vez *A morte*, de Gretchanínov.[99] Aquilo seguia ameaçador, implacável e apaixonado pelas noites, sobre a água escura:

> ... *Ela não esquecerá; virá, fará carícias,*
> *Abraçará, amará para sempre,*
> *E colocará sua coroa nupcial e penosa!...*

---

[98] Fiódor Chaliápin (1873-1938), cantor lírico russo. (N. do T.)

[99] Aleksandr Gretchanínov (1864-1956), compositor russo. (N. do T.)

No invólucro momentâneo chamado homem, a canção corre como a água da eternidade. Ela tudo leva e tudo gera.

O *front* passava a vinte verstas. Os cossacos dos Urais, aliados ao batalhão tcheco do major Vojenilik, tentavam expulsar de Nikoláievsk os destacamentos dispersos dos Vermelhos. Mais ao norte, partindo de Samara, avançavam as tropas do Komutcha, o Comitê dos Membros da Assembleia Constituinte. Dispersas e destreinadas, nossas unidades se reagruparam na margem esquerda. Muraviov[100] acabara de nos trair. Vatsiétis foi nomeado comandante em chefe soviético.[101]

As armas para o *front* eram trazidas de Sarátov. Uma vez por semana, se não duas, no embarcadouro de Baronsk atracava o *Ivan-e-Maria*, um vapor de rodas branco e rosa. Ele trazia fuzis e munições. O convés do vapor ficava coberto de caixas com caveiras estampadas, como é padrão, com a inscrição: "Letal".

O vapor era comandado por Korosteliov, um homem chupado, com cabelo linhoso pendurado. Korosteliov era um corredor, uma alma fracassada, um vagabundo. Ele andou de veleiros pelo Mar Branco, percorreu a Rússia a pé, esteve na prisão e num mosteiro, em resignação.

Quando voltávamos da taverna, nós sempre o visitávamos, se encontrássemos perto do embarcadouro os lampiões do *Ivan-e-Maria*. Certa noite, quando passamos pelos armazéns de cereais, por aquela linha mágica de castelos azuis e marrons, vimos uma tocha ardendo alto no céu. Eu voltava

---

[100] Mikhail Muraviov (1880-1918), comandante do *front* leste. Em julho de 1918 promoveu uma insurreição antibolchevique em Simbirsk. Foi morto durante sua prisão. (N. do T.)

[101] Ioakim Vatsiétis (1873-1938), chefe militar, comandante do *front* leste. Foi comandante em chefe das formas armadas da República Soviética nos anos 1918-1919. (N. do T.)

para casa com Seliétski, naquele estado dolente e apaixonado que pode ser produzido por esta terra extraordinária, pela juventude, pela noite e pelos anéis de fogo que se dissolviam no rio.

O Volga corria em silêncio. Não havia lampiões no *Ivan-e-Maria*, o casco do vapor estava mortalmente escuro; apenas uma tocha explodia acima dele. A chama fumegava agitando-se sobre o mastro. Seliétski cantava, pálido e com a cabeça jogada para trás. Ele se aproximou da água e interrompeu o canto. Subimos nas pontes, que não eram vigiadas por ninguém. No convés havia caixas e rodas de canhão abandonadas. Eu empurrei a porta da cabine do capitão, e ela se abriu. Numa mesa manchada ardia uma lamparina de lata sem vidro. O ferrinho que circulava o pavio estava derretendo. As janelas estavam tapadas com tábuas encurvadas. Dos bidões que estavam virados embaixo da mesa vinha um cheiro sulfúrico de aguardente caseira. Korosteliov, numa bata de brim, estava sentado no chão no meio de jorros de vômito esverdeado. Seu cabelo monástico estava grudado ao redor do rosto. Sem desviar a vista, Korosteliov olhava do chão para o seu comissário, o letão Larson. Este, tendo diante de si uma pasta de cartolina amarela do *Pravda*, lia-o sob a luz da fogueira de querosene que se consumia.

— Veja como você é — disse Korosteliov, do chão. — Continue o que estava dizendo... Torture-nos, se quiser...

— Dizer pra quê? — retrucou Larson, que virou as costas e isolou-se com sua pasta. — É melhor ouvir você...

Num sofá de veludo, com as pernas penduradas, estava sentado um mujique ruivo.

— Lissiéi — disse-lhe Korosteliov —, vodca!

— Foi toda — respondeu Lissiéi —, e não há onde arranjar...

Larson largou a pasta e gargalhou de repente, exatamente como um rufar de tambor.

— O homem russo quer beber — o letão falava com sotaque —, a alma do homem russo se dispersou um pouquinho, mas aqui não há onde arranjar... Por que se chama Volga então?...

O pescoço infantil e magro de Korosteliov se esticou; suas pernas, em calças de brim, esparramaram-se pelo chão. Uma perplexidade lastimosa refletiu-se em seus olhos; depois eles brilharam.

— Torture-nos — disse ele, quase inaudível, e esticou o pescoço —, torture-nos, Karl...

Lissiéi cruzou os braços roliços e olhou de soslaio para o letão:

— Vejam só: está lancetando o Volga... Não, camarada, não lancete o nosso Volga, não difame... Sabe como é a canção cantada entre nós? "Volga-mãezinha, rio-tsarina..."

Seliétski e eu permanecíamos junto à porta. Eu cogitava uma retirada.

— Não vou entender de jeito nenhum — Larson virou-se para nós; pelo visto, ele continuava uma discussão antiga. — Talvez os camaradas me esclareçam como é isso de o concreto armado ser pior do que bétulas e álamos, e um dirigível ser pior do que a bosta de Kaluga...

Lissiéi virou a cabeça em seu colarinho acolchoado. Suas pernas não alcançavam o chão; com os dedos roliços apertados contra o estômago, ele tecia uma rede invisível.

— O que você sabe sobre Kaluga, amigo? — disse Lissiéi num tom tranquilizador. — Em Kaluga, vou lhe dizer, vive um povo notável: um povo magnífico, se quer saber...

— Vodca! — exclamou Korosteliov, do chão.

Larson jogou de novo sua cabeça de porco para trás e gargalhou violentamente.

— Um perde-ganha — murmurou o letão, aproximando a pasta —, talvez sim, talvez não...

Um suor impetuoso brotava em sua testa; numa bolota de cabelos incolores boiavam jorros de lume oleosos.

— Talvez sim, talvez não — bufou ele novamente —, um perde-ganha...

Korosteliov tocou ao seu redor com os dedos. Ele se moveu e começou a se arrastar, firmando as mãos para a frente e puxando consigo o esqueleto na bata de brim.

— Você não se atreva a torturar a Rússia, Karl — murmurou ele, que se arrastou até o letão, golpeou-o no rosto com a mãozinha fechada e, com um ganido, começou a socá-lo.

Larson ficou inchado e olhou para todos nós por cima dos óculos que deslizaram. Depois ele envolveu nos dedos o rio sedoso dos cabelos de Korosteliov e prensou seu rosto no chão. Ele o ergueu e abaixou novamente.

— Levou essa? — disse Larson, com voz entrecortada, e atirou fora aquele corpo ossudo. — E vai levar mais ainda...

Apoiado nas mãos, Korosteliov ergueu-se no chão como um cachorro. O sangue escorria de suas narinas; seus olhos estavam virados. Ele deu uma olhada, depois endireitou-se e, com um uivo, meteu-se embaixo da mesa.

— Rússia! — disse ele embaixo da mesa e começou a se debater. — Rússia...

As plantas de seus pés descalços apareceram e se recolheram. Somente uma palavra, com um silvo e um gemido, podia ser entendida em seu ganido.

— Rússia! — uivava ele, estendendo os braços e batendo a cabeça.

O ruivo Lissiéi estava sentado no sofá de veludo.

— Estão assim desde o meio-dia — ele se virou para mim e Seliétski —, brigando pela Rússia, com pena da Rússia...

— Vodca! — disse Korosteliov de modo firme, de debaixo da mesa. Ele saiu arrastando-se e ficou de pé. Seus cabelos, encharcados numa poça de sangue, caíam sobre a face.

— Cadê a vodca, Lissiéi?

— A vodca, amigo, está em Voznessiénskoie, a quarenta verstas; seja por água, seja por terra, são quarenta verstas... Agora há uma igreja lá, e certamente também aguardente caseira... Os alemães não têm, por mais que você queira...

Korosteliov virou-se e saiu com suas pernas retas de cegonha.

— Somos de Kaluga! — gritou inesperadamente Larson.

— Não têm respeito por Kaluga — suspirou Lissiéi —, seja como for... Mas eu estive lá, em Kaluga... Lá vive um povo esbelto, magnífico...

Do lado de fora gritaram uma ordem, ouviu-se o som de uma âncora; ela foi erguida. As sobrancelhas de Lissiéi se levantaram.

— Parece que vamos para Voznessiénskoie?!...

Larson começou a gargalhar, com a cabeça jogada para trás. Saí correndo da cabine. Korosteliov estava descalço na ponte de comando. O reflexo acobreado do luar repousava em seu rosto ferido. A prancha caiu na margem. Os marinheiros enrolavam as amarras, dando voltas.

— Dmitri Aleksiéievitch — gritou Seliétski para o alto —, deixe-nos sair! O que temos com isso?...

As máquinas explodiram e passaram para um ruído desordenado. A roda revolvia a água. Perto do embarcadouro uma tábua apodrecida se quebrou suavemente. O *Ivan-e-Maria* moveu a proa.

— Vamos lá — disse Lissiéi, que saiu para o convés —, vamos para Voznessiénskoie atrás de aguardente caseira...

O *Ivan-e-Maria* girava a roda e ganhava velocidade. Na máquina aumentava o tropel de óleo, a farfalhada, o silvo e o vento. Nós voávamos nas trevas, sem desviar para os lados, derrubando boias, balizas e fanais vermelhos. A água, espumando sob as rodas, voava para trás como a asa dourada de uma ave. A lua mergulhou nos redemoinhos negros. "O leito do Volga é sinuoso", lembrei-me da frase de um livro escolar, "ele é rico em bancos de areia..." Korosteliov caminhava de um lado para outro na ponte de comando. Uma pele brilhante e azulada cobria seus pômulos.

— Força total! — disse ele num megafone.

— Força total! — respondeu uma voz surda e invisível.

— Mais ainda...

Embaixo, todos calados.

— Vou forçar a máquina — respondeu uma voz depois de um silêncio. A tocha caiu do mastro e foi arrastada por uma onda que remoinhava. O vapor balançou; uma explosão trepidou e percorreu o casco. Nós voávamos nas trevas, sem desviar para lugar nenhum. Na margem subiu um foguete; fomos atacados com um canhão de três polegadas. O projétil assobiou nos mastros. Um ajudante de cozinha, que arrastava um samovar pelo convés, levantou a cabeça. O samovar escorregou de suas mãos, rolou pela escada e rachou-se, e um jorro brilhante espalhou-se pelos degraus sujos. O ajudante de cozinha se arreganhou, encostou-se na escada e adormeceu. De sua boca irrompeu um cheiro mortal de aguardente caseira. Embaixo, em meio a cilindros ensebados, os foguistas nus até a cintura berravam, agitavam os braços e desabavam no chão. Seus rostos desfigurados refletiam-se na luminosidade perolada das cambotas. A tripulação do *Ivan-e-Maria* estava bêbada. Só o timoneiro movia com firmeza o seu leme. Ele se virou quando me viu.

— Judeu — disse-me o timoneiro —, o que vai ser das crianças?...

— Quais crianças?

— As crianças não estão estudando — disse o timoneiro, girando o leme —, as crianças vão ser ladrões...

Ele aproximou de mim seus pômulos de chumbo azulados e rangeu os dentes. Sua mandíbula rangia feito mó. Parecia que seus dentes se esfarelavam.

— Vou despedaçá-lo...

Eu me afastei dele. Lissiéi passava pelo convés.

— O que vai acontecer, Lissiéi?

— Ele deve nos levar — disse o mujique ruivo e sentou-se num banquinho para descansar.

Nós aportamos em Voznessiénskoie. Lá não havia "igreja", nem lampiões, nem carrossel. A margem inclinada estava escura, encoberta por um céu baixo. Lissiéi mergulhou na escuridão. Ele sumiu por mais de uma hora e reapareceu bem perto da água, carregado de bidões. Estava acompanhado por uma velha bexiguenta, esbelta como um cavalo. Uma blusa infantil, que não servia nela, estava colada ao peito da velha. Um anão de gorro pontudo de algodão e botinhas pequenas, com a boca escancarada, estava parado ali mesmo olhando como embarcávamos.

— Cremosa — disse Lissiéi, colocando os bidões na mesa —, aguardente caseira bem cremosa...

E a correria do nosso navio fantasma recomeçou. Chegamos a Baronsk ao amanhecer. O rio estendia-se infinitamente. A água escorria da margem, deixando uma sombra azul acetinada. Um raio azul atingiu o nevoeiro, que estava pendurado nos pedaços de arbustos. As paredes pintadas e longínquas dos armazéns, e suas agulhas delgadas, viraram-se lentamente e começaram a boiar em nossa direção. Nós nos aproximamos de Baronsk sob o ribombo de uma canção. Seliétski limpou a garganta com uma garrafa da bem cremosa e desatou a cantar. Ali havia de tudo: *A pulga*, de Mússorgski,[102] a gargalhada de Mefistófeles[103] e a ária do moleiro louco:[104] "Não sou moleiro, sou um corvo...".

---

[102] O compositor russo Modest Mússorgski (1839-1881). (N. do T.)

[103] Personagem da ópera *Fausto*, do francês Charles Gounod (1818-1893), baseada na tragédia de Goethe. (N. do T.)

[104] Personagem da ópera *A mãe d'água*, de Aleksandr Dargomíjski

Korosteliov, descalço, jazia inclinado no peitoril da ponte de comando. Sua cabeça balançava com as pálpebras cerradas, seu rosto cortado estava virado para o céu; por ele vagava um sorriso infantil e impreciso. Korosteliov recobrou-se quando diminuímos a marcha.

— Aliocha — disse ele no megafone —, força total!

E entramos no embarcadouro em marcha total. A tábua que amassáramos na última vez despedaçou-se. A máquina foi parada a tempo.

— Aí está, ele nos levou — disse Lissiéi, que apareceu ao meu lado. — E você, amigo, estava receoso...

Na margem já estavam alinhadas as *tatchankas* de Tchapáiev.[105] Listras de arco-íris ficaram escurecendo e esfriando na margem logo que esta foi abandonada pela água. Bem perto do embarcadouro havia caixas de munições, deixadas durante os desembarques anteriores. Em uma das caixas, de gorro alto[106] e bata sem cinto, estava sentado Makéiev, o comandante de uma centúria de Tchapáiev. Korosteliov foi até ele de braços abertos.

— Aprontei de novo, Kóstia — disse ele com seu sorriso infantil —, gastei todo o combustível...

Makéiev estava sentado de lado sobre a caixa, farrapos do gorro pendiam acima dos arcos amarelados e sem sobrancelhas de seus olhos. Uma Mauser com a coronha descasca-

---

(1813-1869), baseado no drama homônimo inacabado de Aleksandr Púchkin (1799-1837). As três obras mencionadas nessa passagem do conto faziam parte do repertório do já citado Chaliápin. (N. do T.)

[105] Vassíli Tchapáiev (1887-1919), comandante de divisão do Exército Vermelho. Participou da I Guerra Mundial e da guerra civil. (N. do T.)

[106] No original, *papakha*, um gorro alto, de pele de ovelha ou cordeiro, bastante utilizado por cossacos e pelos povos do Cáucaso. (N. do T.)

da repousava em seus joelhos. Ele atirou sem se virar e errou o tiro.

— Caramba — balbuciou Korosteliov, todo radiante —, já se aborreceu... — Ele abriu ainda mais os braços magros. — Caramba...

Makéiev ergueu-se bruscamente, virou-se e descarregou todos os cartuchos da Mauser. Os tiros ressoaram rapidamente. Korosteliov ainda quis dizer algo mas não conseguiu; ele suspirou e caiu de joelhos. Ele caiu na direção dos aros, das rodas de uma *tatchanka*; seu rosto se despedaçou, placas leitosas de seu crânio grudaram nos aros. Inclinado, Makéiev extraía do carregador o último cartucho, que havia se enroscado.

— Levaram na brincadeira — disse ele, lançando um olhar para os soldados vermelhos e para todos nós, que estávamos aglomerados perto da prancha.

Lissiéi passou a trote, coxeando, com um xairel nas mãos, e cobriu Korosteliov, que era comprido como uma árvore. No vapor seguia um tiroteio esparso. Os soldados de Tchapáiev, correndo pelo convés, prendiam a tripulação. A mulher, com a palma da mão encostada no rosto bexiguento, olhava do bordo para a margem com olhos semicerrados, cegos.

— Estou de olho em você também — disse-lhe Makéiev —, vou ensinar a não queimar combustível...

Os marinheiros foram levados um por um. Atrás dos armazéns eles eram recebidos pelos alemães, que esvaziavam suas casas. Karl Biedermeier estava entre seus conterrâneos. A guerra chegara à soleira de sua porta.

Nesse dia tivemos muito trabalho. A grande aldeia de Freudental[107] veio atrás de mercadorias. Uma corrente de

---

[107] Antiga colônia alemã nos arredores de Petersburgo. (N. do T.)

camelos se formou perto da água. Ao longe, na chapa descolorida do horizonte, moinhos de vento começaram a girar.

Ficamos armazenando os grãos de Freudental até o almoço; ao anoitecer, Málichev me chamou. Ele se lavava no convés do *Tupítsin*. Um inválido, com uma manga presa por um alfinete, despejava nele a água de um jarro. Málichev bufava e gemia, expondo as bochechas. Enxugando-se com uma toalha, ele disse ao seu ajudante, continuando, pelo visto, uma conversa iniciada anteriormente:

— Está certo... Seja três vezes um bom homem; que tenha estado em celas de mosteiros, que tenha andado pelo Mar Branco, que seja um homem audacioso; mas faça-me um favor: não queime o combustível...

Fui com Málichev para a cabine. Ali cerquei-me de listas e comecei a escrever um telegrama ditado para Ilitch.

— Moscou. Kremlin. Lênin.

No telegrama nós informávamos sobre o envio, para os proletários de Petersburgo e Moscou, dos primeiros cargueiros com trigo, dois trens com 20 mil *puds* de grãos em cada.

(1928)

A ESTRADA

Saí do *front* que se desintegrava em novembro de 1917. Em casa, minha mãe preparou roupa de baixo e pães secos para mim. Cheguei a Kíev na véspera do dia em que Muraviov começou o bombardeio da cidade. Meu caminho se estendia para Petersburgo. Passamos doze dias no porão do hotel de Khaim Tsiriúlnik, na Bessarabka.[108] O salvo-conduto para partir recebi do comandante do soviete de Kíev.

Não há no mundo espetáculo mais desolador do que a Estação Ferroviária de Kíev. Os barracos temporários de madeira há muitos anos maculavam a entrada da cidade. Piolhos estrepitavam nas tábuas úmidas. Desertores, contrabandistas e ciganos ficavam jogados em desordem. Velhas galicianas urinavam de pé na plataforma. O céu baixo estava sulcado por nuvens, cheio de trevas e chuva.

Passaram-se três dias antes de partir o primeiro trem. No começo ele parava a cada versta, depois deslanchou, as rodas começaram a se chocar com mais ímpeto e a cantar uma canção vigorosa. Em nosso vagão de carga isso deixou todos felizes. Uma viagem rápida deixava as pessoas felizes em 1918. À noite o trem estremeceu e parou. A porta do vagão se abriu, e o brilho esverdeado da neve apareceu para nós. No vagão entrou o telegrafista da estação, usando uma peliça apertada por uma correia e botas caucasianas macias.

---

[108] Local histórico no bairro de Chevtchenko, em Kíev. (N. do T.)

O telegrafista estendeu o braço e bateu com um dedo na mão aberta.

— Documentos aqui...

Bem junto à porta, deitada sobre trouxas, estava uma velha silenciosa, enrodilhada. Ela seguia para Liubán, para a casa do filho ferroviário. Ao meu lado cochilavam sentados o professor Ieguda Veinberg e sua esposa. O professor casara--se poucos dias antes e levava a jovem para Petersburgo. Eles cochicharam o caminho todo sobre um complexo método de ensino, depois adormeceram. Mesmo durante o sono suas mãos estavam entrelaçadas, engatadas uma na outra.

O telegrafista leu o mandato deles, assinado por Lunatchárski,[109] tirou de baixo da peliça uma Mauser de cano fino e sujo e atirou no rosto do professor. Atrás do telegrafista pisoteava um mujique grande e meio corcunda, com o gorro desamarrado. O chefe piscou para o mujique; este pôs o lampião no chão, desabotoou o defunto, cortou-lhe os órgãos sexuais com uma faquinha e começou a enfiá-los na boca da esposa.

— Tinha nojo de *treif* — disse o telegrafista —, então coma *kosher*.[110]

O pescoço suave da mulher ficou inchado. Ela permanecia calada. O trem estava parado na estepe. A neve ondulada fervilhava num brilho polar. Os judeus eram atirados dos vagões para o leito da estrada. Os tiros ressoavam de forma irregular, como brados. O mujique com o gorro desamarrado me levou para trás de um monte de lenha coberto de gelo e começou a me revistar. A lua brilhava sobre nós,

---

[109] Anatoli Lunatchárski (1875-1933), crítico literário, ativista soviético e, a partir de 1917, Comissário do Povo para a Educação. (N. do T.)

[110] Na lei judaica, *kosher* são os alimentos considerados puros, adequados para o consumo humano; *treif* são os alimentos proibidos. (N. do T.)

ocultando-se. O paredão lilás do bosque fumegava. Os troncos de dedos gelados que não se dobravam arrastavam-se pelo meu corpo. O telegrafista gritou da plataforma do vagão.

— Judeu ou russo?

— Russo — murmurou o mujique, revistando-me —, embora daria um bom rabino...

Ele aproximou de mim seu rosto enrugado e inquieto, arrancou-me das ceroulas os quatro rublos dourados que minha mãe havia costurado para a viagem, tirou de mim as botas e o casaco e, depois de me virar de costas, bateu-me na nuca com a borda da mão e disse em hebraico:

— *Ankloif*, Khaím...[111]

E eu saí andando, colocando os pés descalços na neve. O alvo inflamou-se nas minhas costas; seu ponto atravessava minha costela. O mujique não atirou. Nas colunas de pinheiros, num subterrâneo encoberto do bosque, oscilava um foguinho numa auréola de fumaça rubra. Corri até a guarita. Ela fumegava numa fumaça de esterco. Um guarda-florestal começou a gemer quando invadi a cabine. Enrolado em tiras cortadas de peles e capotes, ele estava sentado numa cadeira de bambu e veludo, e picava tabaco nos joelhos. Envolto pela fumaça, o guarda-florestal gemia; depois, já de pé, fez-me uma profunda reverência:

— Vá embora, pai querido... Vá embora, cidadão querido...

Ele me fez tomar um atalho e deu-me um trapo para enrolar os pés. No final da manhã cheguei a um vilarejo. No hospital não havia médico para amputar meus pés congelados; a enfermaria era dirigida por um paramédico. Toda manhã ele voava para o hospital num garanhão preto e baixo, amarrava-o numa estaca e vinha inflamado até nós, com um brilho vivo nos olhos.

---

[111] Em hebraico, no original: "Corra, Khaím!". (N. do T.)

— Friedrich Engels — o paramédico se inclinava para a cabeceira de minha cama, com as pupilas em brasa — ensina a um irmão seu que as nações não devem existir, e nós dizemos o contrário: a nação tem de existir...

Arrancando as bandagens de meus pés, ele se endireitava e perguntava baixinho, rangendo os dentes:

— Para onde? Para onde estão levando vocês... Por que sua nação está caminhando?... Por que fica perturbando, tumultuando?...

À noite o soviete nos levou numa telega: os doentes que não se entenderam com o paramédico e velhas judias de perucas, mães dos comissários do vilarejo.

Meus pés tinham sarado. Eu segui adiante por um caminho miserável rumo a Jlóbin, Orcha, Vítebsk.[112]

A boca de um morteiro me serviu de abrigo no trajeto Novo-Sokólniki-Lóknia.[113] Nós íamos num vagão descoberto. Fediúkha, um companheiro casual, que realizava a grande jornada dos desertores, era um contador de histórias espirituoso e brincalhão. Dormíamos embaixo daquela boca imponente, curta e virada para cima, aquecendo um ao outro numa cova de linho coberta de feno, como a toca de um animal. Quando passamos por Lóknia, Fediúkha roubou meu bauzinho e sumiu. O bauzinho me fora dado pelo soviete do vilarejo, e eu havia trancado nele dois pares de roupa de baixo de soldado, pão seco e algum dinheiro. Já próximo a Petersburgo, passamos dois dias sem comida. Na estação de Tsárskoie Seló,[114] passei pelo último tiroteio. Um destacamento atirava para o ar, vindo ao encontro do trem que se aproximava. Os contrabandistas foram retirados para a pla-

---

[112] Cidades localizadas no atual território da Bielorrússia. (N. do T.)

[113] Cidades russas próximas à fronteira com a Bielorrússia. (N. do T.)

[114] Cidade ao sul de São Petersburgo, atual Púchkin. (N. do T.)

taforma; suas roupas eram arrancadas. No asfalto, junto das pessoas ali presentes, amontoaram-se vasilhas de borracha cheias de álcool. Pouco depois das oito da noite, a estação me expulsou de sua prisão uivante para a avenida Zágorodni.[115] Numa parede, do outro lado da rua, perto de uma farmácia fechada, um termômetro marcava 24 graus negativos. No túnel da rua Gorókhovaia o vento zumbia; sobre o canal apagava-se um lampião a gás. A fria Veneza de basalto estava imóvel. Entrei na Gorókhovaia como num campo coberto de gelo e cheio de rochas.

No prédio número dois, antigo edifício do governo da cidade, instalara-se a Tcheká.[116] No vestíbulo havia duas metralhadoras, como dois cães de ferro com os focinhos erguidos. Mostrei ao comandante as cartas de Vánia Kalúguin, meu sargento no regimento de Chúiski. Kalúguin havia se tornado juiz de instrução na Tcheká; ele me chamou por carta.

— Dirija-se ao Palácio Anítchkov — disse o comandante —, ele está lá agora...

— Não conseguirei chegar — e sorri em resposta.

A avenida Niévski escorria ao longe feito a Via Láctea. Cadáveres de cavalos marcavam-na como postes. As pernas erguidas de um cavalo sustentavam o céu que caía. Seus ventres descobertos estavam limpos, brilhando. Um velho, parecido com um soldado da guarda, passou por mim levando um trenó de brinquedo entalhado. Retesado, ele metia no gelo as botas de couro; usava no cocuruto um gorro tirolês, a barba amarrada com um barbante e enfiada num xale.

— Não conseguirei chegar — disse eu ao velho.

---

[115] Uma das principais avenidas de São Petersburgo. (N. do T.)

[116] *Tchrezvitcháinaia Komíssia* [Comissão Extraordinária], primeira polícia secreta criada pelo regime comunista. (N. do T.)

Ele parou. Seu rosto leonino todo vincado estava cheio de tranquilidade. Ele pensou um pouco e arrastou para adiante o trenó.

"Assim desaparece a necessidade de conquistar Petersburgo", pensei eu, e tentei me lembrar do nome do homem que fora esmagado pelos cascos de corcéis árabes bem no final do caminho. Era Yehudah Halevi.[117]

Dois chineses de chapéus-coco, com pães de forma embaixo dos braços, estavam na esquina da rua Sadóvaia. Com as unhas friorentas eles marcavam gomos no pão e os mostravam às prostitutas que se aproximavam. As mulheres passavam por eles num desfile silencioso.

Perto da ponte Anítchkov, junto aos Cavalos de Klodt,[118] eu me sentei um instante na saliência de uma estátua.

Com os cotovelos dobrados sob a cabeça, eu me estirei sobre a laje polida; porém o granito me queimou, atirou, golpeou e lançou para a frente, para o palácio.

Na ala lateral vermelho-amora a porta estava aberta. Um lampião azul brilhava acima de um lacaio adormecido nas poltronas. Um lábio pendia em seu rosto enrugado, enegrecido e mortiço; uma camisa militar sem cinto e banhada de luz encobria as calças palacianas e o debrum bordado a ouro. Uma flecha aveludada e pintada de preto indicava o caminho para o comandante. Subi pela escada e passei pelos cômodos baixos e vazios. Mulheres pintadas de preto e assombreadas brincavam de roda nos tetos e nas paredes. Telas de metal cobriam as janelas, e nas esquadrias pendiam tran-

---

[117] Yehudah ben Samuel Halevi (*c.* 1075-*c.* 1140), filósofo, médico e poeta judeu, nascido em Toledo, Espanha. De acordo com uma lenda, foi morto por um bandido muçulmano durante uma peregrinação a Jerusalém. (N. do T.)

[118] Escultura de quatro cavalos criada por Piotr Klodt (1805-1867). (N. do T.)

quetas quebradas. No fim da fiada de cômodos, iluminado como num palco, estava Kalúguin sentado à mesa, num círculo de cabelos de mujique parecendo palha.

Diante dele, na mesa, brinquedos de criança, trapos coloridos e livros de gravuras rasgados formavam um monte.

— Aí está você — disse Kalúguin, erguendo a cabeça —, que maravilha... Precisamos de você aqui...

Afastei com a mão os brinquedos espalhados pela mesa, deitei-me sobre sua tábua brilhante e... acordei num sofá baixo, já passados instantes ou horas. Os raios do lustre brincavam acima de mim, numa cascata de vidro. Os trapos tirados de mim estavam largados no chão, numa poça cheia.

— Precisa de um banho — disse Kalúguin, que estava de pé por cima do sofá; ele me levantou e me levou para a banheira. Era uma banheira antiga, com bordas baixas. A água não escorria das torneiras. Kalúguin me molhava com um balde. Roupas foram colocadas sobre pufes acetinados cor de palha e nas cadeiras trançadas sem encosto: um roupão com fivelas, uma bata e meias de seda dupla enrolada. Nas ceroulas eu caberia inteiro; a bata fora feita para um gigante e eu até tropeçava nas mangas.

— Ora, você está brincando com ele, com Aleksandr Aleksándrovitch,[119] não é? — disse Kalúguin, enrolando minhas mangas. — Era um menino de uns 140 quilos...

Nós amarramos de algum modo a bata do imperador Aleksandr III e voltamos para a sala de onde saíramos. Era a biblioteca de Maria Fiódorovna,[120] uma caixa perfumada com armários dourados, listrados de carmim e apertados contra a parede.

---

[119] Aleksandr Románov (1845-1894), ou Aleksandr III, penúltimo tsar russo. (N. do T.)

[120] Maria Fiódorovna (1847-1928), esposa de Aleksandr III. (N. do T.)

Contei a Kalúguin quem do Regimento Chúiski fora morto, quem fora nomeado comissário, quem havia ido para Kuban. Nós tomávamos chá; estrelas se espalhavam nas paredes de cristal dos copos. Nós as engolíamos junto com salame de carne de cavalo, preto e meio cru. A seda suave e densa das cortinas nos separava do mundo; o sol, embutido no teto, fragmentava-se e brilhava; um calor sufocante subia pelos tubos de calefação a vapor.

— Vamos arriscar — disse Kalúguin, quando acabamos com a carne de cavalo. Ele saiu para algum lugar e voltou com duas caixas: presentes do sultão Abdul-Hamid para o soberano russo.[121] Uma era de zinco, a outra era uma charuteira lacrada com fitas e condecorações de papel. "*A sa majesté, l'Empereur de Toutes les Russies*"[122] — estava gravado na tampa de zinco — "do primo benevolente."

A biblioteca de Maria Fiódorovna estava cheia do aroma que lhe era familiar um quarto de século atrás. Cigarros de vinte centímetros de comprimento e espessura de um dedo estavam enrolados num papel rosa; não sei se alguém no mundo, além do autocrata de Todas as Rússias, havia fumado cigarros assim, mas eu escolhi um charuto. Kalúguin sorriu, olhando para mim.

— Vamos arriscar — disse ele —, quiçá não foram contados... Os lacaios me contavam que Aleksandr III era um fumante inveterado: gostava de tabaco, *kvas*[123] e champanhe... E na mesa dele, veja só, cinzeiros de barro de cinco copeques, e nas calças, remendos...

---

[121] Abdul-Hamid II (1842-1918), sultão otomano de 1876 a 1909. (N. do T.)

[122] Em francês, no original: "À sua majestade, o Imperador de Todas as Rússias". (N. do T.)

[123] Bebida fermentada à base de pão de centeio. (N. do T.)

E de fato, a bata que me deram estava ensebada, luzente e fora usada muitas vezes.

Passamos o resto da noite examinando os brinquedos de Nicolau II,[124] seus tambores e locomotivas, suas camisas de batismo e os caderninhos com rabiscos de criança. Sob nossos dedos, cheirando a perfume e podridão, desmanchavam-se fotos de grandes príncipes mortos na infância, mechas de seus cabelos, diários da princesa dinamarquesa Dagmar e cartas de sua irmã, a rainha inglesa. Em exemplares de Evangelhos e de Lamartine, com traços cuidadosos e oblíquos, as amigas e damas de honra, filhas de burgomestres e de conselheiros de Estado, despediam-se da princesa que partia para a Rússia. Sua mãe, a rainha Louisa, da pequena nobreza, cuidou da colocação dos filhos: deu uma filha em casamento a Eduardo VII, rei da Inglaterra e imperador da Índia; outra a Románov; e o filho George tornou-se rei da Grécia. A princesa Dagmar tornou-se Maria na Rússia.[125] Os canais de Copenhague e as suíças achocolatadas do rei Christian foram para longe. Ao parir os últimos soberanos, a pequena mulher com a maldade de uma raposa desvairava-se na paliçada dos granadeiros de Preobrajênski, mas seu sangue maternal foi derramado no chão de granito implacável e vingativo...

Até o amanhecer nós não conseguimos nos apartar daquela crônica densa e funesta. O charuto de Abdul-Hamid fora fumado. Ao amanhecer, Kalúguin me levou à Tcheká, na Gorókhovaia, nº 2. Ele falou com Urítski.[126] Eu fiquei

---

[124] Nikolai Románov (1868-1918), último tsar russo. (N. do T.)

[125] Maria Fiódorovna nasceu em Copenhagen. Seu nome era Marie Sophie Frederikke Dagmar. Até sua conversão ao Cristianismo Ortodoxo, era conhecida como a princesa Dagmar, da Dinamarca. (N. do T.)

[126] Moissei Urítski (1873-1918), ativista da Revolução de Outubro, presidente da Tcheká de Petrogrado. Foi morto por Leonid Kánneguisser, jovem poeta e membro de um grupo antibolchevique. (N. do T.)

atrás de um cortinado, que caía no chão em ondas de pano. Fragmentos de palavras chegaram até mim.

— O rapaz é dos nossos — dizia Kalúguin —, o pai é comerciante, negocia... Mas o rapaz se livrou deles... Conhece idiomas...

O Comissário de Assuntos Internos das Comunas da Região Norte saiu do gabinete com seu andar gingado. Por trás das lentes do pincenê apareciam pálpebras fofas, inchadas e queimadas pela insônia.

Fui nomeado tradutor na Seção do Exterior. Recebi uniforme de soldado e talões de refeição. No canto a mim designado na sala do antigo governo de Petersburgo eu comecei a tradução das declarações dadas por diplomatas, incendiários e espiões.

Nem se passara um dia, e eu já tinha tudo: roupa, comida, trabalho, camaradas fiéis na amizade e na morte, camaradas como não há em lugar nenhum do mundo, além do nosso país.

Assim começou, treze anos atrás, minha vida grandiosa, cheia de ideias e alegria.

(1930)

PETRÓLEO

"As novidades são muitas, como sempre... Chabsóvitch recebeu um prêmio pelo craqueamento, anda todo 'à estrangeira', o chefe recebeu uma promoção. Quando souberam da nomeação, todos entenderam bem: o rapaz cresceu... Por esse motivo, parei de sair com ele. Uma vez 'crescido', o rapaz achou que tinha descoberto uma verdade oculta para nós, simples mortais, e se encheu de tanta presunção e ortodoxia (ortobobice, como diz Khártchenko) que não dá mais para chegar perto... Nós nos vimos dois dias atrás, e ele perguntou por que eu não o parabenizava. Eu respondi: 'Parabenizar quem: você ou as autoridades soviéticas?...'. Ele entendeu, disfarçou e disse: 'Ligue pra mim...'. Sua esposa percebeu logo. Ontem, uma ligação: 'Klavdiúcha, nós agora estamos inscritos no GORT,[127] se você precisar de roupas íntimas...'. Eu respondi que esperava alcançar a revolução mundial com minha própria cota.

Agora sobre mim. Saiba que sou gerente do Sindicato do Petróleo. Há tempos isso era proposto, mas eu recusava. Minhas razões: incapacidade para trabalho de escritório, e depois, o desejo de ingressar na Academia Industrial... A questão surgiu quatro vezes no *bureau*, tive de concordar; agora não me arrependo... Daqui tenho uma visão nítida da empresa, e já consegui alguma coisa: organizei uma expedição para nossa parte da ilha de Sacalina, aumentei a explo-

---

[127] Sigla de *Gorodskaia Organizátsia Róznitchnoi Torgóvli* [Organização Municipal de Comércio Varejista]. (N. do T.)

ração, estou me dedicando muito ao Instituto Petrolífero. Zinaída está comigo. Ela está bem de saúde, logo dará à luz, houve muitos imprevistos... Zinaída demorou para falar da gravidez ao seu Max Aleksándrovitch (eu o chamo de Max e Moritz),[128] passava do quarto mês. Ele fingiu entusiasmo, selou um beijo gelado na face de Zinaída e depois deu a entender que estava perto de uma grande descoberta científica, que seus pensamentos estavam longe da vida real e que não podia imaginar alguém mais inapto para a vida familiar do que ele, Max Aleksándrovitch Cholomóvitch. Mas, claro, ele não hesitaria em renunciar a tudo etc. etc. etc... Sendo uma mulher do século XX, Zinaída começou a chorar, mas seu caráter resistiu... À noite ela não dormiu, estava sufocada, esticando o pescoço. Logo que amanheceu, ela correu para o Guipromez,[129] despenteada, com uma aparência horrível, numa saia velha, dizendo a ele que rogava para que esquecesse o acontecimento da véspera, que abortaria a criança, mas que jamais perdoaria as pessoas por isso... Tudo isso aconteceu num corredor do Guipromez, no meio do povo. Max e Moritz ficou vermelho, pálido, balbuciando:

— Vamos conversar por telefone, nos encontrar...

Zinaída não ouviu até o final, veio voando até mim e declarou:

— Amanhã não vou trabalhar!

Tive um sobressalto, não achei necessário me conter e lhe passei um sermão como era preciso... Imagine só: uma mocinha que já passou dos trinta, que não se destaca pela

---

[128] Max e Moritz são os personagens de uma narrativa homônima, em versos, do poeta, pintor e caricaturista alemão Wilhelm Busch (1832-1908). No Brasil, essa obra foi traduzida pelo poeta Olavo Bilac com o título "Juca e Chico". (N. do T.)

[129] Sigla de *Gossudárstvienni Institut po Proiektirovaniu Metallurguítcheskikh Zavódov* [Instituto Estatal de Projeção de Metalúrgicas]. (N. do T.)

beleza e que um bom mujique não desejaria nem para assoar o nariz, e daí aparece esse Max e Moritz (e não é exatamente por causa dela, e sim por sua raça estrangeira e seus antepassados aristocratas); mas já que ela aceitou dele uma sementinha, então aguente e deixe crescer... Sabemos que os mestiços dos judeus nascem muito bons — veja que exemplar tem Ánia — e além disso, quando ela há de parir, se não agora, quando os músculos do ventre ainda funcionam, quando ainda é possível alimentar esse fruto?! Para tudo isso a única resposta era: 'Eu não suporto que meu filho não tenha pai'; ou seja, o século XIX continua, o paizinho general sairá de seu gabinete com um ícone e lançará uma maldição (ou sem ícone, não sei como amaldiçoavam por lá), as criadas vão levar o pequeno para um orfanato ou para uma ama de leite no campo...

— Que absurdo, Zinaída — eu lhe disse —, são outros tempos, outras canções, vamos passar sem Max e Moritz...

Não consegui terminar de falar, pois me chamaram para uma reunião. Naquele momento ficou crítica a questão de Víktor Andréievitch. Havia chegado uma decisão do TK[130] de revogar a versão anterior dos planos quinquenais, elevando, no ano de 1932, a produção de petróleo para 40 milhões de toneladas. Os materiais para a elaboração foram confiados a especialistas em planos de produção, ou seja, a Víktor Andréievitch. Ele se trancou, depois me chamou e mostrou uma carta. Estava endereçada à presidência do VSNKh.[131] O conteúdo: 'Declino a responsabilidade pela Seção de Planejamento. Considero arbitrária a cifra de 40 milhões de toneladas. Planeja-se retirar mais de um terço dessa cifra de regiões ain-

---

[130] Sigla de *Tsentrálni Komitiet* [Comitê Central]. (N. do T.)

[131] Sigla de *Víschi Soviet Naródnogo Khoziáistva* [Conselho Superior de Economia Nacional], órgão central de economia que funcionou de 1923 a 1932 e de 1963 a 1965. (N. do T.)

da não exploradas, o que significa repartir a pele de um urso que não apenas não foi morto, mas que ainda nem foi encontrado... E mais: das três instalações de craqueamento existentes hoje, saltamos, de acordo com o novo plano, para 120 no último ano do quinquênio. E isso diante do *déficit* de metal e do complicado processo de craqueamento, que nós ainda não assimilamos...'. A carta terminava assim: 'Como todos os mortais, eu prefiro apoiar o ritmo acelerado, mas a consciência do dever...' etc. etc. Terminei de ler. Ele perguntou:

— Envio ou não?

Eu disse:

— Víktor Andréievitch, para mim suas razões e a colocação do problema são inaceitáveis, mas eu não me considero no direito de aconselhá-lo a esconder seus pontos de vista...

Ele mandou a carta. O VSNKh ficou em polvorosa. Convocaram uma reunião. Da parte do VSNKh veio Bagrinóvski. Na parede haviam afixado um mapa da União com as novas jazidas, refinarias e oleodutos. Como disse Bagrinóvski:

— Um país com nova circulação sanguínea...

Na reunião, os novos engenheiros do tipo 'onívoro' exigiam que Víktor Andréievitch fosse colocado de joelhos. Eu intervim e falei durante quarenta e cinco minutos: 'Sem duvidar do conhecimento e da boa vontade do professor Klossóvski, e até fazendo-lhe reverência, nós rechaçamos o fetichismo das cifras, das quais ele é prisioneiro' — era essa a ideia que eu defendia.

— Rechaçaremos a tabela de multiplicação como regra da sabedoria estatal... Com base nas cifras puras, poder-se-ia dizer que cumpriríamos o plano quinquenal petrolífero, no que diz respeito à produção, em dois anos e meio?... Com base nas cifras puras, poder-se-ia dizer que nós, a partir de 1931, aumentaríamos a exportação em nove vezes e saltaríamos para o segundo lugar, atrás dos Estados Unidos?

Depois de mim, discursou Muradián, com uma crítica aos rumos do oleoduto Cáspio-Moscou; Víktor Andréievitch permanecia calado, fazendo anotações. Em suas faces aparecia um rubor envelhecido, um rubor de sangue venoso... Tive pena; não ouvi até o final, e saí. Zinaída estava sentada no gabinete com as mãos entrelaçadas.

— Vai ter o filho ou não? — perguntei.

Ela olhava e não enxergava, meneava a cabeça; falava, mas as palavras saíam sem som.

— Somos duas, Klavdiúcha — disse-me ela —, eu e minha dor, exatamente como se me tivessem pregado uma corcova... E, como logo tudo se esquece, eu já nem lembro como as pessoas vivem sem uma desgraça...

Ela dizia isso, e seu nariz ficava ainda mais comprido, avermelhado; seus pômulos de mujique (às vezes, os nobres têm pômulos assim), salientes... Pensei: Max e Moritz não ficaria doente de paixão ao ver você assim... Eu comecei a gritar e mandei-a para a cozinha descascar batata... Não ria; quando vier para cá, você terá de fazer o mesmo. Para o projeto da fábrica de Orsk foram dados uns prazos que construtores e desenhistas têm de trabalhar dia e noite; no almoço deles, Vassiena serve batatas com arenque defumado e ovos fritos, e de novo soa o sinal... Ela saiu para a cozinha. Dentro de um minuto ouvi um grito. Corri. Minha Zinaída estava no chão, sem pulso, os olhos fora das órbitas... Ficamos tão esgotados com ela que nem dá para dizer: Víktor Andréievitch, Vassiena e eu. Chamamos um médico. À noite ela recobrou a consciência e tocou minha mão. Você conhece Zina e sua ternura extraordinária. Vi que durante aquelas horas tudo nela se consumiu e nasceu novamente... Não podíamos perder tempo.

— Zínucha — disse eu —, vamos ligar para Rosa Mikháilovna (ela, como sempre, é nossa especialista para esses assuntos) e dizer que você mudou de ideia, que não irá... Posso ligar?

Ela assentiu. No sofá, ao lado dela, estava sentado Víktor Andréievitch tomando-lhe o pulso. Eu me afastei e o ouvi dizer:

— Tenho sessenta e cinco anos, Zínucha, minha sombra se deita cada vez mais fraca sobre a terra. Sou um cientista, um homem velho, e eis que Deus (tudo é Deus!) fez com que os últimos cinco anos de minha vida coincidissem com esse... bem, você sabe com o quê: com esse plano quinquenal... E agora, até minha morte, não poderei respirar nem pensar em mim... E, se ao anoitecer minha filha não viesse me dar uns tapinhas nas costas, se meus filhos não me escrevessem cartas, eu ficaria tão triste que nem dá para dizer... Tenha esse filho, Zínucha. Klávdia Pávlovna e eu vamos apadrinhá-lo.

Enquanto o velho murmurava, liguei para Rosa Mikháilovna para dizer: 'Sabe, minha querida Rosa Mikháilovna, Murachova prometeu ir à sua casa amanhã, só que mudou de ideia...'. No telefone, uma voz garbosa:

— É ótimo que ela tenha mudado de ideia, é mesmo maravilhoso...

Nossa especialista é assim: blusinha de seda rosa, saia inglesa, permanente, ducha, ginástica, amantes...

Levamos Zinaída para casa; eu a agasalhei bem e fiz um chá. Deitamos juntas e daí choramos, lembramos o que não era necessário, discutimos sobre tudo, até que misturamos nossas lágrimas e adormecemos... Meu 'diabo' estava sentado quietinho, trabalhando, traduzindo do alemão um livro técnico. Dacha, você não reconheceria meu 'diabo': ele sossegou, encolheu, ficou mais silencioso. Isso me tortura... O dia todo dobrando as costas no Gosplan[132] e, à noite, traduções.

---

[132] Sigla de *Gossudárstvienni Plánovi Komitiet* [Comitê de Planejamento do Estado]. (N. do T.)

— Zinaída terá um filho — eu lhe disse.

Como vai se chamar o menino? (Em uma menina ninguém nem pensa.) Decidimos chamá-lo de Ivan. Estamos cansados de Iúris e Leonids... Ele certamente será um rapaz ruim, com dentes afiados, dentes para sessenta pessoas. Já produzimos combustível suficiente para que ele leve garotas a qualquer lugar, a Ialta, a Batum; e não como nós, para as Colinas Vorobióv...[133] Até a vista, Dacha. O 'diabo' vai escrever à parte. Como estão as coisas?

Klávdia

P. S. Estou escrevendo rapidamente no serviço. Sobre a minha cabeça houve um estrondo e o reboco caiu do teto. Nosso prédio ainda parece firme; aos quatro andares antigos nós acrescentamos outros quatro. Moscou está toda escavacada, em trincheiras, cheia de tubos e tijolos; as linhas de bonde estão emaranhadas; máquinas trazidas do exterior giram suas gruas, pisoam, ribombam; há um cheiro de piche, e sai fumaça como se fosse um incêndio... Ontem, na praça Varvárskaia, vi um rapaz... Cara larga, cabeça vermelha, raspada e brilhante, túnica sem cinto, sandálias nos pés sem meias. Saltei com ele de morrinho em morrinho, de colina em colina, emergíamos, afundávamos novamente...

— Aí está, é o resultado da luta — disse-me ele. — Agora, senhorita, em Moscou é o mesmo *front*, a mesma guerra...

A cara bondosa sorria como uma criança. Ainda o vejo assim na minha frente..."

(1934)

---

[133] Localidade situada na região sudoeste de Moscou, às margens do rio Moscou. (N. do T.)

A RUA DANTE

Das cinco às sete o nosso Hotel Danton ia às nuvens por causa dos gemidos de amor. Nos quartos trabalhavam profissionais. Chegando à França com a convicção de que seu povo estava desanimado, fiquei um pouco surpreso com aquelas obras. Em nosso país não se leva uma mulher a tal ebulição, longe disso. Meu vizinho, Jean Bienalle, me disse uma vez:

— *Mon vieux*,[134] em mil anos de nossa história nós criamos mulher, comida e literatura... Isso ninguém pode negar...

Em matéria de conhecimento da França, Jean Bienalle, um vendedor de automóveis usados, fez por mim mais do que os livros que li e as cidades que conheci. Ele me perguntou, logo no primeiro encontro, sobre o meu restaurante, meu café, o bordel que eu frequentava. A resposta o horrorizou.

— *On va refaire votre vie...*[135]

E nós a refizemos. Começamos a almoçar na taverna dos comerciantes de gado e dos vendedores de vinho, defronte ao Halle aux Vins.[136]

Mocinhas provincianas de chinelos nos serviam lagosta ao molho vermelho, assado de coelho recheado com alho e trufa, e um vinho que não se acha em outro lugar. Bienalle

---

[134] Em francês, no original: "Meu velho". (N. do T.)

[135] "Vamos refazer a sua vida...". (N. do T.)

[136] "Mercado de Vinhos". (N. do T.)

pedia, eu pagava, mas pagava tanto quanto os franceses. Não era barato, mas era o preço real. E esse mesmo preço eu pagava num bordel mantido por alguns senadores ao lado da Gare St. Lazare. Bienalle teve mais trabalho de me apresentar às moradoras daquela casa do que se eu quisesse assistir a uma sessão da Câmara para a destituição de um ministério. Terminamos a noite junto à Porte Maillot, num café onde se reúnem organizadores de lutas de boxe e pilotos de corrida. Meu professor pertencia àquela metade da nação que vendia automóveis; a outra comprava. Ele era agente da Renault e tratava principalmente com negociantes romenos, os mais sujos dos negociantes. Nas horas vagas, Bienalle me ensinava a arte de comprar um automóvel usado. Para isso, segundo suas palavras, era preciso dirigir-se à Riviera no final da temporada, quando os ingleses partem de volta e abandonam nas garagens carros utilizados por dois ou três meses. O próprio Bienalle partia num Renault descascado, que ele dirigia como um samoiedo conduz seus cães. Aos domingos nos dirigíamos naquele transporte trepidante a Rouen, a cento e vinte quilômetros, para comer pato, que lá é assado no próprio sangue. Éramos acompanhados por Germaine, uma vendedora de luvas de uma loja da Rue Royale. Quarta e domingo eram os dias dela com Bienalle. Ela chegava às cinco horas. Num instante no quarto deles soavam resmungos, barulho de corpos caindo e gritos de espanto, e depois começava a agonia suave da mulher:

— Oh, Jean...

Eu pensava comigo mesmo: bem, Germaine entrou, ela fechou a porta atrás de si; eles se beijaram, a moça tirou o chapéu e as luvas e os colocou sobre a mesa; pelas minhas contas, não tiveram tempo para mais nada. Ele nem teve tempo de se despir. Sem pronunciar uma palavra, eles saltavam sobre os lençóis como lebres. Depois de gemerem, eles morriam de rir e falavam de suas vidas. Disso eu sabia tudo quanto pode saber um vizinho que mora atrás de uma divisória de tábuas. Germaine tinha divergências com *monsieur* Andrich, o gerente da loja. Os pais dela moravam em Tours; ela ia visitá-los. Num sábado ela comprou uma echarpe de pele, no outro assistia *La Bohème* no Grand Opéra. *Monsieur* Andrich obrigava as vendedoras a usarem roupas lisas de *tailleur*. *Monsieur* Andrich havia inglesado Germaine; ela entrou no rol das mulheres de negócios, de peitos achatados, ativas, de cabelos frisados e pintados com uma cor amarronzada e chamejante, mas o tornozelo roliço de sua perna, o riso baixo e ligeiro, o olhar de olhos atentos e brilhantes e aquele gemido de agonia — oh, Jean! —, isso tudo fora deixado para Bienalle.

Na fumaça e no ouro da noite parisiense, o corpo forte e fino de Germaine movia-se diante de nós; rindo, ela levantava a cabeça e apertava contra o peito os dedos rosados e ágeis. Meu coração esquentava nessas horas. Não há solidão mais desesperadora que a solidão em Paris.

Para todos os que chegam de longe, essa cidade é um tipo de exílio, e me parecia que eu precisava mais de Germaine do que Bienalle. Fui com esse pensamento para Marselha.

Depois de um mês em Marselha, voltei a Paris. Esperei até quarta-feira para ouvir a voz de Germaine.

A quarta-feira passou e ninguém rompeu o silêncio atrás da parede. Bienalle trocara o seu dia. A voz da mulher ressoou na quinta, às cinco horas, como sempre. Bienalle deu à sua visita o tempo de tirar o chapéu e as luvas. Germaine trocara o dia, mas trocou também a voz. Não era mais o "oh, Jean" entrecortado, suplicante... e depois o silêncio, o silêncio ameaçador da felicidade alheia. Naquela vez ele fora trocado por um vozerio rouco e doméstico, por gritos guturais. A nova Germaine rangia os dentes, rolava no sofá com força e, nos intervalos, falava com voz grossa e arrastada. Ela não disse nada sobre *monsieur* Andrich e, depois de rugir até as sete horas, arrumou-se para sair. Eu entreabri a porta para encontrá-la, e vi seguindo pelo corredor uma mulata com um rabo de cavalo alto e seios grandes, flácidos e erguidos para a frente. Arrastando os pés em sapatos alargados e sem saltos, a mulata passou pelo corredor. Bati na porta de Bienalle. Ele estava rolando na cama, sem paletó, amarrotado, acinzentado, com meias gastas.

— *Mon viex*, você dispensou Germaine?
— *Cette femme est folle*[137] — respondeu ele, encabulado. — O fato de no mundo haver inverno e verão, começo e fim, e depois do inverno vir o verão e vice-versa, nada disso tem a ver com *mademoiselle* Germaine; essas histórias não são para ela... Ela sobrecarrega você com um fardo e exige que o carregue... para onde? Isso ninguém além de *mademoiselle* Germaine sabe...

Bienalle sentou-se na cama, as calças amaciaram-se em suas pernas frouxas, o couro esbranquiçado da cabeça transparecia através dos cabelos grudados, o triângulo dos bigodes estremecia. Um Macon de quatro francos o litro restabeleceu meu amigo. Durante a sobremesa ele encolheu os ombros e disse, respondendo aos seus pensamentos:

— Além de amor eterno, no mundo existem ainda os romenos, as promissórias, os falidos, os automóveis com chassis arrebentados. *Oh, j'en ai plein le dos...*[138]

Ele ficou mais animado no Café de Paris após um cálice de conhaque. Ficamos sentados no terraço, sob um toldo branco. Nele havia listras largas. Misturando-se com as estrelas elétricas, uma multidão escorria pela calçada. Defronte a nós parou um automóvel, comprido como um torpedo. Dele saíram um inglês e uma mulher numa capa de zibelina. Ela passou por nós numa nuvem aquecida de perfume e pele,

---

[137] "Essa mulher é louca". (N. do T.)
[138] "Oh, eu já estou de cabeça cheia...". (N. do T.)

desumanamente comprida, com uma cabeça de porcelana pequena e brilhante. Bienalle se inclinou para frente quando a viu, esticou a perna em sua calça gasta e piscou, como fazem para as mocinhas da Rue de la Gaîté.[139] A mulher sorriu com o canto da boca carmim, inclinou de forma quase imperceptível a cabeça rosada e coberta e desapareceu, balançando e arrastando seu corpo de serpente. Atrás dela passou estalejando o inglês empertigado.

— Ah, *canaille*![140] — disse-lhes em seguida Bienalle. — Dois anos atrás bastava um aperitivo...

Despedi-me dele já tarde. No sábado eu estava determinado a visitar Germaine, convidá-la para o teatro, ir com ela a Chartres, se ela quisesse, mas eu teria de vê-los — Bienalle e sua ex-namorada — antes desse dia. No dia seguinte, à noite, policiais ocuparam as entradas do Hotel Danton; suas capas azuis abriram-se em nosso vestíbulo. Deixaram-me passar depois de verificarem que fazia parte dos inquilinos de madame Truffaut, nossa senhoria. Encontrei gendarmes perto da soleira do meu quarto. A porta do quarto de Bienalle estava escancarada. Ele jazia no chão numa poça de sangue, com os olhos turvos e semicerrados. Nele havia a marca de um crime de rua. Fora esfaqueado o meu amigo Bienalle, e bem esfaqueado. Germaine estava sentada junto à mesa, usando *tailleur* e um gorro apertado dos lados. Ao me cumprimentar, ela inclinou a cabeça, e com ela inclinou-se a pena do gorro...

Tudo isso aconteceu às seis horas da tarde, na hora do amor; em cada quarto havia uma mulher. Antes de saírem, seminuas e com meias até as coxas como se fossem pajens, elas rapidamente aplicavam ruge e contornavam as bocas

---

[139] Rua da Alegria, em francês. Rua parisiense muito famosa por seus bailes, cabarés e restaurantes. (N. do T.)

[140] "Canalha!". (N. do T.)

com lápis preto. As portas estavam abertas, os homens se alinhavam no corredor com os sapatos desamarrados. No quarto de um italiano enrugado, um ciclista, chorava em um travesseiro uma menina descalça. Eu desci para prevenir madame Truffaut. A mãe dessa menina vendia jornais na rua Saint-Michel. Na mesa do escritório já estavam reunidas as velhas da nossa rua, a rua Dante: porteiras e verdureiras, vendedoras de castanhas e batata frita, os seios de carne papuda e deformada, bigodudas, ofegantes, com catarata e manchas avermelhadas.

— *Voilá qui n'est pas gai* — disse eu, entrando —, *quel malheur!*[141]

— *C'est l'amour, monsieur... Elle l'aimait...*[142]

Os seios lilases de madame Truffaut pendiam sob a renda, suas pernas elefantinas estavam separadas no meio do quarto, seus olhos cintilavam.

— *L'amore* — disse atrás dela, como um eco, a *signora* Rocca, proprietária de um restaurante na rua Dante. — *Dio castiga quelli, chi non conoscono l'amore...*[143]

As velhas estavam amontoadas e falando todas de uma vez. Um ardor de varíola inflamou suas faces, os olhos saíram das órbitas.

— *L'amour* — repetiu madame Truffaut avançando para mim —, *c'est une grosse affaire, l'amour...*[144]

Na rua começou a tocar uma corneta. Mãos habilidosas arrastaram o defunto para baixo, para uma ambulância. Tornou-se um número o meu amigo Bienalle, e perdeu o nome na ressaca de Paris. A *signora* Rocca aproximou-se da janela

---

[141] "Não foi nada engraçado. Que horror!". (N. do T.)

[142] "É o amor, meu senhor... Ela o amava...". (N. do T.)

[143] Em italiano, no original: "Deus castiga aqueles que não conhecem o amor...". (N. do T.)

[144] "O amor... é uma coisa grandiosa, o amor...". (N. do T.)

e viu o cadáver. Ela estava grávida, seu ventre avançava de modo ameaçador, uma seda repousava sobre seus quadris largos, o sol passou por seu rosto amarelo e inchado, pelos cabelos amarelos e macios.

— *Dio* — exclamou a *signora* Rocca —, *tu non perdoni quelli, chi non ama...*[145]

Sobre a rede surrada do Quartier Latin caiu a escuridão, em suas saliências dispersou-se a multidão baixinha, um cheiro quente de alho saía de seus pátios. O crepúsculo encobriu a casa de madame Truffaut, sua fachada gótica com duas janelas, os restos de torres e espirais e a hera petrificada.

Aqui morou Danton[146] um século e meio atrás. De sua janela ele via o castelo da Conciergerie, as pontes, levemente lançadas através do Sena, a fileira de casinhas cegas apertadas contra o rio, e aquele mesmo cheiro que remontava até ele. Empurradas pelo vento, rangiam as asnas enferrujadas e as placas das estalagens.

(1934)

---

[145] "Deus, tu não perdoas aqueles que não amam...". (N. do T.)

[146] O advogado, político e ativista da Revolução Francesa Georges Danton (1759-1794). (N. do T.)

DI GRASSO[147]

Eu tinha catorze anos. Pertencia ao destemido corpo de cambistas de teatro. Meu patrão era um gatuno de olhar sempre entreaberto e bigodes enormes e sedosos. Chamava-se Kólia Chvarts. Eu me envolvi com ele naquele ano infeliz em que, em Odessa, a ópera italiana foi um fracasso. Dando ouvidos aos críticos de jornal, o empresário não contratou Anselmi e Titta Ruffo[148] para uma turnê e decidiu limitar-se a um bom conjunto. Acabou castigado por isso, faliu e, com ele, nós também. Para consertar as coisas, nos prometeram Chaliápin, mas Chaliápin pediu três mil pela participação. Em seu lugar veio o ator trágico siciliano Di Grasso com sua companhia. Foram levados para o hotel em telegas cheias de crianças, gatas e gaiolas, nas quais pulavam aves italianas. Ao ver aquele acampamento, Kólia Chvarts disse:

— Crianças, isso não é negócio...

Depois da chegada, o trágico dirigiu-se ao bazar com um cesto de vime. À noite, com outro cesto, ele apareceu no

---

[147] Giovanni Grasso (1873-1930) foi um ator italiano de teatro e cinema que se apresentou em Odessa. Num caderno de anotações de Bábel há uma nota sobre uma apresentação do espetáculo *A família de um criminoso*, em 6 de dezembro de 1909. (N. do T.)

[148] Referência aos cantores de ópera italianos Titta Ruffo (1877-1953) e Giuseppe Anselmi (1876-1929), que também era compositor. (N. do T.)

teatro. Para o primeiro espetáculo mal se reuniram cinquenta pessoas. Vendíamos bilhetes pela metade do preço e não achamos quem os quisesse.

Naquela noite foi apresentado um drama popular siciliano, uma história tão comum quanto a sucessão do dia e da noite. A filha de um camponês rico ficou noiva de um pastor. Ela era fiel a ele até que chegou da cidade o filho de um fidalgo usando um colete aveludado. Conversando com o recém-chegado, a moça dava risadinhas sem propósito, e também sem propósito ficava calada. Ao ouvi-los, o pastor virava a cabeça como uma ave inquieta. Durante todo o primeiro ato ele permaneceu grudado nas paredes, saindo para algum lugar em calças esvoaçantes e, ao voltar, olhava ao redor.

— É um negócio morto — disse Kólia Chvarts no entreato —, isso é coisa para Krementchug...[149]

O entreato foi feito para dar à moça tempo de amadurecer para a traição. Nós não a reconhecíamos no segundo ato: ela estava impaciente e distraída, e devolveu ansiosa o anel de noivado ao pastor. Então, ele a levou até uma estátua pintada e indigente da Virgem Santa e disse, em seu dialeto siciliano:

— *Signora* — disse ele em voz baixa e virou-se —, a Virgem Santa quer que a senhora me escute... Ao recém-chegado Giovanni a Virgem Santa concederá quantas mulheres ele quiser; e eu não preciso de ninguém além da senhora... A Virgem Maria, nossa imaculada protetora, dirá o mesmo se a senhora lhe perguntar...

A moça estava de costas para a estátua de madeira pintada. Ao ouvir o pastor, ela bateu o pé impaciente. Nesta terra — ai de nós! — não há mulher que não seja insensata nos momentos em que se decide o seu destino... Ela fica so-

---

[149] Cidade da região central da Ucrânia. (N. do T.)

zinha nesses momentos, sozinha, sem a Virgem Maria, e nem lhe pergunta nada...

No terceiro ato, o recém-chegado Giovanni encontrou-se com seu destino. Ele estava se barbeando com o barbeiro da aldeia, com as vigorosas pernas masculinas estiradas sobre o proscênio; sob o sol da Sicília brilhavam as pregas de seu colete. A cena representava uma feira no campo. Num canto distante estava o pastor. Ele estava calado, no meio de uma multidão despreocupada. Sua cabeça estava abaixada, depois ele a ergueu; e sob o peso de seu olhar ardente e atento, Giovanni foi se fechando, começou a se agitar na cadeira e, afastando o barbeiro, levantou-se num salto. Com a voz entrecortada, ele exigiu que um policial afastasse da praça as pessoas carrancudas e suspeitas. O pastor, interpretado por Di Grasso, hesitou um pouco, depois sorriu, ergueu-se no ar, atravessou voando o palco do teatro municipal e caiu sobre os ombros de Giovanni; depois de morder sua garganta, ele começou a sugar o sangue da ferida, rosnando e olhando de soslaio. Giovanni desabou, e a cortina foi descendo, ameaçadora e em silêncio, e escondeu de nós a vítima e o assassino. Sem esperar mais nada, nós nos dirigimos à travessa do Teatro, à bilheteria, que deveria estar aberta para o dia seguinte. À frente de todos ia Kólia Chvarts. Ao amanhecer, o *Notícias de Odessa* informava àqueles poucos que estiveram no teatro que eles tinham visto o mais admirável ator do século.

Naquela sua vinda, Di Grasso interpretou *Rei Lear*, *Otelo*, *A morte civil*[150] e *O parasita*, de Turguêniev, confirmando com cada palavra e movimento que no delírio de uma nobre paixão há mais justiça e esperança do que nas regras tristes do mundo.

---

[150] *Rei Lear* e *Otelo* são de Shakespeare; *A morte civil* é uma obra do dramaturgo italiano Paolo Giacometti (1816-1882).

Para esses espetáculos o valor dos bilhetes era cinco vezes mais alto. Ao procurar os cambistas, os compradores encontravam-nos na taverna: berradores ruborizados vomitando blasfêmias inofensivas.

Uma torrente de calor rosado e empoeirado foi admitida na travessa do Teatro. Lojistas em chinelos de feltro levaram garrafões verdes de vinho e pequenos barris de azeitona para a rua. Nas tinas, diante das lojas, o macarrão fervia em água espumante e o vapor dele dissipava-se nos céus distantes. Velhas de sapatos masculinos vendiam conchas e suvenires, alcançando com gritos altos os compradores hesitantes. Judeus ricos, com barbas penteadas e repartidas, aproximavam-se do Hotel do Norte em carruagens e batiam baixinho nos quartos das atrizes gordas, de cabelos pretos e bigodinhos, da companhia de Di Grasso. Todos estavam felizes na travessa do Teatro, exceto uma pessoa, e essa pessoa era eu. Naqueles dias, a destruição se aproximava de mim. De um instante para outro meu pai poderia dar pela falta do relógio, que fora apanhado sem permissão e penhorado junto a Kólia Chvarts. Já acostumado ao relógio de ouro e a ser um homem que de manhã bebia vinho bessarábio em vez de chá, Kólia não conseguia se decidir a me devolvê-lo, mesmo depois de receber seu dinheiro de volta. Era assim o seu caráter. E o caráter de meu pai não se diferenciava em nada do dele. Apertado por aquela gente, eu olhava como os aros da felicidade alheia passavam por mim. Não me restava outra coisa senão fugir para Constantinopla. Tudo já estava combinado com o segundo mecânico do vapor *Duke of Kent*, mas antes de me lançar ao mar, decidi me despedir de Di Grasso. Ele interpretava pela última vez o pastor que era apartado da terra por uma força incompreensível. Ao teatro vieram a colônia italiana, chefiada pelo cônsul careca e esbelto, os gregos encolhidos, os gazeteiros barbudos, que fitavam fanaticamente um ponto que ninguém via, e Útotchkin, de braços compridos.[151] E até Kólia Chvarts trouxe a esposa num xale violeta com franja, uma mulher apta para ser granadeira e comprida como a estepe, com um rostinho amassado e sonolento na extremidade. Seu rosto estava molhado de lágrimas quando a cortina desceu.

— Seu vagabundo — disse ela a Kólia, ao sair do teatro —, agora você está vendo o que é o amor...

Pisando duro, madame Chvarts ia pela rua Langeron; de seus olhos de peixe escorriam lágrimas, nos ombros volumosos tremia o xale com franja. Arrastando os pés masculinos e sacudindo a cabeça, ela listava de forma estrondosa, para toda a rua, as mulheres que viviam bem com seus maridos.

— Pombinha, tesouro, pequena: é assim que esses maridos chamam suas esposas.

Kólia ia quieto ao lado da esposa, soprando em silêncio seus bigodes sedosos. Por hábito, eu seguia atrás deles soluçando. Acalmando-se por um instante, madame Chvarts ouviu meu choro e virou-se.

— Seu vagabundo — disse ela ao marido, arregalando os olhos de peixe —, que eu não viva até uma boa hora se você não devolver o relógio ao menino...

Kólia ficou gelado, de boca aberta, depois voltou a si e, dando-me um beliscão doloroso, passou-me de lado o relógio.

— O que recebo dele? — lamentava-se, inconsolável, a voz chorosa e grosseira de madame Chvarts, afastando-se. — Hoje, peças de animais; amanhã, peças de animais... Eu lhe pergunto, seu vagabundo, quanto tempo uma mulher pode esperar?...

---

[151] Serguei Útotchkin (1876-1916), um dos primeiros aviadores russos, natural de Odessa. (N. do T.)

Eles foram até a esquina e dobraram na rua Púchkin. Fiquei sozinho, apertando o relógio; e de repente, com uma nitidez que até então não havia experimentado, eu vi as colunas da Duma erguendo-se para o alto, a folhagem iluminada no bulevar e a cabeça de bronze de Púchkin com o reflexo do luar apagado sobre ela; vi pela primeira vez o que me cercava tal como realmente era: sereno e indescritivelmente belo.

(1937)

SULAK

Em 1922, no distrito de Vínnitsa, foi aniquilado o bando de Gulai.[152] O chefe de seu Estado-Maior era Adrian Sulak, um mestre-escola de aldeia. Ele conseguiu cruzar a fronteira da Galícia,[153] e logo depois os jornais noticiaram sua morte. Seis anos depois dessa notícia, soubemos que Sulak estava vivo e escondido na Ucrânia. Tchernichov e eu fomos encarregados das buscas. Com credenciais de zootecnistas no bolso, partimos em direção a Khoschevátoie, terra natal de Sulak. O presidente da Assembleia Rural[154] de lá era um soldado desmobilizado do Exército Vermelho, um rapaz bondoso e simplório.

— Não adianta vocês procurarem nem uma jarra de leite — disse-nos ele. — Aqui em Khoschevátoie estão comendo as pessoas vivas...

Ao se informar sobre uma pousada, Tchernichov dirigiu a conversa para a cabana de Sulak.

— Pode ser — disse o presidente —, sua viúva tem uma cabaninha, sim.

---

[152] Possível referência a D. Gulai, general do exército e ativista do Movimento de Libertação da Ucrânia. (N. do T.)

[153] Região histórica da Europa Oriental, ao sul da Polônia e no oeste da atual Ucrânia. Também é conhecida como Galitchiná. (N. do T.)

[154] No original *Selrada*, abreviação de *Sélskaia Rada*. Trata-se de uma assembleia popular da Ucrânia. (N. do T.)

Ele nos levou até o fim do povoado, a uma casa com cobertura de ferro. Em um cômodo, diante de uma pilha de linho, estava sentada uma anã de blusa branca e comprida. Dois meninos vestindo jaquetas de orfanato, com as cabeças raspadas inclinadas, liam um livro. Num berço dormia um bebê de cabeça inchada e esbranquiçada. Sobre todos pairava uma fria limpeza de mosteiro.

— Kharitina Teriéntievna — disse o presidente com voz insegura —, quero hospedar em sua casa estas pessoas de bem...

A mulher nos mostrou a cabaninha e voltou para seu linho.

— A viúva não vai recusar — disse o presidente quando nós saímos —, a situação dela é a seguinte...

Olhando para os lados, ele contou que Sulak servira outrora aos "azuis e amarelos", mas tinha passado para o lado do Papa de Roma.[155]

— O marido está com o Papa de Roma — disse Tchernichov — e a mulher pare um filho por ano...

— Coisas da vida — respondeu o presidente. Em seguida viu uma ferradura no caminho e levantou-a. — Vocês não liguem para o fato de essa viúva ser pequenina, pois ela tem leite suficiente para cinco. As outras mulheres pegam seu leite emprestado...

Em casa, o presidente fritou ovos com toucinho e serviu vodca. Embriagado, subiu no forno. De lá ouvimos um sussurro e um choro de criança.

— Gánnotchko, eu lhe juro — murmurava nosso anfitrião —, eu lhe juro que amanhã vou ver a professora...

---

[155] A expressão "azuis e amarelos" designava os nacionalistas ucranianos; "Papa de Roma" é uma referência aos católicos poloneses. (N. do T.)

— Desandaram a falar — gritou Tchernichov, que estava deitado ao meu lado —, não deixam ninguém dormir...

O desgrenhado presidente olhou de cima do forno; a gola de sua camisa estava desabotoada, os pés descalços pendurados para baixo.

— Na escola a professora está dando coelhos para criação — disse ele com ar de culpa. — Ela deu uma coelha, mas não o macho... A coelha ficou aqui por um tempo, mas agora é primavera, coisas da vida, então ela fugiu para o bosque. Gánnotchko — gritou de repente o presidente, voltando-se para a menina —, amanhã vou ver a professora e trarei um casal para você; faremos uma gaiola...

Pai e filha ainda tagarelaram durante muito tempo por trás do forno; ele gritava "Gánnotchko", e depois adormeceu. Ao meu lado, sobre o feno, revirava-se Tchernichov.

— Vamos — disse ele.

Nós levantamos. No céu limpo e sem nuvens brilhava a lua. O gelo fino da primavera cobria as poças. Na horta de Sulak, que estava coberta de ervas daninhas, havia talos de milho desnudos brotando e pedaços de ferro abandonados. Bem próximo à horta de Sulak havia um estábulo, e dentro dele ouvia-se um ruído; nas fendas das tábuas cintilava uma luz. Aproximando-se furtivamente dos portões, Tchernichov os forçou, e o ferrolho cedeu. Nós entramos e vimos um fosso aberto no centro do estábulo; no fundo dele estava sentado um homem. A anã de blusa branca estava na beirada do fosso com uma tigela de *borch* nas mãos.

— Olá, Adrian — disse Tchernichov. — Estava se preparando para jantar?

Depois de soltar a tigela, a anã lançou-se contra mim e mordeu-me a mão. Com os dentes firmemente cravados, ela se sacudia e gemia. Atiraram do fosso.

— Adrian — disse Tchernichov e afastou-se num salto —, precisamos de você vivo.

Embaixo, Sulak ocupava-se do gatilho, que deu um estalo.

— Tratamos você como homem — disse Tchernichov e atirou. Sulak apoiou-se numa parede amarela polida, tocou-a; o sangue derramou-se de sua boca e de seus ouvidos, e ele caiu.

Tchernichov ficou de guarda. Eu corri para buscar o presidente. Naquela mesma noite nós levamos o morto. Os meninos iam ao lado de Tchernichov pela estrada úmida que brilhava fracamente. Os pés do cadáver, em botas polonesas guarnecidas com cravos, estavam fora da telega. Na cabeceira, junto ao marido, estava sentada a anã, imóvel. Sob a luz da lua que se ofuscava, seu rosto de ossos contraídos parecia metálico. Em seus pequenos joelhos dormia uma criança.

— É leiteira, hein — disse de repente Tchernichov, que marchava pela estrada —, pois eu vou lhe mostrar o leite...

(1937)

O JULGAMENTO

Madame Blanchard, de 61 anos de idade, encontrou-se num café do Boulevard des Italiens com o ex-tenente-coronel Ivan Nedátchin. Apaixonaram-se. No amor deles havia mais sensualidade que razão. Ao fim de três meses, o tenente-coronel fugiu com ações e joias, que madame Blanchard encarregara-o de avaliar em um joalheiro da Rue de la Paix.

— *Accès de folie passagère*[156] — assim um médico diagnosticou o ataque sofrido por madame Blanchard. De volta à vida, a velha confessou seu erro à nora. Esta deu parte à polícia. Prenderam Nedátchin em Montparnasse, numa taverna onde cantavam ciganos moscovitas. Na prisão, Nedátchin ficou amarelo e balofo. Foi julgado na Décima Quarta Câmara do Tribunal Criminal. Primeiro trataram de uma questão de trânsito; depois apresentou-se ao tribunal Raimond Lepik, de dezesseis anos, que assassinara a amante por ciúmes. O tenente-coronel veio depois do menino. Os gendarmes o empurraram para a luz como fora outrora empurrado Ursus[157] para a arena de um circo. Na sala do tribunal, franceses vestindo paletós malfeitos berravam uns com os outros; as mulheres, cuidadosamente pintadas, abanavam

---

[156] Em francês, no original: "Acesso temporário de loucura". (N. do T.)

[157] Possível referência a um personagem do romance *Quo Vadis*, do polonês Henryk Sienkiewicz (1846-1916). (N. do T.)

com leques os rostos chorosos. À frente de todos, num estrado sob o brasão de mármore da República, estava sentado um homem de faces coradas, bigodes gauleses, toga e gorro.

— *Eh bien*, Nedátchin — disse ele, ao ver o acusado —, *eh bien, mon ami*.[158] — E com o "r" e o "l" mal pronunciados, um discurso rápido desabou sobre o trêmulo tenente-coronel.

— Sendo descendente da nobre estirpe dos Nedátchin — dizia de forma retumbante o juiz-presidente —, o senhor está registrado, meu amigo, no livro heráldico da província de Tambov... Oficial do Exército Imperial, o senhor emigrou junto com Wrangel[159] e tornou-se policial em Zagreb... Divergências sobre a questão dos limites entre propriedade estatal e propriedade privada — continuava de forma retumbante o juiz-presidente, ora mostrando sob o manto a ponta do sapato envernizado, ora recolhendo-a de novo. — Essas divergências, meu amigo, obrigaram-no a deixar o hospitaleiro reino dos iugoslavos e dirigir o olhar para Paris... Em Paris... — Aqui o juiz-presidente passou os olhos com rapidez pelo papel que tinha diante de si. — Em Paris, meu amigo, um exame para chofer de táxi resultou numa fortaleza que o senhor não conseguiu transpor... Então o senhor entregou o resto de suas forças não esgotadas a madame Blanchard, ausente nesta sessão...

O discurso alheio derramava-se sobre Nedátchin como uma chuva de verão. Desamparado, enorme, com os braços caídos, ele se destacava daquela multidão, como um animal tristonho de outro mundo.

---

[158] "Pois bem, meu amigo". (N. do T.)

[159] Piotr Wrangel (1878-1928), general do exército tsarista que chefiou tropas brancas no sul da Rússia no final da guerra civil. (N. do T.)

— *Voyons*[160] — disse inesperadamente o juiz-presidente —, vejo daqui a nora da respeitável madame Blanchard.

Rapidamente, com a cabeça inclinada, passou para a mesa das testemunhas uma mulher gorda sem pescoço, parecendo um peixe metido numa sobrecasaca. Ofegante, erguendo para o céu os bracinhos curtos, ela começou a enumerar os títulos de ações roubados de madame Blanchard.

— Agradeço-lhe, madame — interrompeu-a o juiz-presidente e fez um sinal com a cabeça para um homem magro, de rosto aristocrático e cavado, que estava sentado à esquerda do tribunal.

Soerguendo-se um pouco, o promotor público murmurou algumas palavras e sentou-se, entrelaçando as mãos nas mangas arredondadas. Foi substituído por um advogado, um judeu de Kíev naturalizado. Num tom ofendido, como se brigasse com alguém, ele começou a gritar sobre o Gólgota da oficialidade russa. As palavras francesas, pronunciadas de modo confuso, iam se esfarelando, derramando-se em sua boca, e no final do discurso pareciam palavras hebraicas. Por alguns instantes o presidente permaneceu calado, olhando sem expressão para o advogado, e de repente pendeu para a direita, para um velho franzino de toga e gorro; depois pendeu para o outro lado, para um outro velho com as mesmas características, que estava sentado à esquerda.

— Dez anos, meu amigo — docilmente disse o juiz-presidente, fazendo um sinal com a cabeça para Nedátchin, e agarrou no ar um novo caso que lhe fora lançado pelo secretário.

Perfilado, Nedátchin permanecia imóvel. Seus olhinhos descoloridos piscavam, o suor cobria sua testa miúda.

---

[160] "Vamos ver". (N. do T.)

— *T'a encaissé dix ans* — disse um gendarme às suas costas —, *c'est fini, mon vieux*.[161] — E trabalhando de mansinho com os punhos, o gendarme começou a empurrar suavemente o condenado para a saída.

(1938)

---

[161] "Deram-lhe dez anos. Acabou, meu velho". (N. do T.)

MEUS PRIMEIROS HONORÁRIOS

Viver em Tíflis[162] na primavera, ter vinte anos de idade e não ser amado: é uma desgraça. E essa desgraça aconteceu comigo. Eu trabalhava como revisor na tipografia do Distrito Militar do Cáucaso. Sob as janelas de minha mansarda borbulhava o Kurá.[163] O sol, que nascia por trás das montanhas, acendia pela manhã os nós turvos do rio. Eu alugara a mansarda de um jovem casal georgiano. Meu senhorio vendia carne no Bazar Oriental. Por trás da parede, furiosos de amor, o açougueiro e sua esposa reviravam-se como grandes peixes aprisionados numa lata. As caudas daqueles peixes endoidecidos batiam no tabique. Eles sacudiam nosso sótão enegrecido sob o sol íngreme, arrancavam-no das colunas e o levavam para o infinito. Seus dentes, tomados pela raiva obstinada da paixão, não conseguiam se descerrar. Pela manhã, a recém-casada Miliet descia para buscar *lavach*.[164] Estava tão fraca que segurava-se no corrimão para não cair. Procurando o degrau com seu pé fino, Miliet sorria de forma vaga e cega, como uma convalescente. Apertando a mão contra os seios pequenos, ela fazia uma reverência a todos que a encontra-

---

[162] Tbilíssi, atual capital da Geórgia. (N. do T.)

[163] O mais volumoso rio da região do Cáucaso, seu curso atravessa os territórios da Turquia, Geórgia e Azerbaijão até desaguar no mar Cáspio. (N. do T.)

[164] Pão típico da Armênia. (N. do T.)

vam pelo caminho: o assírio esverdeado pela velhice, o entregador de querosene e as megeras que vendiam novelos de lã de carneiro, megeras cortadas por rugas pungentes. À noite, o tropel e o balbucio de meus vizinhos era trocado por um silêncio estridente como o silvo de uma bala de canhão.

Ter vinte anos de idade, morar em Tíflis e à noite escutar as tempestades do silêncio alheio: é uma desgraça. Para me salvar dela, eu me atirei às pressas para fora de casa e desci em direção ao Kurá; ali fui apanhado pelos vapores de banho da primavera de Tíflis. Eles desabavam com força e me exauriam. Com a garganta ressecada, eu vagava pelas pontes arqueadas. O nevoeiro do mormaço primaveril me mandava de novo para o sótão, para o bosque de tocos enegrecidos iluminados pelo luar. Não me restava nada além de procurar o amor. Claro, eu o encontrei. Para o bem ou para o mal, a mulher escolhida por mim era uma prostituta. Chamava-se Vera. Toda noite eu andava atrás dela de mansinho pela avenida Golovínski, sem me decidir a puxar conversa. Dinheiro para ela eu não tinha, assim como não tinha palavras, essas palavras de amor incansáveis, vulgares e remexidas. Desde jovem, todas as forças de minha existência estavam entregues à composição de novelas, peças e mil histórias. Elas permaneciam em meu coração como um sapo numa pedra. Possuído por um orgulho demoníaco, eu não queria escrevê-las antes do tempo. Compor pior do que Lev Tolstói me parecia uma ocupação fútil. Minhas histórias estavam destinadas a sobreviver ao esquecimento. Um pensamento corajoso e uma paixão extenuante valem o labor despendido neles somente quando estão vestidos com roupas maravilhosas. Mas como coser essas roupas?...

Para um homem apanhado no laço por um pensamento e amansado sob seu olhar de serpente, é difícil esvair-se numa baba de palavras de amor insignificantes e remexidas. Esse homem tem vergonha de chorar de tristeza. Falta-lhe espírito para rir de felicidade. Sendo um sonhador, eu não dominava a arte sem sentido da felicidade. Por isso tive de entregar a Vera dez rublos de meu salário escasso.

Já decidido, fiquei de guarda certa noite na porta da taverna Simpatia. Na minha frente, numa parada desdenhosa, movimentavam-se príncipes em casacos circassianos azuis e botas leves. Cutucando os dentes com palitos prateados, eles examinavam as mulheres pintadas de carmim, georgianas de pés grandes e quadris estreitos. Uma turquesa transparecia no pôr do sol. As acácias que desabrochavam uivavam ao longo das ruas com uma voz cadente. Uma multidão de funcionários públicos em túnicas militares ondulava pela avenida; ao seu encontro voavam torrentes de bálsamo de Kazbek.[165]

Vera chegou mais tarde, quando havia escurecido. Alta, de rosto branco, ela flutuava à frente da multidão simiesca como a Mãe de Deus na proa de uma barcaça de pescadores. Ela passou pelas portas da taverna Simpatia. Eu hesitei e segui em frente.

— Vai para a Palestina?

As costas largas e rosadas moviam-se à minha frente. Vera se virou.

— O que está resmungando aí?

Ela franziu o cenho; seus olhos riam.

— Aonde Deus a está levando?

As palavras rachavam na minha boca como lenha seca. Trocando o passo, Vera seguiu ao meu lado.

— Dezinho... Não vai ficar ofendido?

Eu concordei tão depressa que isso lhe despertou suspeitas.

— E você tem aí os dez rublos?...

Nós entramos numa passagem e eu lhe entreguei meu porta-moedas. Ela contou ali 21 rublos; seus olhos cinzentos

---

[165] Monte da Geórgia, próximo à fronteira com a Rússia. (N. do T.)

se apertavam e os lábios se mexiam. Ela separou as moedas de ouro das de prata.

— Dezinho para mim — disse Vera, entregando-me o porta-moedas —, cinco rublos para passearmos, e fique com o restante. Quando é o seu pagamento?...

Eu respondi que meu pagamento seria dentro de quatro dias. Nós saímos da passagem. Vera me tomou sob o braço e encostou seu ombro em mim. Subimos a rua que esfriava. A calçada estava coberta por um tapete de hortaliças murchas.

— Com esse calor seria bom estar em Borjomi...[166]

Um laço circundava os cabelos de Vera. Nele se derramavam e se envergavam os raios dos lampiões.

— Então se manda pra Borjomi...

Fui eu que disse isso: "se manda". Por alguma razão eu disse isso, essas palavras.

— Você não tem grana — respondeu Vera, que bocejou e se esqueceu de mim. Ela se esqueceu de mim porque seu dia já estava ganho e o pagamento comigo tinha sido fácil. Ela entendeu que eu não a levaria à polícia e não roubaria o dinheiro junto com os brincos durante a madrugada.

Fomos até o sopé do monte de São Davi.[167] Ali, em uma taverna, eu pedi *kebab*. Sem esperar pela comida, Vera foi sentar-se com um grupo de velhos persas que discutiam seus negócios. Apoiados em bastões, acenando com suas cabeças de azeitonas, eles tentavam convencer o taberneiro de que era hora de ampliar o negócio. Vera se intrometeu na conversa deles. Ela ficou do lado dos velhos. Ela apoiava a ideia de transferir a taverna para a avenida Mikháilovski. O tabernei-

---

[166] Cidade da região sudoeste da Geórgia, famosa pela água mineral que leva o mesmo nome. (N. do T.)

[167] Monte de Tbilíssi, próximo ao rio Kurá; em sua encosta foi erguida a igreja de São Davi. (N. do T.)

ro, cego de fragilidade e prudência, fungava. Eu comi sozinho o meu *kebab*. Os braços nus de Vera escorriam da seda das mangas; ela dava socos na mesa, seus brincos voavam entre costas compridas e descoloridas, barbas alaranjadas e unhas pintadas. O *kebab* já havia esfriado quando ela voltou à mesa. Seu rosto ardia de emoção.

— Não dá pra tirar esse burro do lugar... Você não imagina que negócios poderiam ser feitos com a cozinha oriental na Mikháilovski...

Pela mesa, um após o outro, passavam conhecidos de Vera: príncipes em casacos circassianos, oficiais de meia-idade, lojistas em paletós grossos de seda e velhos barrigudos com rostos bronzeados e espinhas esverdeadas nas faces. Somente após as onze horas da noite chegamos a um hotel, mas também ali Vera tinha negócios intermináveis. Uma velhinha se preparava para uma viagem à casa do filho em Armavir.[168] Vera me deixou, correu até a viajante e foi apertar sua mala com os joelhos, amarrar travesseiros com uma correia e enrolar pastéis assados num papel gorduroso. A velhinha de ombros largos, com chapéu de gaze e uma bolsa ruiva de lado, percorria os quartos despedindo-se. Ela arrastava as botas de borracha pelo corredor, soluçava e sorria com todas as rugas. A despedida levou uma hora, não menos. Eu esperava por Vera num quarto deteriorado, atravancado por poltronas de três pernas, um forno de barro e os cantos desenhados e úmidos.

Eu havia sido torturado e arrastado pela cidade por tanto tempo que até o meu amor me parecia um inimigo, um inimigo pegajoso...

No corredor, a vida alheia se arrastava e estourava numa gargalhada repentina. Numa redoma cheia de substância

---

[168] Cidade localizada no território de Krasnodar, no Cáucaso. (N. do T.)

leitosa, moscas iam morrendo. Cada uma a seu jeito. A agonia de uma era duradoura, os tremores da morte, violentos; a outra morria estremecendo de forma quase imperceptível. Ao lado da redoma, sobre uma toalha surrada, havia um livro largado, um romance de Golovin sobre a vida dos boiardos.[169] Eu o abri ao acaso. As letras estavam dispostas em filas e se misturaram. Diante de mim, no quadrado da janela, estendia-se uma subida pedregosa, uma ruazinha turca sinuosa. Vera entrou no quarto.

— Fomos acompanhar Fedóssia Mavrikíevna — disse ela. — Acredite, para todas nós ela era como uma mãe... A velhinha vai só, sem nenhum acompanhante...

Vera sentou-se na cama, de joelhos abertos. Seus olhos vagavam em campos limpos de desvelos e amizade. Depois ela me viu numa japona assertoada. A mulher juntou as mãos e se espreguiçou.

— Acho que esperou muito, não?... Não faz mal, agora vamos fazer...

Mas o que Vera se preparava para fazer eu ainda não tinha entendido. Seus preparativos pareciam os de um médico para uma operação. Ela acendeu um fogareiro e colocou nele uma panela com água. Pôs uma toalha limpa no encosto da cama e pendurou uma bolsa de clister acima da cabeça, uma bolsa com uma mangueirinha branca balançando pela parede. Quando a água esquentou, Vera a despejou no clister, jogou na bolsa um cristal vermelho e começou a tirar o vestido pela cabeça. Uma mulher grande, de ombros caídos e ventre amarrotado, estava diante de mim. Seus mamilos espessos olhavam cegamente para os lados.

— Enquanto a água fica pronta — disse minha amada —, venha cá, meu saltarilho...

---

[169] Provavelmente, o escritor Konstantin Golovin (1843-1913). (N. do T.)

Eu não saí do lugar. O desespero me congelara. Por que fui trocar minha solidão por aquela toca cheia de tristeza indigente, por moscas moribundas e móveis de três pernas?...

Oh, Deus da minha juventude!... Como aquela comidinha banal era diferente do amor de meus senhorios atrás da parede, com seu ganido prolongado que ia rolando!...

Vera pôs as mãos sob os seios e os balançou.

— Por que está tristonho, cabisbaixo?... Vem aqui...

Eu não saí do lugar. Vera ergueu a bata até o ventre e sentou-se de novo na cama.

— Ou tem pena do dinheiro?

— Não tenho pena do meu dinheiro...

Eu disse isso com voz rasgada.

— Como assim, não tem pena?... Então você é um ladrão?...

— Não sou ladrão.

— Trabalha para ladrões?

— Sou um menino.

— Estou vendo que não é uma vaca — murmurou Vera. Seus olhos se pregaram. Ela se deitou e me puxou para si; começou a apalpar meu corpo.

— Um menino — eu gritei —, você entende? Um menino na casa de armênios...

Oh, Deus da minha juventude!... Dos vinte anos vividos, cinco haviam sido para a invenção de novelas, de mil novelas que me sugaram o cérebro. Elas permaneciam em meu coração como um sapo numa pedra. Movida pela força da solidão, uma delas caiu no chão. Pelo visto, era minha sina que uma prostituta de Tíflis fosse minha primeira leitora. Eu estava gelado pelo inesperado da minha mentira, e contei a ela uma história sobre um menino na casa de armênios. Se eu pensasse menos e com mais preguiça em meu ofício, enredaria uma história vulgar sobre o filho de um rico funcionário expulso de casa, sobre o pai déspota e a mãe mártir. Eu não cometi esse erro. Uma história bem inventada não precisa se parecer com a vida real; a vida já tenta com todas as forças parecer-se com uma história bem inventada. Por isso — e também porque minha ouvinte precisava — eu nasci no lugarejo de Alióchki,[170] província de Kherson. Meu pai trabalhava como desenhista no escritório de uma companhia de navegação fluvial. Ele quebrava a cabeça dias e noites com os desenhos para dar educação a nós, seus filhos; mas nós puxamos à nossa mãe, glutona e risonha. Aos dez anos comecei a roubar dinheiro de meu pai; quando cresci, fugi para Baku,[171] para a casa de parentes maternos. Eles me apresentaram ao armênio Stiepán Ivánovitch. Fizemos amizade e moramos juntos quatro anos...

— E quantos anos você tinha então?
— Quinze...

Vera esperava as malfeitorias do armênio que havia me corrompido. Então eu disse:

— Nós vivemos quatro anos. Stiepán Ivánovitch revelou-se o homem mais crédulo e generoso de todos os que eu conhecia, o mais nobre e escrupuloso. Ele acreditava na palavra de todos os amigos. Eu poderia ter aprendido um ofício naqueles quatro anos, mas não movi uma palha... Eu tinha outra coisa em mente: o bilhar... Os amigos arruinaram Stiepán Ivánovitch. Ele havia lhes dado promissórias de bronze, e os amigos apresentaram-nas para cobrança...

Promissórias de bronze... Eu mesmo não sei como elas me vieram à cabeça. Mas fiz bem ao me lembrar delas. Vera acreditava em tudo depois de ouvir sobre as promissórias de bronze. Ela se agasalhou com um xale, que se agitou em seus ombros.

---

[170] Atual cidade de Tsiurúpinsk, localizada na região de Kherson, Ucrânia. (N. do T.)

[171] Capital do Azerbaijão. (N. do T.)

... Stiepán Ivánovitch ficou arruinado. Foi expulso do apartamento, e seus móveis, leiloados. Ele se tornou mascate. Eu deixei de morar com ele, com aquele mendigo, e me mudei para a casa de um velho rico, um sacristão...

Um sacristão: isso foi roubado de um certo escritor, mentira de um coração preguiçoso que não queria labutar para gerar uma pessoa viva.

Um sacristão, disse eu, e os olhos de Vera piscaram, saíram de sob o meu poder. Então, para me corrigir, meti uma asma no peito amarelado do velho, ataques de asma e um chiado rouco de sufocamento em seu peito amarelado. O velho se levantava da cama à noite e respirava com um gemido na noite querosenada de Baku. Ele morreu logo. A asma o estrangulou. Seus parentes me expulsaram. E aqui estou eu, em Tíflis, com vinte rublos no bolso, aqueles mesmos que Vera havia recontado numa passagem da Golovínski. O camareiro do hotel onde eu fiquei prometeu-me hóspedes ricos, mas por enquanto ele trouxe apenas donos de tavernas com barrigas flácidas... Essas pessoas adoram seu país, suas canções e seu vinho, e pisam nas almas e nas mulheres de fora como um ladrão de aldeia pisa na horta do vizinho...

E comecei a tagarelar sobre os donos de tavernas, besteiras que ouvi certa vez... A autopiedade me rasgava o coração. A ruína parecia inevitável. Um tremor de pesar e de inspiração me contorcia. Fios de suor glacial começaram a escorrer pelo meu rosto, como serpentes penetrando na grama aquecida pelo sol. Calei-me, chorei e me virei. A história tinha terminado.

O fogareiro havia se apagado há tempos. A água tinha fervido e esfriado. A mangueirinha de borracha pendia da parede. A mulher foi em silêncio até a janela. Suas costas, deslumbrantes e tristes, moviam-se diante de mim. Na janela, nas reentrâncias das montanhas, a luz brilhava.

— O que os homens fazem — murmurou Vera, sem virar-se —, meu Deus, o que os homens fazem...

Ela estendeu os braços nus e abriu os batentes da janela. Na rua assobiavam pedras frias. Um cheiro de água e poeira vinha do pavimento... A cabeça de Vera cambaleava.

— Então, você é uma putinha... É nossa irmã, uma desgraçada...

Eu baixei a cabeça.

— Irmã de vocês, uma desgraçada...

Vera virou-se para mim. A bata cobria seu corpo como uma nesga inclinada.

— O que os homens fazem — repetiu a mulher mais alto —, meu Deus, o que os homens fazem... Bem, e mulheres, você conhece?

Encostei meus lábios gelados em sua mão.

— Não... Como iria conhecê-las? Quem iria me querer?

Minha cabeça tremia em seus seios, que se erguiam soltos sobre mim. Seus mamilos esticados vagueavam por minhas faces. Com as pálpebras úmidas cerradas, eles vagueavam como bezerros. Vera olhava de cima para mim.

— Irmãzinha — murmurou ela, abaixando-se no chão, ao meu lado —, minha irmãzinha, putinha...

Agora diga, gostaria de perguntar isso, diga: você já viu algum dia como carpinteiros rurais levantam uma isbá para seu confrade? Como voam longe, vigorosas, enérgicas e felizes as raspas da madeira desbastada?... Naquela noite, uma mulher de trinta anos me ensinou sua arte. Naquela noite eu conheci segredos que você não vai conhecer, experimentei um amor que você não vai experimentar, e ouvi as palavras que uma mulher dirige a outra. Eu as esqueci. Não nos é permitido lembrar isso.

Nós adormecemos ao amanhecer. Fomos acordados pelo calor de nossos corpos, um calor que jazia na cama feito uma pedra. Ao acordarmos, rimos um para o outro. Naquele dia eu não fui para a tipografia. Tomamos chá na praça, num bazar da cidade velha. Um turco sossegado nos serviu chá de um samovar enrolado numa toalha, um chá rubro como tijolo, fumegante como sangue que acaba de ser derramado. Nas paredes do copo chamejava o rescaldo fumarento do sol. O grito monótono dos burros misturava-se com os golpes dos caldeireiros. Sob tendas, em tapetes desbotados, havia jarros de cobre dispostos em fila. Cães fuçavam tripas de bois. Uma caravana de poeira voava para Tíflis, a cidade das rosas e da banha de carneiro. A poeira cobriu a fogueira carmim do sol. O turco adicionava mais chá e colocava na conta as rosquinhas. O mundo estava maravilhoso para nos dar prazer. Quando a transpiração me cobriu de miçangas, coloquei o copo com o fundo para cima. Pagando ao turco, aproximei de Vera duas moedas douradas de cinco rublos. Sua perna repousava inteira sobre a minha. Ela afastou o dinheiro e retirou a perna.

— Quer brigar, irmãzinha?...

Não, eu não queria brigar. Combinamos de nos encontrar à noite, e eu coloquei de volta no porta-moedas as duas douradas: meus primeiros honorários.

Passaram-se muitos anos desde então. Durante esse tempo, recebi muitas vezes dinheiro de editores, pessoas eruditas, judeus e vendedores de livros. Por vitórias que eram derrotas, por derrotas que se tornaram vitórias; pela vida e pela morte eles pagavam um valor ínfimo, muito mais baixo do que aquele que na juventude eu recebi de minha primeira leitora. Mas não sinto rancor. Não sinto porque sei que não vou morrer antes de arrancar mais uma dourada (e esta será a minha última) das mãos do amor.

(1928)

POSFÁCIO

Nivaldo dos Santos

O nome de Isaac Bábel (1894-1940) surgiu no meio literário em um período bastante conturbado, marcado por mudanças profundas e violentas. Nessa época, o mundo conheceu os horrores da I Guerra Mundial, e a Rússia, além de tomar parte nesse conflito, seria palco da primeira revolução comunista da história. A Revolução de 1917, como se sabe, provocou no país uma das mais radicais transformações já vistas, levando-o a uma guerra civil sangrenta e, após a consolidação do Estado soviético, a uma violenta repressão que custou a vida de milhões de pessoas. O próprio escritor, aliás, acabaria entrando para o número das vítimas dessa repressão.

Nesse ambiente turbulento, Bábel teve de aprender a conviver com a discriminação. De origem judaica, o escritor sentiu desde a infância, quando ainda vigorava o regime tsarista, o peso de viver em um Estado totalitário, que impunha severas restrições a minorias étnicas.

A vida e a obra de Bábel estão entrelaçadas com todos esses conflitos; eles foram observados pelo escritor (muitas vezes bem de perto), serviram-lhe de matéria para composições literárias de primeira grandeza e, decerto, exerceram influência em sua maneira de narrar. Em seus escritos, transparece realmente uma batalha constante, um choque entre forças antagônicas. E o autor, que cresceu convivendo com duas culturas distintas, a russa e a judaica, acaba sintetizando em si mesmo esse conflito. Sua obra é fruto dessas duas culturas, às quais somou-se ainda a influência francesa através da literatura. Bábel era um admirador confesso de Guy de Maupassant.

Em sua "Autobiografia", o escritor traça de forma sucinta o caminho percorrido no desenvolvimento de seu trabalho literário:

> "Nasci em 1894, em Odessa, na Moldavanka, filho de um comerciante judeu. Por insistência de meu pai, estudei hebraico, a Bíblia e o Talmud até os dezesseis anos. Em casa a vida era difícil, pois era obrigado a estudar diversas ciências de manhã até a noite. Eu descansava na escola. Minha escola chamava-se Colégio Comercial de Odessa Imperador Nicolau I. Ali estudavam filhos de comerciantes estrangeiros e de corretores judeus, polacos de linhagem nobre, velhos crentes[1] e muitos jogadores de bilhar já bem crescidos. Nos intervalos, íamos às vezes ao porto, até a estacada, ou aos cafés gregos jogar bilhar, ou à Moldavanka beber nas tavernas um vinho barato da Bessarábia. Para mim, a escola é inesquecível também porque o professor de francês era *monsieur* Vadon. Ele era bretão e tinha dons literários, como todos os franceses. Ensinou-me sua língua; decorei com ele os clássicos franceses, travei contato com a colônia francesa de Odessa e, a partir dos quinze anos, comecei a escrever contos em francês. Escrevi por dois anos, mas depois parei: as *paysans* e todas as reflexões de autor me saíam apagadas; só os diálogos me saíam bem.

---

[1] Integrantes de uma corrente que se opunha às mudanças introduzidas na Igreja Ortodoxa Russa no século XVII.

Mais tarde, após a conclusão do colégio, fui parar em Kíev e, em 1915, em Petersburgo. Ali eu vivi terrivelmente mal; não tinha permissão de residência, fugia da polícia e morava em uma adega na rua Púchkin, na casa de um garçom bêbado e maltrapilho. Então, em 1915 comecei a distribuir meus escritos pelas redações, mas era expulso de toda parte; todos os editores (o falecido Izmáilov, Possé e outros)[2] procuravam me convencer a trabalhar em alguma loja, mas eu não lhes dei ouvidos e, no final de 1916, conheci Górki. Devo tudo a esse encontro, e até hoje pronuncio o nome de Aleksei Maksímovitch com amor e gratidão. Ele publicou meus primeiros contos na edição de novembro daquele ano da *Liétopis* [A Crônica] (por causa desses contos, fui enquadrado no artigo 1001)[3] e ensinou-me coisas importantíssimas; mas quando ficou claro que dois ou três experimentos passáveis de minha juventude eram apenas um sucesso fortuito, que eu não estava conseguindo nada com a literatura e que escrevia terrivelmente mal, Aleksei Maksímovitch me enviou para o povo.

E assim, por sete anos, de 1917 a 1924, eu fui para o povo. Durante esse tempo, fui soldado no *front* romeno, depois atuei na Tcheká, no Narkomprós,[4] nas expedições de abastecimento de 1918,

---

[2] O prosador, crítico literário e parodista Aleksandr Izmáilov (1873-1921), editor do jornal *Peterburgski Viéstnik* [Boletim de Petersburgo], e o jornalista Vladímir Possé (1864-1940), editor da revista *Jizn* [Vida].

[3] Esse artigo do Código Russo de então tratava das publicações consideradas ofensivas à moral e aos bons costumes.

[4] Sigla de *Naródni Komissariat Prosveschénia* [Comissariado do Povo para a Educação].

no Exército do norte contra Iudiénitch,[5] no I Exército de Cavalaria e no Comitê Provincial de Odessa; fui expedidor na 7ª Tipografia Soviética de Odessa, repórter em Petersburgo, Tíflis etc. Somente em 1923 aprendi a expressar meus pensamentos de forma clara e não muito longa. Então voltei a compor.

O início de meu trabalho literário eu remeto por tudo isso ao começo do ano de 1924, quando no quarto número da revista *LEF*[6] apareceram meus contos 'Sal', 'A carta', 'A morte de Dolguchóv', 'O rei' e outros."[7]

---

[5] O general Nikolai Iudiénitch (1862-1933), que conduziu tropas antibolcheviques numa tentativa fracassada de tomar a cidade de São Petersburgo em 1919.

[6] Sigla de *Liévi Front Iskússtva* [Frente Esquerda da Arte], periódico dirigido pelo poeta Vladímir Maiakóvski.

[7] Isaac Bábel, *Obras reunidas em quatro volumes*, Moscou, Vrêmia, 2006, vol. 1, pp. 35-6. Esse texto foi publicado pela primeira vez no volume *Escritores: autobiografias e retratos de prosadores russos contemporâneos*, organizado por V. Lidin (Moscou, 1926). A edição a partir da qual foi feita esta tradução reproduz o texto dessa publicação. Mas após a reabilitação de Bábel, durante os trabalhos para a primeira edição póstuma de suas obras completas, foi encontrado um exemplar datilografado desse texto nos arquivos da TGALI SSSR — *Tsentrálni Gossudárstvienni Arkhiv Litieraturi i Iskússtva SSSR* [Arquivo Estatal Central de Literatura e Arte da URSS]. Nesse exemplar, datado de 1932, o autor acrescentou o seguinte parágrafo de encerramento: "Em dois anos foram escritos *O exército de cavalaria* e *Contos de Odessa*. Depois, novamente chegou para mim o tempo das peregrinações, do silêncio e do acúmulo de forças. Agora estou diante do começo de um novo trabalho". Com relação aos quatro contos citados, parece haver aqui um equívoco do autor. "Sal", "A carta" e "A morte de Dolguchóv" foram publicados em 1923, primeiro no *Notícias do Comitê Executivo Provincial de Odessa* e depois na *LEF*. Já o conto "O rei", que integra os *Contos de Odessa*, apareceu pela primeira vez no jornal *Moriák* [O Marinheiro], de Odessa, em 1921.

Nessa "Autobiografia", vemos que o autor remete o início de sua atividade literária ao período em que começaram a ser publicadas as narrativas que integram o livro *O exército de cavalaria* (1926), obra que causou grande impacto nos meios literários e tornou o nome de Isaac Bábel conhecido mundialmente.

Mas o que ele chama de "início" é, na verdade, o ápice do desenvolvimento de uma obra cheia de inovações e transformações, na qual a própria arte de narrar revela-se como um incessante combate de estilos. Essa obra poderia inclusive ser dividida em três fases que, cronologicamente, seriam assim apresentadas: 1913-1920, 1921-1925 e 1925-1938.

Evidentemente, essa divisão não é de todo precisa, uma vez que, tanto do ponto de vista temático quanto do estilístico, os textos de Bábel são ao mesmo tempo convergentes e divergentes entre si. Há determinados traços estilísticos, estabelecidos por Bábel ainda no início de sua carreira, que se mantiveram até suas últimas narrativas. Por outro lado, há também elementos que apareceram nos primeiros escritos, foram abandonados na fase madura e retomados numa fase posterior.

A estreia literária de Bábel ocorre, de fato, no ano de 1913, com a publicação de "O velho Shloime". Essa narrativa transcorre num tom bastante sentimental e melodramático; nela o autor ainda não utiliza as frases curtas e incisivas que se tornariam uma de suas características mais marcantes. Mas já nesse primeiro conto notamos alguns elementos centrais da obra babeliana. No plano do conteúdo, podemos destacar o choque entre a cultura judaica e o mundo russo em transformação. No plano estilístico, a violência (o suicídio do velho) como recurso narrativo.

A morte violenta do protagonista provoca uma ruptura na forma da narrativa, destoa de seu ritmo lento e choca por seu desfecho rápido e inesperado.

Nos dois contos publicados na sequência, "Eliá Isaákovitch e Margarita Prokófievna" e "Mama, Rimma e Alla", Bábel utiliza outro elemento que será recorrente em seus escritos posteriores: o erotismo. No primeiro desses dois contos, temos como personagens um pequeno comerciante judeu e uma prostituta; no segundo, duas meninas que se preparam para realizar um aborto.

Vemos então que a prosa babeliana está assentada sobre uma estrutura cujos alicerces foram traçados muito cedo. O embate entre a cultura judaica e o mundo russo, expresso através da violência e do erotismo, está presente em cada fase de sua carreira.

Nos anos seguintes, Bábel publicou muitos outros textos, incluindo diversos artigos jornalísticos que poderiam ser classificados como crônicas do período pós-revolução. Aliás, a atividade jornalística parece ter ajudado o escritor a desenvolver uma visão mais aguçada, além de servir como ferramenta para refinar seu estilo narrativo.

No ciclo de histórias intitulado "No campo da honra", evidencia-se de forma mais nítida a tendência do autor para a criação de frases diretas, precisas e cortantes. Para o leitor que já teve contato prévio com *O exército de cavalaria*, é impossível não perceber as semelhanças nos traços estilísticos entre as duas obras.

A forma narrativa de Bábel aparece, desse modo, em perfeita sintonia com a sua época. Evidentemente, as rápidas transformações pelas quais a Rússia estava passando não se restringiram ao campo político-social, mas alcançaram também a esfera cultural. Os artistas se viram compelidos a buscar formas inovadoras de expressão correspondentes ao ritmo frenético daquelas mudanças. Boris Schnaidermann assinala que os poetas do Cubofuturismo, como Maiakóvski e Khliébnikov, tiveram um papel de destaque nesse sentido. Para ele, o estilo narrativo desenvolvido pelos cubofuturistas influenciou a prosa soviética dos primeiros anos pós-revolução[8] — e essa influência se faz sentir também na obra de Bábel.

Além disso, não é difícil notar que a prosa de Bábel apresenta certas semelhanças com a poesia. Nikolai Stiepánov chega a indicar a possibilidade de traçar analogias entre a prosa de Bábel e o verso.[9] Podemos inclusive considerar que, em virtude do forte acento rítmico e do estilo peculiar de criação de imagens, a maior parte de sua obra é marcadamente poética. Para muitos, essa característica é ainda mais forte nos textos dos anos 1920.

Mas, a partir da segunda metade dessa década, o estilo narrativo do escritor passa por novas mudanças. Alguns críticos, como Peter Constantine, tendem a considerar que há uma certa ausência de força e de inovação, algo tão marcante em seus escritos anteriores.[10] Essa visão nos parece, contudo, bastante equivocada.

É possível perceber que há realmente uma mudança significativa nas obras da última fase da carreira de Bábel, e isso é reconhecido pelo próprio escritor em uma carta endereçada à mãe, Fanni Arónovna, em 21 de maio de 1928:

"Foi publicada uma seleção de artigos sobre mim. É muito engraçado ler aquilo; não dá para

---

[8] Cf. Boris Schnaidermann, *A poética de Maiakóvski*, São Paulo, Perspectiva, 1971, p. 62.

[9] Cf. Nikolai Stiepánov, "O conto de Bábel", em Paulo Dal-Ri Peres, *Isaac Bábel: inéditos*, dissertação de mestrado apresentada junto ao Departamento de Teoria Literária e Literatura Comparada da Faculdade de Filosofia, Letras e Ciências Humanas da Universidade de São Paulo, 1976, p. 91.

[10] Cf. Peter Constantine, "Apresentação", em Isaac Bábel, *Contos escolhidos*, tradução de Cecília Prada, São Paulo, A Girafa, 2008, p. 32.

entender nada; foram escritos por uns eruditos idiotas. Leio tudo como se tivessem sido escritos a respeito de um defunto, tão longe está o que faço agora daquilo que fazia antes."[11]

Os "novos" escritos de Bábel apresentam como um dos principais traços distintivos o uso de períodos mais longos, "substituindo" aquelas frases curtas e incisivas dos textos anteriores. Agora, o ritmo narrativo já não é tão rápido e violento, e as descrições são um pouco mais demoradas.

No entanto, a técnica babeliana ainda se mantém viva, e seus princípios para a composição de narrativas permanecem os mesmos: as frases não se alongam mais do que o necessário. O grotesco, o trágico e o cômico continuam presentes na atmosfera que envolve as histórias. E embora os traços psicológicos dos personagens tenham ganhado certo relevo, as narrativas não mergulham num psicologismo voluptuoso. Em determinadas obras dessa fase há inclusive um "retorno" aos textos anteriores, tanto na questão temática quanto na estilística.

Basta observar, por exemplo, o clima festivo que cerca o conto "Gapa Gujva", do ciclo "Velíkaia Krinitsa". Há nesse conto uma clara retomada do ambiente carnavalizado dos *Contos de Odessa* (1931), de um mundo que parece morrer enquanto um novo está nascendo. Mas, evidentemente, seus personagens grotescos aparecem agora sob novas tonalidades.

Se nos *Contos de Odessa* temos um quadro colorido, no qual predomina um tom alegre e festivo, em "Velíkaia Krinitsa" o cenário está impregnado de um tom sombrio, despido das cores que iluminavam o submundo dos bandidos de Odessa.

[11] Isaac Bábel, *Obras reunidas*, cit., vol. 4, pp. 218-9.

Nessa terceira fase, Bábel publicou também um ciclo intitulado "A história do meu pombal", com narrativas baseadas em acontecimentos de sua infância. Mas o caráter autobiográfico dessas histórias deve ser visto com certa reserva. Não se deve tomar os acontecimentos ali narrados como relatos fiéis da vida do escritor. Em uma outra carta enviada à mãe, em 14 de outubro de 1931, Bábel informa sobre a publicação de algumas histórias com enredos extraídos de sua infância, mas ressalta que há muitas coisas modificadas e inventadas.[12]

Os contemporâneos de Bábel revelam que ele era um mestre na arte de inventar histórias sobre sua vida. O escritor Konstantin Paustóvski (1892-1968), que foi amigo de Bábel, escreveu uma série autobiográfica na qual relata algumas conversas que teve com o contista de Odessa. Em uma dessas conversas, Bábel teria contado que, na juventude, ele e sua primeira esposa, Ievguenia Gronfein, haviam fugido de casa para viver seu amor, pois o pai dela não aprovava o relacionamento dos dois. Passados muitos anos, a irmã de Bábel, Maria, negou essa história, sugerindo que tudo não passava de mais uma brincadeira do irmão. Assim, a primeira frase do conto "No porão" — "Eu era um menino mentiroso" — é bastante significativa quando se pensa no quão "autobiográficas" podem ser as histórias desse ciclo.

Na obra de Bábel é recorrente também a discussão sobre a criação literária, e disso temos um bom exemplo no conto "Inspiração", no qual o personagem Michka, um aspirante a escritor, apresenta ao narrador uma novela que acaba de redigir. A novela que Michka escreveu pode ser considerada a antítese da narrativa babeliana. O texto do personagem traz "sonho", "ternura" e "insinuações", mas tudo isso é estranho a Bábel, cujas narrativas têm um caráter realista, quase

---

[12] Cf. Isaac Bábel, *Obras reunidas*, cit., vol. 4, pp. 297-8.

fotográfico. Bábel não lança mão de insinuações, mas descreve tudo de forma crua e direta.

Ao final da leitura, o narrador percebe que o texto ainda precisa ser trabalhado, e esboça um conselho ao amigo:

"— Veja bem, Michka — disse eu, devagar —, veja bem, precisa pensar nisso... Sua ideia é muito original, há ternura... Mas, veja bem, a elaboração... É preciso polir, entende..."

Aqui, com a ênfase dada à elaboração, ao processo de criação, as palavras do narrador se contrapõem ao próprio título do conto. É interessante lembrar que Bábel se considerava um escritor sem nenhuma imaginação. Para ele, a criação artística era, antes de tudo, fruto de muito trabalho.

Paustóvski revela também que Bábel tinha uma grande preocupação com a elaboração do texto literário. Segundo ele, o autor refazia o mesmo texto diversas vezes, eliminando tudo que considerava supérfluo, com enorme cuidado para não "matar" a narrativa. O próprio Paustóvski teve oportunidade de ver 22 versões do conto "Liúbka Cossaco", que integra os *Contos de Odessa*.

Quando lemos os textos de Bábel, deparamo-nos com um verdadeiro "aglomerado" de formas antagônicas, no qual expressões populares misturam-se com estruturas formais, criando um mundo regido pelo caos. E nisso percebemos o extremo cuidado com que o autor redige cada passagem de seus escritos. Pois esse mundo caótico da ficção babeliana é também harmônico. Nele, cada elemento ocupa o espaço que lhe cabe, ou, nas palavras de um de seus personagens, "o ponto fica no lugar onde lhe convém ficar".

SOBRE OS CONTOS

No campo da honra

Ciclo de narrativas publicado no primeiro número da revista *Lava* [Lava], de Odessa, em 1920. É constituído por quatro histórias, três das quais baseadas no livro *Figures et anecdotes de la Grande Guerre* [Figuras e anedotas da Grande Guerra], do capitão do exército francês Gaston Vidal, publicado em 1918. Apenas o conto "O quacre" foi totalmente criado por Bábel. Alguns críticos apontam certa semelhança entre o protagonista desse conto e o narrador de *O exército de cavalaria*: ambos são homens pacíficos em campos de batalha e parecem isolados entre seus companheiros.

A história do meu pombal

De acordo com biógrafos de Bábel, a ideia de publicar um livro de narrativas autobiográficas o acompanhou por toda sua carreira. O autor planejava reunir diversas histórias em um livro intitulado *A história do meu pombal*, o qual deveria ser entregue para publicação em 1939. Nele haveria textos inéditos e histórias já publicadas anteriormente de forma avulsa. Mas quando o autor foi preso, em maio daquele ano, todos os manuscritos encontrados com ele foram apreendidos e desapareceram. Assim, ninguém sabe se o livro chegou a ser concluído ou não.

O que sabemos com certeza é que apenas quatro desses contos vieram a público durante a vida do escritor, embora também tenham sido publicadas outras histórias de caráter autobiográfico, mas sem a indicação de que pertenciam a esse ciclo.

Entre os dias 18 e 25 de maio de 1925, o jornal *Krásnaia Gazieta* [Gazeta Vermelha], de Leningrado (atual São Petersburgo), publicou os contos "A história do meu pombal" e "O primeiro amor", sendo que este último era considerado pelo próprio autor como a continuação do primeiro. Em 1931, apareceram os contos "No porão" e "O despertar", nas revistas *Novi Mir* [Novo Mundo] e *Molodáia Gvárdia* [Jovem Guarda], respectivamente. As duas histórias traziam o subtítulo: "do livro *A história do meu pombal*".

Velíkaia Krinitsa

Em fevereiro de 1930, Bábel viajou à Ucrânia para ver de perto o processo de coletivização da agricultura promovido pelo governo de Stálin. No ano seguinte, em uma carta endereçada à mãe e à irmã, ele revelou que pretendia fazer uma nova viagem àquela região, a qual havia lhe deixado uma das mais fortes recordações de toda sua vida.

Bábel pretendia escrever um livro baseado em suas impressões sobre a coletivização. A ideia era produzir uma narrativa mais longa, provavelmente uma novela, mas também não se sabe se o autor chegou a concluí-la. Apenas duas narrativas desse livro chegaram até nós, ambas terminadas na primavera de 1930. Assim, em 1931 a revista *Novi Mir* publicou "Gapa Gujva", com o subtítulo "Primeiro capítulo do livro *Velíkaia Krinitsa*". O manuscrito de "Kolivuchka" foi preservado, e em seu subtítulo aparece o verdadeiro nome da aldeia visitada por Bábel, Velíkaia Stáritsa. Esse texto foi publicado somente em 1963, no almanaque *Vozdúchnie Putí* [Vias Aéreas], de Nova York. Na União Soviética, essa narrativa apareceu pela primeira vez em 1967, na revista *Zviezdá Vostoka* [Estrela do Leste].

A revista *Novi Mir* chegou a anunciar, para o ano de 1932, o lançamento do texto "Adrian Moriniets", que também integraria o livro *Velíkaia Krinitsa*. Mas essa narrativa jamais apareceu.

O velho Shloime

Temática central da carreira literária de Bábel, o conflito entre a tradição judaica e a cultura russa já é abordado nesta que é a primeira publicação do escritor. Mas é importante observar que, talvez, essa seja a única obra em que esse conflito recebe um tratamento extremamente sentimental. No restante de seus escritos, a questão é tratada de forma direta, descrita normalmente por um narrador impassível, quase indiferente.

Foi publicado pela revista *Ogní* [Chamas], de Kíev, em fevereiro de 1913.

Infância. Na casa da vovó.

Trata-se provavelmente da primeira das histórias de Bábel de caráter autobiográfico. Ela aponta para um direcionamento narrativo do escritor: a riqueza de detalhes cuidadosamente selecionados e descritos de forma objetiva.

Publicado postumamente no *Litieratúrnoie Nasliédstvo* [Herança Literária], vol. 74, Moscou, 1965.

Pela fresta

O texto foi elaborado em 1915, possivelmente na mesma época de "Eliá Isaákovitch e Margarita Prokófievna", sendo uma das primeiras histórias de Bábel a tratar do erotismo — ainda que esse erotismo pareça em parte atenuado pela comicidade que atravessa a história.

Publicado no *Jurnal Jurnálov* [Revista das Revistas], em 1917, com a rubrica "Minhas folhinhas" e o subtítulo "um conto de I. Bábel".

Eliá Isaákovitch e Margarita Prokófievna

Outro conto que mescla erotismo e cenas cômicas, tendo como personagens um negociante judeu e uma prostituta russa. Há pouca ação nessa abordagem do tema feita pelo escritor. Contudo, começa a se delinear nessa narrativa sua predileção por sentenças curtas, tendência que se intensificaria e se aperfeiçoaria em seus escritos posteriores.

Publicado pela revista *Liétopis* [A Crônica], de Petrogrado, em 1916, dirigida pelo escritor Maksim Górki.

Mama, Rimma e Alla

Juntamente com "Eliá Isaákovitch e Margarita Prokófievna", este contou rendeu a Bábel elogios de Górki, mas também um processo da justiça tsarista, que considerou "pornográficas" as duas histórias. Através do conflito de gerações entre a mãe e as duas filhas, transparece o confronto entre o velho e o novo, que perpassa toda a carreira de Bábel.

Também publicado pela revista *Liétopis* [A Crônica], em 1916.

Inspiração

O autor aproveita este conto para propor uma discussão sobre literatura e expor alguns de seus princípios composicionais. Na fala do narrador, Bábel apresenta a forma narrativa que então ele próprio já buscava.

Publicado no *Jurnal Jurnálov* [Revista das Revistas], em 1917, com a rubrica "Minhas folhinhas" e o pseudônimo Bab-El.

Doudou

O texto reafirma o gosto de Bábel pelo erotismo. De modo geral, esse conto foi negligenciado pelos críticos. Em estudos sobre a obra do escritor, encontramos poucas referências a essa narrativa, embora seja um dos textos mais refinados da fase inicial de sua carreira.

Publicado no periódico *Svobodnie Mísli* [Pensamentos Livres], em 1917, com a rubrica "Minhas folhinhas".

Chabos-Nakhamu

Em sua primeira publicação, este conto trazia o subtítulo "do ciclo Hérshele", o que indica que Bábel pretendia escrever um ciclo de narrativas que teriam esse personagem do folclore judaico como protagonista. No entanto, jamais apareceram outras histórias desse ciclo, e não se sabe se Bábel chegou realmente a escrevê-las.

Nesse conto também estão presentes alguns aspectos que o autor exploraria em seus escritos posteriores, como o tratamento grotesco dado à mulher de ventre e seios enormes. Na astúcia de Hérshele pode inclusive estar se delineando um esboço do principal personagem dos *Contos de Odessa*.

Publicado no jornal *Vetchérniaia Zviezdá* [Estrela Vespertina], em 1918.

O pecado de Jesus

O erotismo, a violência e o contraste entre o sagrado e o profano são comuns nos textos de Bábel, expostos inclusive em linguagem que mistura expressões populares com declamações bíblicas. Esta narrativa, entretanto, difere da maioria das obras do escritor por seu estilo absolutamente coloquial, estruturado sobre diálogos que remetem à tradição oral. O narrador parece mesmo um contador de histórias populares.

Em suas narrativas, Isaac Bábel empregou elementos cristãos tanto quanto judaicos. Mas neste conto a presença do principal personagem da tradição cristã provoca certo choque, ou estranhamento, sobretudo por aparecer como um "pecador".

Publicado por *Na Khliéb* [Para o Pão], de Odessa, jornal de um único número da organização Camaradagem Sulista de Escritores em Prol dos Famintos, em 1921.

BAGRAT-OGLI E OS OLHOS DE SEU TOURO
Neste conto, temos uma incursão mais profunda de Bábel pelo assim chamado Ornamentalismo Russo, corrente estética que, de acordo com Paulo Dal-Ri Peres, é caracterizada por um estilo de prosa bastante colorido que confere maior importância ao ato de narrar do que ao conteúdo.[1] Os recursos do Ornamentalismo foram empregados por Bábel também em *O exército de cavalaria* e nos *Contos de Odessa*, mas nesta narrativa há um tratamento muito mais lírico do que nas outras histórias. Nela, o lirismo chega mesmo a sobrepor-se à violência.

Publicado na revista *Silueti* [Silhuetas], Odessa, 1923.

VOCÊ BOBEOU, CAPITÃO!
O texto, de teor político, é montado sobre uma estrutura formada por elementos antagônicos (o calor e o frio, o espaço aberto e o espaço fechado), bem ao estilo do escritor. O resultado é uma narrativa cheia de ambiguidades, encarnadas na própria imagem do contramestre, que observa tudo com a impassibilidade de uma "coluna" no meio da tempestade.

Publicado em uma edição vespertina do jornal *Izviéstia Odiéskogo Gubispolkoma* [Notícias do Comitê Provincial de Odessa], em fevereiro de 1924, com o pseudônimo Bab-El.

---

[1] Cf. Paulo Dal-Ri Peres, *Isaac Bábel: inéditos*, dissertação de mestrado apresentada junto ao Departamento de Teoria Literária e Literatura Comparada da Faculdade de Filosofia, Letras e Ciências Humanas da Universidade de São Paulo, 1976, p. 266.

Com nosso paizinho Makhnó

O enredo do conto está relacionado com as histórias de *O exército de cavalaria*, embora o autor nunca o tenha incluído nas edições desse livro. Na edição norte-americana das obras completas de Bábel, organizada por sua filha Nathalie, o conto aparece justamente na sessão de histórias adicionais daquele ciclo.

Apesar de seu nome constar no título, o líder anarquista Néstor Makhnó (1888-1934) não aparece na história, e seus soldados, mesmo sendo personagens atuantes, parecem ocupar um segundo plano à frente do qual emerge a figura de Kikin, o garoto de recados do Estado-Maior. A personagem feminina, a mulher atacada pelos soldados, aparece como uma figura desprezada por Kikin (que desejava participar do estupro) e pelo próprio narrador, que a observa impassível no dia seguinte à violência a que foi submetida.

Publicado na revista *Krásnaia Nov* [Terra Virgem Vermelha], em 1924.

Uma mulher esforçada

O texto marca um retorno de Bábel ao mundo violento dos soldados cossacos, após a publicação das primeiras histórias do ciclo "A história do meu pombal". A narrativa também está tematicamente relacionada com as histórias de *O exército de cavalaria*, e seu enredo a aproxima bastante de "Com nosso paizinho Makhnó", inclusive com a reaparição de alguns personagens.

Publicado na revista *Perieval* [Travessia], em 1928.

O fim de Santo Hipatius

Através de uma narrativa estruturada em contrastes, o autor aborda neste conto a derrocada do velho mundo, representado pelo mosteiro com seu sacerdote e seus ícones, e a ascensão do novo, encarnado nos trabalhadores da indústria têxtil. O sagrado aparece ali como algo decrépito, em oposição ao novo, que sobe cheio de vigor o morro onde está localizado o mosteiro.

Publicado no jornal *Pravda* [Verdade], em agosto de 1924, com a rubrica "do Diário".

Ivan-e-Maria

Este conto também é considerado uma narrativa de cunho autobiográfico, baseada nos acontecimentos presenciados pelo autor durante as viagens para requisição de alimentos organizadas pelo governo soviético, a partir de 1918.

Publicado na revista *30 Dniéi* [30 Dias], em 1932.

A estrada

Este relato de caráter autobiográfico, que conta as aventuras do narrador durante uma viagem a São Petersburgo, contém uma das passagens mais violentas e chocantes de toda a produção literária de Bábel. O trecho da mutilação do professor judeu executado por soldados chegou a ser suprimido em algumas edições deste conto.

Também publicado na revista *30 Dniéi* [30 Dias], em 1932.

Petróleo

Esta é a única história de Bábel a ter uma mulher como narradora. Klávdia, que ocupa um cargo administrativo no ramo petrolífero, parece encarnar o estereótipo da mulher soviética.

Publicado no jornal *Vetchérniaia Moskvá* [Moscou Vespertina], em fevereiro de 1934.

A rua Dante

Em um exemplar datilografado, encontrado nos arquivos da TGALI SSSR — *Tsentrálni Gossudárstvienni Arkhiv*

Litieraturi i Iskússtva SSSR [Arquivo Estatal Central de Literatura e Arte da URSS] —, consta o subtítulo "de Contos parisienses". Nele, logo após a frase "Fui com esse pensamento para Marselha", aparece ainda o seguinte trecho: "Ali eu vi minha terra natal, Odessa, do jeito que ela estaria dali a vinte anos, se os caminhos anteriores não a tivessem impedido; vi o futuro não concretizado de nossas ruas, vias marginais e navios".[2]

Para o professor e estudioso de literatura russa Richard Hallett, o enredo deste conto parece estar relacionado ao de "Meus primeiros honorários". Hallett lembra que nas duas histórias o narrador aparece longe de sua terra, buscando sexo com uma prostituta e sofrendo com o barulho de casais no quarto ao lado do seu. Porém, o desfecho de ambas é bem distinto, sobretudo pelo aspecto trágico do final de "A rua Dante".[3]

Publicado na revista *30 Dniéi* [30 Dias], em março de 1934.

Di Grasso

Neste conto de teor autobiográfico, o autor retorna à Odessa de sua infância e adolescência para narrar acontecimentos ocorridos durante as apresentações de uma companhia teatral italiana na cidade.

Publicado na revista *Ogoniók* [A Centelha], em 1937.

Sulak

Alguns críticos consideram que os contos "Sulak" e "O julgamento" contêm algo de inacabado, ou pouco desenvol-

---

[2] Cf. Isaac Bábel, *Sotchiniénia v dvukh tomakh* [Obras em dois volumes], Moscou, Khudójestviennaia Litieratura, vol. 2, 1990, p. 564.

[3] Cf. Richard Hallett, "The Last Years (1930-1941?)", em *Isaac Babel*, Nova York, Frederick Ungar Publishing Co., 1973, pp. 79-98.

vido, se comparados a outros textos de Bábel. De acordo com eles, esses contos foram publicados numa época em que a repressão stalinista encontrava-se no auge, com a prisão de artistas e a proibição de obras que não se enquadravam no Realismo Socialista. E, de fato, é possível constatar neles menor riqueza de detalhes do que em outros contos do autor. O enredo do texto — a caça a um oficial antibolchevique — pode estar relacionado com a repressão aos opositores do regime soviético então em curso.

Publicado na revista *Molodói Kolkhóznik* [Jovem Colcosiano], em 1937.

O julgamento

Este foi o último conto publicado por Bábel antes de sua prisão, que ocorreu em maio de 1939. É uma narrativa satírica, de caráter grotesco, em que um oficial do Exército Branco que emigrara para a França é levado ao tribunal pelo furto de ações e joias de uma francesa com quem tinha um caso amoroso. O destaque do conto está no aspecto grotesco do julgamento, concluído de forma rápida, quase sem possibilidade de defesa do réu, que parece não entender muito bem o que está acontecendo. Nisso transparece uma ligeira relação entre esse texto e os processos que transcorriam na Rússia durante o regime de Stálin.

Publicado na revista *Ogoniók* [A Centelha], em agosto de 1938.

Meus primeiros honorários

Em um artigo publicado em 1989, a viúva do escritor, Antonina Pirojkova, revela que o enredo do conto fora sugerido a Bábel pelo jornalista P. Starítsin, quando este lhe contou uma aventura que tivera com uma prostituta. De acordo com essa história, Starítsin teria ficado enojado ao ver sua própria imagem no espelho quando se despia no quarto da prostituta, por achar-se parecido com um "porco rosado e ereto". Então ele se vestiu rapidamente e foi embora, dizendo à mulher que era um "menino na casa de armênios". Tempos depois, o jornalista encontrou novamente essa prostituta, e ela o cumprimentou dizendo: "Oi, irmãzinha!".[4]

Redigido entre 1922 e 1928, Bábel tentou publicar este conto — juntamente com "Fróim Gratch" (uma história adicional ao ciclo dos *Contos de Odessa*), "Petróleo" e "A rua Dante" — no almanaque *God XVI* [Ano XVI], de Petersburgo, em 1933, mas apenas os dois últimos foram aceitos pelos editores.

Foi publicado pela primeira vez no terceiro livro do almanaque *Vozdúchnie Putí* [Vias Aéreas], de Nova York, em 1963.

Nivaldo dos Santos

---

[4] Cf. A. N. Pirojkova, "Godi, prochedchii riadom" [Os anos passados juntos], em A. N. Pirojkova e N. N. Iuguiénieva, *Vospominánia o Bábele* [Recordações de Bábel], Moscou, Kníjnaia Palata, 1989, pp. 237-314.

SOBRE O AUTOR

Filho de um comerciante de equipamentos agrícolas, Isaac Emanuílovitch Bábel nasceu em uma família judaica de Odessa, na Ucrânia, a 13 de julho de 1894. Frequentou a Escola Comercial de Odessa, onde manifestou preferência pelo estudo do francês, língua em que escreveria alguns contos durante a adolescência (e que lhe permitiu o contato com as obras de Balzac, Victor Hugo e, sobretudo, Guy de Maupassant), ao mesmo tempo em que, obrigado pelo pai, estudava o hebraico em casa.

Terminada a escola, Bábel ingressou no Instituto Comercial e Financeiro de Kíev — cidade em que se dá sua estreia literária, com a publicação do conto "O velho Shloime" (1913). No ano seguinte alista-se para lutar na I Guerra Mundial, mas acaba dispensado em razão da alta miopia. Em 1915, com pouco mais de vinte anos, transfere-se para Petrogrado, mesmo sem ter visto de residente. É obrigado a evitar a polícia, ao mesmo tempo em que peregrina pela cidade em busca de emprego e tentando publicar seus escritos. Sua sorte muda quando conhece o escritor Maksim Górki, que dirigia a revista *Liétopis* [A Crônica]. É nesta revista que vêm a lume os contos "Mama, Rimma e Alla" e "Eliá Isaákovitch e Margarita Prokófievna", que, considerados "pornográficos", valeram ao autor um processo da censura tsarista.

Em 1918, Bábel passa a colaborar no jornal *Novaia Jizn* [Vida Nova], recém-fundado por Górki. Seus textos traziam impressões sobre o período pós-revolução na cidade de Petrogrado, retratando a miséria e a violência que haviam se espalhado pelo país. Como o *Novaia Jízn* tinha uma posição crítica em relação aos procedimentos dos bolcheviques, após poucos meses de existência o jornal foi encerrado por ordem de Lênin.

Inicia-se então um período de experiências bastante intensas e diversificadas para Bábel: trabalha como tradutor junto à polícia secreta, a Tcheká, da Comuna do Norte, e depois no Comissariado do Povo para a Educação; toma parte nas expedições organizadas pelo governo para requisição de alimentos no campo, inclusive na expedição à Bacia do Volga (que lhe rende material para o conto "*Ivan-e-Maria*"). Em 1920, cobre como correspondente de guerra o conflito entre a Rússia e a Polônia, acompanhando o I Exército de Cavalaria — experiência que está na base de seu livro mais conhecido, O *exército de cavalaria* (1926), que o tornou mundialmente famoso.

A esse período de reconhecimento, seguiu-se outro de relativo silêncio, quebrado pela aparição de umas poucas obras inéditas. Ao mesmo tempo em que trabalha em várias frentes, escrevendo para teatro e cinema, sua vida pessoal passa por mudanças significativas, pois sua primeira esposa, Ievguenia Gronfein, e sua mãe mudam-se para a Bélgica, para onde sua irmã já havia emigrado pouco antes. Posteriormente, Ievguenia radica-se em Paris, onde nasce a filha do casal, Nathalie, em 1929. Bábel viajaria algumas vezes à França a fim de se encontrar com a família.

Os primeiros anos da década de 1930 marcam o retorno de Bábel à literatura. Em 1931-32 são publicados vários contos inéditos, em estilo algo distinto, no qual as frases curtas de sua fase anterior cedem lugar a descrições mais longas, porém sempre marcadas pelo cuidado na ordenação das palavras. Passado esse momento, o escritor volta ao silêncio, publicando apenas alguns artigos e contos, além da peça *Maria*. Seu trabalho como roteirista prossegue de forma intensa, e em 1936 elabora o roteiro de um filme (baseado no conto "O prado de Biejin", de Turguêniev) a ser dirigido por Serguei Eisenstein, que não chega a ser concluído por problemas com a censura. Bábel, entretanto, escapa aos primeiros anos de perseguição stalinista. Em 1934 casa-se uma segunda vez, com Antonina Pirojkova, e três anos depois nasce sua segunda filha, Lydia. Nessa época leva uma vida de certo conforto e privilégio, frequentando alguns dos homens mais temidos do país, como os chefes da polícia secreta Iejov e Iagoda. Em 1938, sai na revista *Ogoniók* [A Centelha] o conto "O julgamento", seu último texto publicado em vida.

Em maio de 1939 Isaac Bábel foi preso em Perediélkino, nos arredores de Moscou, sob a acusação de terrorismo e atividades antissoviéticas. Todos os manuscritos que se encontravam em seu poder (dentre os quais havia certamente obras inéditas) foram apreendidos pela polícia, e jamais encontrados, nem mesmo após o fim do regime soviético e a abertura dos arquivos da KGB. Bábel passou por longo interrogatório, foi torturado e depois enviado a um campo de prisioneiros, onde foi morto por fuzilamento, possivelmente no dia 27 de janeiro de 1940.

No ano de 1954, já no governo de Nikita Khruschóv, o escritor foi reabilitado e suas obras, proibidas na União Soviética desde sua prisão, voltaram a ser publicadas no final dessa década.

SOBRE O TRADUTOR

Nivaldo dos Santos é professor de russo do Centro de Ensino de Línguas da Universidade Estadual de Campinas. Obteve a graduação e o mestrado na área de russo da Faculdade de Filosofia, Letras e Ciências Humanas da Universidade de São Paulo, onde defendeu dissertação sobre os *Contos de Odessa*, de Isaac Bábel. Trabalhou como locutor e tradutor na Rádio Estatal de Moscou no final dos anos 1990. Traduziu as novelas *Noites brancas*, de Fiódor Dostoiévski (Editora 34, 2005) e *Tarás Bulba*, de Nikolai Gógol (Editora 34, 2007), além do romance policial *A morte de um estranho*, de Andrei Kurkov (A Girafa, 2006). Para a *Nova antologia do conto russo*, organizada por Bruno Barretto Gomide (Editora 34, 2011), traduziu os contos "Quatro dias", de Vsiévolod Gárchin; "O abismo", de Leonid Andrêiev; "Guy de Maupassant", de Bábel; e "Xerez", de Varlam Chalámov.

COLEÇÃO LESTE
direção de Nelson Ascher

István Örkény
A exposição das rosas

Karel Capek
Histórias apócrifas

Dezsö Kosztolányi
O tradutor cleptomaníaco

Sigismund Krzyzanowski
O marcador de página

Aleksandr Púchkin
A dama de espadas

Óssip Mandelstam
O rumor do tempo

A. P. Tchekhov
A dama do cachorrinho

Fiódor Dostoiévski
Memórias do subsolo

Fiódor Dostoiévski
O crocodilo e
Notas de inverno sobre impressões de verão

Fiódor Dostoiévski
Crime e castigo

Fiódor Dostoiévski
Niétotchka Niezvânova

Fiódor Dostoiévski
O idiota

Fiódor Dostoiévski
*Duas narrativas fantásticas:
A dócil* e
Sonho de um homem ridículo

Fiódor Dostoiévski
O eterno marido

Fiódor Dostoiévski
Os demônios

Fiódor Dostoiévski
Um jogador

Fiódor Dostoiévski
Noites brancas

Anton Makarenko
Poema pedagógico

A. P. Tchekhov
O beijo e outras histórias

Fiódor Dostoiévski
A senhoria

Lev Tolstói
A morte de Ivan Ilitch

Nikolai Gógol
Tarás Bulba

Lev Tolstói
A Sonata a Kreutzer

Fiódor Dostoiévski
Os irmãos Karamázov

Vladímir Maiakóvski
O percevejo

Lev Tolstói
Felicidade conjugal

Nikolai Leskov
*Lady Macbeth
do distrito de Mtzensk*

Nikolai Gógol
Teatro completo

Fiódor Dostoiévski
Gente pobre

Nikolai Gógol
O capote e outras histórias

Fiódor Dostoiévski
O duplo

A. P. Tchekhov
Minha vida

Bruno Barretto Gomide (org.)
*Nova antologia do
conto russo*

Nikolai Leskov
A fraude e outras histórias

Nikolai Leskov
*Homens interessantes
e outras histórias*

Ivan Turguêniev
Rúdin

Fiódor Dostoiévski
*A aldeia de Stepántchikovo
e seus habitantes*

Fiódor Dostoiévski
*Dois sonhos:
O sonho do titio* e
*Sonhos de Petersburgo
em verso e prosa*

Fiódor Dostoiévski
Bobók

Vladímir Maiakóvski
Mistério-bufo

A. P. Tchekhov
Três anos

Ivan Turguêniev
Memórias de um caçador

Bruno Barretto Gomide (org.)
*Antologia do
pensamento crítico russo*

Vladímir Sorókin
Dostoiévski-trip

A. P. Tchekhov
O duelo

Isaac Bábel
*No campo da honra
e outros contos*

Este livro foi composto em Sabon, pela Bracher & Malta, com CTP da New Print e impressão da Graphium em papel Pólen Soft 80 g/m² da Cia. Suzano de Papel e Celulose para a Editora 34, em dezembro de 2014.